本书为2017年国家社会科学基金年度项目：古希腊谐剧世界观与安吉拉·卡特小说诗学的阶段性成果，项目批号：17BWW076。同时特别感谢山东省社会科学规划研究项目对本书的资助，立项号：15CWZJ35；山东科技大学人才引进科研启动基金项目：安吉拉·卡特诗学研究对本书的资助，项目编号：2015RCJJ064，以及山东科技大学外国语学院的西方文学与文化研究项目对本书的资助。

庞燕宁 著

安吉拉·卡特诗学问题
——解码《明智的孩子》

图书在版编目（CIP）数据

安吉拉·卡特诗学问题：解码《明智的孩子》/ 庞燕宁著. —北京：中国社会科学出版社，2017.11

ISBN 978-7-5161-9555-0

Ⅰ.①安⋯ Ⅱ.①庞⋯ Ⅲ.①长篇小说—小说研究—英国—现代 Ⅳ.①I561.074

中国版本图书馆CIP数据核字（2016）第326834号

出 版 人	赵剑英
责任编辑	郭晓鸿
特约编辑	席建海
责任校对	郝阳洋
责任印制	戴 宽

出　　版	中国社会科学出版社
社　　址	北京鼓楼西大街甲158号
邮　　编	100720
网　　址	http://www.csspw.cn
发 行 部	010-84083685
门 市 部	010-84029450
经　　销	新华书店及其他书店
印　　刷	北京明恒达印务有限公司
装　　订	廊坊市广阳区广增装订厂
版　　次	2017年11月第1版
印　　次	2017年11月第1次印刷
开　　本	710×1000　1/16
印　　张	17.5
插　　页	2
字　　数	229千字
定　　价	76.00元

凡购买中国社会科学出版社图书，如有质量问题请与本社营销中心联系调换

电话：010-84083683

版权所有　侵权必究

序

燕宁的博士论文出版，祝贺她！

因为序写得多了，这句话看上去成了套话。但实际上，对燕宁来说，这是实实在在值得祝贺的事。因为这里面体现着她一生中最大的追求。我们的学生念到大学、研究生以至博士生，都可以看作是一种追求，但大部分人还是按部就班来念的。在我带的学生里面，迄今为止已经拿到博士学位的有二十几人，起码有二十人是这样的，从本科念到硕士，硕士毕业或者直接读博士，或者工作几年再来读博士，都觉得这是一个自然而然的过程。但这个过程对于燕宁来说，却不那么寻常。以我的看法，燕宁在读大学之前，是一种不受拘束的学习状态，在学校不受老师的束缚，她的父母对她也是"粗放式管理"，这种状态在现行的高考体制下是不可能取得"理想"成绩的，这也造成了她以后的求学之路一直是磕磕绊绊的；但另一方面，这种"散漫"的学习过程也造就了她天马行空的思维和理解问题的独特性，而这也成为她此后做研究的一个突出特点。从这个角度来看，做研究的人大致可分成两类，一类为人稳重，思虑周全，因此做起研究来显得思维缜密，整体感强，却也往往会缺少某种尖锐性；另一类则为人粗疏，率性而为，做起研究来就显得未必面面俱到、细密周详，然而却往往跳脱不羁，总会有让人感到惊异的地方。显然，燕宁就属于这后一种了。

最初，当她有意来报考南开大学的博士的时候，就跟我谈过她的学习经历，以及她的学习方式。那时她已从山东大学读完了在职的硕士，有了工作，然而她却时常到学校去参加各种课程的学习，包括哲学系的博士课程的讨论，让我惊讶的是，她一个外语出身的学生，居然去跟哲学系的博士生们讨论经院哲学的问题；虽然从她的讲述中，我知道她的发言往往是自说自话，提出问题多，回答问题少，但我发现，她有一种独特的思考问题的方式，就是不管什么样的学术问题，都能跟她自己正在思考的问题联系起来，哪怕这种联系是牵强附会的。坦率地说，比较起严整周密的思路来，我更偏爱尖锐而有灵性的思考与表达，所以在我招收的博士生中，那些出人意料考进来的学生多属于这一类型，即以他们奇特的见解和表述让我感到振奋。思考有漏洞是可以通过后期加工来弥补的，但如果思考过于平稳，要想出现过人之见则有时不是通过训练就可以达到的。或者说，这需要天分。燕宁的这种思维方式，也造就了她的博士论文的两个主要的特点。

一是能够把两个远距现象联系起来。我们说，一个论文首先要有一个有力的立论，那么这个立论怎样才算有力呢？维姆萨特在谈到隐喻的效果时曾提出过一个"远距"说，喻体和喻本（比喻者和被比喻者）之间的距离越远，比喻的效果越有力，比如"狗像野兽一样嚎叫""人像野兽一样嚎叫"和"大海像野兽一样嚎叫"，哪个的艺术效果更有力呢？当然是最后一个。这个道理也可以用在一个论文的立论上，如果一个论文仅仅是描述了一个对象的艺术形态，并说明这个艺术形态与作者本人的艺术立场之间的联系，这个距离就是有限的，或者说，它的深度就是有限的；如果论文不仅描述了文本的艺术形态，而且将其与某个隐藏着的历史文化现象结合起来，找到了两者的内在联系，那么，这个立论就是符合"远距"规则的，就是一种"有力"的立论。这也就是我说的，要建立起一个"深度模式"来。在我的印象中，燕宁提出要把安吉拉·卡特的作品与古希腊喜剧联系起来，还是在她入学之初所写的有关材料中，那时我还觉得有点牵强，因为其实卡特并没有明确地说过她的写作与古希腊喜剧间有什么关系，只不过有时把自己的小说称作"喜剧"而已。但后来我大致读了《明智的孩子》，觉得燕宁的观点是有道理的。这也使我想起了当年我在读书的时候，在郑敏先生家里听她讲解构主义，她是把德里达跟中国的庄子哲学联系起来讲的，一个在当代的法国，一个在公元前4世纪的东方，然而郑敏先生通过她的诗意的联想，说明了人类思维循环的基本道理。而燕宁把安吉拉·卡特和阿里斯托芬联系到了一起，一个是后现代的解构型叙事，一个是古典时期的谐谑型叙事，这两个"远距"现象，在一个"喜剧"的概念之下发生了如此奇妙的联系，使得我们对卡特有了一个全新的理解。这种联想也有点类似巴赫金把陀思妥耶夫斯基的复调和古希腊的对话体文字以及梅尼普讽刺体相关联，从而说明了一种现代文体是如何在一个遥远的时空之中获得巧妙回应的。

  燕宁论文的另一个特点实际上也与她的这种"远距思维"有关，那就是把一种文本现象置于一个文化史的链条中来加以审视，当然，这也是一种确立一个有力的立论的方式。现在大量年轻人的研究，包括我们自己的博士、硕士的学位论文，都是"头痛医头、脚痛医脚"式的研究，即确定一个对象，确定一个角度，然后就开始了文本赏析式的写作。我把这种研究称作是"基于一般知识的研究"，而不是"基于专业知识的研究"，也就是说，这样的研究其实只是作为一种学术训练的研究，而不是真正有所创见的研究。虽然找到一个解析角度，或者一种理论武器，也算是一种"深度模式"，但这是最基础的模式，或者可以说，它只是一个起点。一个真正的深度模式应当是把一个现象放在一个宏大的框架之内的研究，或者说，通过对一个小的现象的解读，发现一个重要的文化史的问题。这也是我说过的症候式解读的方法。当然，这首先需要发现症候，即发现超于你的日常知识和专业知识的"反常"现象。比如，为什么安吉拉·卡特总是要写"组合"式的家庭，而不是写传统的血缘家庭？为什么在她的笔下，血缘之间的关系总是充满了悖谬，而友谊的组合却形成了和谐？——这就是一个症候，一个反常现象。即使在现代主义文学中，虽然他们描写了大量的"偶合家庭"，但也还是着眼于血缘制家庭内部的问题，但到了卡特这里，家庭的形态发生了根本改变，血缘成为悖谬的起点，而非血缘关系却成为拯救人类的稻草。这当然是卡特本人的思想，但这种思想是从哪里来的？是20世纪特有的产物，还是西方思想史上固有的东西？这涉及"反逻各斯"思想的起源问题，反逻各斯主义的思想不是后现代才有的，实际上，它是从逻各斯确立的那一刻就有的。我上面说，郑敏先生居然把德里达与庄子联系了起来，这说明什么？说明人类的思想实质上总是多元的，固化与颠覆并存的，虽然在某一特定时期会以某种立场为主导，然而这并不意味着思想的全面独白化。更何况，颠覆性基因在西方的文化中始终保持着十分活跃的状态，当然，这也源于这种文化的起始元素就包含了"弑父"的内容。就此而言，在西方的文化发展史上，一方面是血缘伦理的不断建构与强化；而另一方面，被逐渐建构起来的血缘伦理又不断面临挑战。它的最初表现形式反映在文学叙事中，便是家庭内部的利益和权力之争，而到了卡特这里，它干脆变成了导致各种人生悖谬的一种惯性结构，你不必去刻意表现血缘的解体，它本来如此，司空见惯；正是在这种境况下，"友爱"成为人类独有的道德方式。在燕宁的论述中，无论是对血缘的否定，还是对友谊的肯定，都被她放到了自古希腊文化开始的思想链条中来加以考察，这样，看上去一个浮在后现代碎片中的"成人寓言"，便具有了深邃的历史文化底蕴。

当然，一个论文的深度模式越有力，研究者就越需要花费更多的力气，因为，这也就意味着你的研究视野扩大了，你需要解决的问题增加了，一个单一现象的研究变成了复合式现象的研究。在这个时候，对研究者就提出了两个要求，一个是强化思维的联系力度，也就是说，你不能因为你有了跳脱的思维能力而止步于跳脱，还要把跳脱的各个环节尽可能严密地缝合起来，才能让你的立论征服别人；另一个要求就是多读多写，这种"联系性"研究，仅仅靠脑子里有想法是不够的，要有材料来证明，就像数学研究要通过大量的演算来推导命题一样，文学研究也要通过大量的论证来维护立论的正确性。燕宁在后一点上是值得称道的，她围绕着自己的研究方向读了许多历史哲学方面的书，更重要的是她不怕写，她在入学前就这个博士论文的问题已经写了将近十万字的东西，这也就成为她能够在三年的学制之内完成论文的基础。至于论述的严密性，燕宁读博士的三年期间，在这方面有了长足的进步，这也得力于她的"能写"。尽管从天性上，她属于跳脱型的，但大量的写作是可以使思虑的周延性得到训练而逐渐完善的。因此，我也希望她能够在繁重的教学之余，坚持勤奋写作，做出更好的研究成果。

是为序。

王志耕

2016年4月于南开大学

前　　言

"卡特是继勃朗特和莱辛之后，英国第三位经典女作家。她塑造了1945年战后英国小说的写作方式。"有评论者对英国当代作家安吉拉·卡特如是评价。卡特一生创作过大量作品，《明智的孩子》是她的最后一部长篇小说，体现着卡特一生所坚守的诗学原则。关于这部小说的评论大多是从后现代主义视角来展开，然而，卡特被称为最具独特性的作家，但其独特性是如何形成的，其独特性在诗学层面到底有哪些内容，却并没有得到应有的阐释。

众所周知，卡特具有很强的文体创新性，她热衷于各种形式的喜剧，并擅长小说、故事与戏剧、广播剧等不同文体形式之间的改写；她所创立的童话反写形式，更是引起评论界的广泛关注。而《明智的孩子》的这种体式是她在借鉴古希腊谐剧（旧喜剧），主要是在阿里斯托芬的基础上创作的。

本书认为，卡特作为一个独特的后现代主义作家，其表达方式与阿里斯托芬的旧喜剧达成契合，如谐摹、猥亵和粗俗言语的大胆运用，新老躯体形象的怪诞组合，此外还有人物双声、意象主义、假扮或颠倒等，这些特征共同构成了一种谐剧体，或者如巴赫金所说，是一种"古典庄谐体"；而《明智的孩子》中的"反逻各斯中心主义"的精神也是在谐剧反讽立场的影响下形成的。

由此，本书对《明智的孩子》进行诗学研究，揭示其"反逻各斯中心主义"的诗学形态同阿里斯托芬谐剧的庄谐体之间的关系，以及它的独特性。

本书包括绪论、正文和结语三个部分。

绪论部分由两节构成，第一节是立论和背景介绍。梳理了"逻各斯"在西方哲学思想史的发展，并提出与西方传统哲学的本质——"逻各斯中心主义"所不同的是，阿里斯托芬主张在"理性"的维度上纳入"人的主体性"即"一般实践理性"，人本主义是谐剧的实践理性的核心。谐剧通过古典庄谐体把相悖的两级展露出来，意在颠覆理性秩序，消除权威的划界。

安吉拉·卡特之所以产生"反逻各斯中心主义"思想是与她所处的"现代性"时代密不可分的。"现代性"的精神实质是"理性主义"，这种权力的垂直控制方式在进入现实伦理层面后，转换成专制的统治方式，因为它将人的存在概念化和逻辑化，从而忽视了人的具体存在，而人的存在永远处在不断生成的不确定性之中。卡特反对"逻各斯中心主义"对人的机械操控，具体表现为反撒切尔的国家主义强权，反血缘的非法划界或血缘制霸权。作为一位独特的后现代主义小说家，卡特运用阿里斯托芬谐剧的庄谐体这一在后世消失的文体来颠覆和打破这种以"逻各斯中心主义"为支柱的文化稳定结构，并重建新式多元伦理观，而她的《明智的孩子》是其谐剧文体和精神特征的体现。

第二节是研究综述。梳理了国外学界以往对《明智的孩子》的四大研究方向，以及传统研究中的五种主要论题。本论文认为，通过对卡特谐剧特征的考察，可以有效阐释文本中的多方面诗学特征；并指出，庄谐体既是技巧也是一种世界观的表达，是卡特最后一部小说的核心理念，体现了她反对以"逻各斯中心主义"为思想基础的反大英帝国中心主义、反血缘制家庭伦理的观念。

正文包括六章。

第一章论述了卡特"反逻各斯"精神的形成。卡特反对理性主义对不断生成中的人的机械控制，这是在谐剧世界观的框架下进行的，从而构成其对以"逻各斯中心主义"为支柱的血缘制霸权和国家主义强权的反叛精神品格。

阿里斯托芬的谐剧在"逻各斯"的起源——诡辩论的修辞学——开始了对"逻各斯"的反叛，并通过人物姓名的双关内涵和对神圣文体的谐摹来打破"逻各斯"。卡特继承了这一表现形式，其"反逻各斯"的精神根基也是从人物姓名双关内涵的非现实性、对上层社会、高雅文化的谐摹来反对以"逻各斯中心主义"的精神根基的血缘霸权制和帝国中心主义的。

另外，谐剧的一个重要特征就是把有争议的社会热点问题编织到文本中去。阿里斯托芬在其谐剧中主要是以雅典的公共政治事务作为其艺术题材，表达了他在"生活世界"或实践理性方面对"逻各斯"的反叛。而卡特的"反逻各斯"文本与政治现实之间也形成一种紧密的互文关系，通过隐喻的方式影射其所处时代的时事政治，从而以谐谑的方式解构了现实中的权力压制。

第二章具体分析了卡特谐剧世界观的构成，对《明智的孩子》所特有的谐剧性的生成机制加以阐述。首先指出，《明智的孩子》对"逻各斯"的反叛性和超越性不仅同"酒神"精神一脉相承，从而形成一种不断生成、不断变化与超越的世界观，而且还同阿里斯托芬反对"狭隘性"的世界观密不可分。阿里斯托芬的"寻找另一半"神话和"打嗝"寓言是其反对"狭隘性"、追求"完整性"的世界观的体现。其次，卡特还通过谐剧真正的"喜剧性"来表达人物"主体性"的超越性质，来抗拒现代主义语境下的"逻各斯中心主义"，形成其"反逻各斯中心主义"的精神品格。最后，卡特所处的"现代性"的时代特征、英国撒切尔政府所奉行的国家主义强权国家的状况，及其对喜剧所特有的爱好共同参与了其谐剧世界观的塑成过程。

第三章论述了卡特"反逻各斯中心主义"的主题——对血缘伦理的解构，以及卡特本人的"新式亲缘家庭"观。这种新式伦理观反对血缘霸权，反对以血缘为中心的非法划界。首先，卡特的伦理观是她个人独特的生命体验的结果；其次，这种伦理观是在特定的西方传统血缘伦理的框架内形成的，有它赖以生成的历史文化语境。在西方传统的血缘伦理观念中存在着悖谬，同时它也是整个欧洲社会现实的一种抽绎，即：一方面，血缘制家庭日益分崩离析；另一方面，血缘纽带严重束缚人们精神自由的多种可能性。在新式非血缘家庭关系的理想建构中，卡特描写了非血缘关系之上而具有真正亲情的家庭组合，通过哈泽德家族三代人的父母和子女的关系，演绎了合法非血缘、亲缘非血缘、非法而亲缘、血缘非亲缘等纷繁复杂和颠倒错位的人物关系，消解了婚姻制的合法与非法的界限、排除了血缘非法划界的羁绊，从而创造出一个准合法，但更符合卡特本人精神理想的非亲缘家庭组合。

第四章论述卡特的"友爱"法则与新式爱情伦理。卡特对现有血缘制家庭伦理观的驳斥是从摧毁旧家庭体制的根基——爱情观开始的。而在后现代主义消费文化语境中所产生的纵欲享乐的游戏化爱情观，同样是卡特所贬斥的对象。卡特对于爱情、婚姻、家庭有其独特的伦理学解读，在她看来，人类最美好的情感是基于"友爱"（亚里士多德语）的温情，而非令人心绪起伏跌宕的爱情。这种"友爱"观的确立直接构成了卡特所推崇的新式家庭体系观念。卡特崇尚亲情，但亲情的牢固根基不是血缘关系，而是亚里士多德所说的交往中的"友爱"。

第五章承续上两章的主题，继续探讨《明智的孩子》中的非婚姻制亲缘家庭观主题。以婚姻制为根基的家庭体系在欧洲历史发展的进程中早已备受诟病。实质上，卡特的新式亲缘家庭的伦理根基是后现代的新伦理观，即正义性道德和商谈式法制伦理。它是对人性和自然法则的尊重，是一种充满活力的"共同体"，显示了真正的人性化伦理观的诉求。

第六章解析《明智的孩子》的"反逻各斯"形式品格，重点分析古典庄谐体和意象主义两种形式。庄谐体是狂欢化文学文本的典型特征，其表现形式有两种：一是自发性，这与相对固定不变的日常生活结构相反；二是颠覆性，对法律和禁忌的暂时搁置，后者构成了狂欢节之外的生活。这种表达形式贯穿整个《明智的孩子》文本，最终归结于卡特本人的谐剧世界观。《明智的孩子》作为一部庄谐体文学具有五个特征，即：①谐摹；②粗俗与神圣语言；③新老接替的怪诞躯体形象；④强对比与矛盾组合；⑤人物双声。这些特征的功能是以通俗消解神圣、以谐谑颠覆秩序、以多元替代专权等，因而总体上形成"逆转对立结构"并进而达成新的建构性的形式品格。

此外，小说通过虚幻性手法赋予一切稳定性结构以未完成的开放性质；通过赋予人物特有的"意象主义"特征，以及颠倒和假扮的手段，把看似封闭性、稳定性的系统彻底翻转，并最终建构一种未完成、开放和不断更替的新型结构。

本章最后总结了卡特的哲学世界观。通过阿里斯托芬谐剧世界观的挖掘，以及其对巴赫金狂欢所做的区分，探索了卡特缘何拒绝别人把她的作品同巴赫金"狂欢"做比较的原因，而这对于深入了解卡特的哲学世界观十分重要。总之，狂欢化的庄谐体不是卡特的目的，仅仅是卡特"反逻各斯中心主义"立场的表达形式，她的谐剧世界观也是这种哲学立场在其诗学原则中的具体表现。

目　录

绪　论 ……………………………………………………… 1
　第一节　立论和背景介绍 …………………………………… 7
　第二节　研究综述 ………………………………………… 14

第一章　卡特"反逻各斯"精神的形成 ………………… 30
　第一节　卡特"反逻各斯"的精神根基 …………………… 30
　第二节　卡特"反逻各斯"文本与政治现实的互文关系 …… 46

第二章　卡特的谐剧世界观 ……………………………… 59
　第一节　谐剧世界观——作为一种文化的历史 …………… 60
　第二节　人物"主体性"的"超越"性质 ………………… 67
　第三节　卡特谐剧世界观的形成 …………………………… 72

第三章　解构血缘伦理："新式亲缘家庭"观 …………… 77
　第一节　卡特伦理观形成的个人体验 ……………………… 78

第二节　卡特伦理观形成的文化结构 …………………… 88
　　第三节　旧式血缘家庭关系的悖谬揭示 ………………… 94
　　第四节　新式非血缘家庭关系的理想建构 ……………… 102

第四章　"友爱"法则与新式爱情伦理 …………………… 108
　　第一节　后现代社会的游戏化爱情观 …………………… 110
　　第二节　《明智的孩子》对后现代道德观的否弃 ………… 122
　　第三节　论《明智的孩子》的反"爱情"观 ……………… 130
　　第四节　卡特的爱情伦理与"友爱"法则 ……………… 143

第五章　人性的自然法则：非婚姻制亲缘家庭观 ………… 159
　　第一节　欧洲文化史上的婚姻制家庭观 ………………… 160
　　第二节　《明智的孩子》中的非婚姻制家庭观 …………… 166
　　第三节　"非婚姻制亲缘关系家庭"中的德行友爱 ……… 174

第六章　《明智的孩子》的"反逻各斯"形式品格 ………… 191
　　第一节　古典庄谐体 ……………………………………… 192
　　第二节　卡特的"虚幻性" ………………………………… 223

结　语 …………………………………………………………… 235
参考文献 ………………………………………………………… 240
后　记 …………………………………………………………… 258

绪　　论

安吉拉·卡特（Angela Carter，1940—1992）生于英国伊斯特本的苏塞克斯的伊斯特本（Eastbourne，Sussex），布里斯托大学（Bristol University）英语专业毕业。作为一个用多种体裁进行创作的多产作家，卡特是20世纪最重要的英国作家之一，也是最具独创力、最激进的和最具风格的小说家之一，她生前便取得了经典文学家的地位。伊莱恩·肖瓦尔特（Elaine Showalter）称卡特为英国文人的膜拜对象，因为她对当代英国女性的写作起着关键性的影响，她的书写风格混杂魔幻现实主义、荒诞派、科幻、哥特式、黑色幽默、女性主义以及后现代主义，但皆不足以涵盖其全部。她尤其以"对童话进行猥亵的女性主义改写"[①] 和独特的写作风格著称文坛。"卡特是继勃朗特和莱辛之后，英国第三位经典女作家。她塑造了1945年战后英国小

[①] Carol McGuirk, "Drabble to Carter: Fiction by Women, 1962—1992", John Richetti ed., associate editors, John Bender, Deirdre David, Michael Seidel, *The Columbia history of the British novel*, Beijing: Foreign Language Teaching and Research Press, 2005, p.942.

说的写作方式。"① 这种写作方式的表征就是对传统文化的神话叙事的颠覆。神话式的独白叙事塑造了我们的生活,而我们常常不去探究原因。英国学者丹尼·卡瓦拉罗(Dani Cavallaro)也称,安吉拉·卡特作为一个具有全球地位、经久不衰的作家,在对既成通俗体裁的创新性加以重新定义方面进行了开创性的尝试。② 作为一位文化颠覆者,她借助于以性政治为标志的大众文化的影响,探索并昭示了人类受压抑的、无意识的恐惧。在欧洲的女性写作中,安吉拉·卡特在波伏娃和杜拉斯之后,为解放式女性写作注入了崭新的气息,成为备受当代女性以及广大读者喜爱的全新偶像。

卡特著有9部长篇小说、3部短篇小说集,以及2部新闻写作集、1部戏剧作品集、1部影视作品集等非小说集。她于1976—1978年担任谢菲尔德大学(Sheffield University)大英创意写作艺术委员会的委员。1980—1981年,她是美国常春藤名校之一布朗大学写作项目的访问学者,随后在美国和澳大利亚游学。她的《魔幻玩具铺》(*The Magic ToyShop*)获得约翰·勒维林·里斯奖(the John Llewelyn Rhys Memorial Prize),《几种感觉》(*Several Perceptions*)获萨默赛特·毛姆奖(Somerset Maugham Award),《血染的房间》(*The Bloody Chamber*)获得切尔滕纳姆节文学奖(Cheltenham Festival of Literature Award),《马戏团之夜》(*Nights at the Circus*)获杰姆斯·泰特·布莱克纪念奖(the James Tait Black Memorial Prize)。

她的作品也深受媒体喜爱。"1985年长篇小说《马戏团之夜》的出版奠定了卡特作为一名著名作家的地位。对卡特的名气更具推动力的是她的作品进军另一媒体电影——短篇小说《与郎为伴》(*The

---

① Malcolm Bradbury, *The Modern British Novel 1878—2001*, Beijing: Foreign Language Teaching and Research Press, 2005, p. 515.
② Dani Cavallaro, *The World of Angela Carter*, Jefferson: McFarland & Co, Inc., 2011, p. 1.

Company of Wolves）由乔丹（Jordan）导演，于 1985 年被拍成电影，次年《魔幻玩具铺》被拍成电影，在格拉纳达（Granada）电视频道播出。"① 《马戏团之夜》和《明智的孩子》（*Wise Children*）则被改编成舞台剧于伦敦上演。"不过人们常说，直到死后卡特才真正地实至名归。"② "她的过早辞世，令每个英国人失声痛哭……三天之内她的书便销售一空。沙尔曼·拉什迪（Salman Rushdie）说，'英国文学失去了一位仁慈的女巫皇后'，翻开卡特过去的作品仍旧令我们感到震惊。"③ "她成为英国大学校园里拥有最多读者的当代作家。"④ 安吉拉·卡特的名字对于寻常百姓来说也是家喻户晓的，卡特是读者心目中屹立不倒的经典畅销作家。"在 1992—1993 年的学年中，在英国学位委员会收到的众多要求审批的博士学位中，有 40 个是关于卡特作品的，有玩笑说，这超过了委员会在整个 18 世纪所收到的所有申请。"⑤ "1994 年首届卡特研究学术会议在约克大学召开。"⑥ "2006 年，西方读者再度掀起一波几乎横扫英语世界的'卡特热'。在她去世后的第 14 年能有这么多狂热读者，应该说是文学史上的一个奇迹。"⑦

"身为作家的卡特常与幻想、哥特式、怪异、童话、戏谑、神秘、和隐喻这些词联系在一起，它们把我们从历史现实带到一个充满象征

---

① Sarah Gamble, *The Fiction of Angela Carter：A Reader's Guide to Essential Criticism*, Cambridge: Icon Books Ltd., 2001, p. 8.

② Ibid..

③ Maroula Joannou, "Rereading Angela Carter", *Women：A Cultural Review*, Vol. 18, No. 2, June 2007, p. 110.

④ Barker, Paul. "The Return of the Magic Story-Teller", *The Independent on Sunday*, Vol. 8, No. 2, January 1995, p. 14.

⑤ Sarah Gamble, *Angela Carter：Writing From the Front Line*. Edinburgh: Edinburgh UP, 1997, p. 1.

⑥ Sarah Gamble, *The Fiction of Angela Carter：A Reader's Guide to Essential Criticism*, Cambridge: Icon Books Ltd., 2001, p. 8.

⑦ http://drunkdoggy.blogbus.com/logs/48583548.html.

意义的文学太空。"① 卡特被描述为一个"难以捉摸的、有魔力的""神秘的",从没有在"真实的"世界中生活过的人。② 然而卡特对上述"神话性"的标签不置可否,她从不认为自己的作品具有"神话"的特质,她说:自己是一个绝对坚定的唯物主义产儿,为了质疑现实的自然化,我必须从组成物质现实的牢固的根基中解脱出来。我在做祛除神话的事情。她相信神话是人的意识的产物,只是对人类实践的物质方面的反映。③ 作为一个受过英国文学专业良好教育的人,卡特不仅酷爱并专攻中世纪文学,还博览群书,"读遍了各个时期、各个国家和各种形式的文学"④。"卡特作品的引人入胜不仅在于其各种作品题材的变化多样,还在于其作品的深度。卡特的作品绝不仅仅是娱乐,而是她的令人敬畏的盖世才华和爱的观点的展示"⑤。

卡特是一位令人惊讶的女作家,没有人能像她那样写作。她被评论家誉为"女作家中的萨尔曼·拉什迪,英国的卡尔维诺"。她是独一无二的作家,她的写作没有疆界,她发明和使用从未有过的语言和修辞,书写从未被讲述的神奇故事。"她给读者带来的阅读感受,只有库斯图里卡的电影、梵高的色彩、安东尼·伯吉斯的故事、亨利·米勒的呓语和毕加索的春宫画可与媲美。"无论何时,你随便拾起一本卡特小说,眼前便燃起一场场绚烂到令人失明的焰火。西方评论界认为卡特"与众多真正伟大的作家一样,她超越了时代的理解力。人们对她作品的美学价值的理解与探讨,也只是刚刚开始"

---

① Maroula Joannou, "Rereading Angela Carter", *Women: A Cultural Review*, Vol. 18, No. 1, February 2007, pp. 111—112.

② Emma Tennant, "Obituary Letter", *Guardian*, Vol. 24, No. 1, February 1992, p. 35.

③ Cf.: Angela Carter, *Shaking a Leg: Collected Journalism and Writings*, London: Chatto & Windus, 1997, p. 38.

④ Sarah Gamble, *Angela Carter: A Literary Life*, New York: Palgrave Macmillan, 2009, p. 55.

⑤ Sarah Gamble, *The Fiction of Angela Carter: A Reader's Guide to Essential Criticism*, Cambridge: Icon Books Ltd., 2001, p. 8.

（Gamble，2009）。难怪人们在她的讣告里这样写道："她反对狭隘。没有任何东西处于她的范围之外。她想知道世界上发生的每件事，了解世上每一个人，她关注世间每一个角落，每一句话。她沉溺于多样性的狂欢，她为生活和语言增色添彩。"①

《明智的孩子》是卡特最后一部作品，也被认为是卡特最为复杂和最好的一部绝笔之作，也是她文学人生的璀璨谢幕。小说得到来自英美各界的无数赞誉。《泰晤士报》文学副刊评论道，"《明智的孩子》是安吉拉·卡特最出色的作品"。著名的卡特评论家萨拉·甘布尔（Sarah Gamble）说，《明智的孩子》是卡特的"最后一部，也是有争议的、最畅销的小说"②。《明智的孩子》出版后虽然成为当代英语小说界重要奖项英国布克文学奖（the Booker Prize）的遗珠，③却也因此而催生了为女性小说家专设的柑橘文学奖（the Orange Prize for Fiction）。

长篇小说《明智的孩子》与以往作品不同。卡特以往作品的研究大都集中在女性主义、性别研究、童话反写等文学和文化理论以及福柯、拉康、巴特勒等哲学家的哲学阐释上。但是西方学界对《明智的孩子》的评论却遇到了瓶颈。因为卡特在其名作《马戏团之夜》之后六年才创作了《明智的孩子》，正如贝丝·波姆（Beth A. Boehm）所说，此部小说明显与以往小说的主题不同，远离了女性主义、童话书写。因此很多女性主义、性别研究和童话反写方面的研究就此搁笔，与以前的大量阐释相比，对《明智的孩子》阐释却冷落了很多。然而即使在这些有限的阐释中，不同的评论家的观点也充满了尖锐的矛盾，一时间对《明智的孩子》的阐释陷入了困境，进入了停滞阶段。如同甘布尔在2003年所著的卡特研究论文集《安吉拉·卡特的小说：文学批评的读者必备指南》 (*The Fiction of Angela Carter：A*

---

① http://drunkdoggy.blogbus.com/logs/48583548.html.
② Ibid..
③ 因为布克奖迄今为止只颁发给男性作家。

Reader's Guide to Essential Criticism）中的最后，再次引用她在1997年所著的卡特研究专著《安吉拉·卡特：写自前线》（*Angela Carter： Writing From the Front Line*）中所写的话："换言之，没有新叙述和新起点——我们被卡在其中，无法摆脱。"[1]《明智的孩子》成了一块烫手的山芋，一般的阐释很难碰触它，因为研究文章的论点会常常陷入与文本自相矛盾的境地。卡特的生前好友和评论家劳娜·塞奇（Lorna Sage）说，卡特是想写一本与上一部长篇小说《马戏团之夜》完全不同的小说，她想让《明智的孩子》"文本上有更多的漏洞，这部小说应当靠纸上的空间来通风……"[2]

卡特曾说："《明智的孩子》是一部喜剧（comedy），并且在文化术语上，comedy代表了繁殖、延续、和一种无穷变化的世界的本质……"[3]值得注意的是，这里的"喜剧"不是今天意义上的"喜剧"，在卡特眼中，comedy是与生殖力、欲望、性欲，以及人类永恒不变的变化结合在一起的，是万物的原动力，这其实是古希腊旧喜剧的特征，即一种谐剧（旧译"喜剧"）的世界观。谐剧以阿里斯托芬谐剧为代表，其精神品格是对"逻各斯中心主义"的一种反叛与超越，整个《明智的孩子》就是以谐剧为主要精神和艺术特征，以"反逻各斯中心主义"为支点，反对血缘霸权，建构新式亲缘家庭观为主题的小说。

---

[1] Sarah Gamble, *Angela Carter： Writing From the Front Line*, Edinburgh： Edinburgh University Press, 1997, p. 188.

[2] Kate Webb, "Angela Carter", in Malcolm Bradbury and Judy Cooke, eds., *New Writing*, London： Minverva, 1992, pp. 185－193 (p. 185).

[3] Kim Evans (dir.), *Angela Carter's Courious Room* (BBC2, 15.9.92).

第一节 立论和背景介绍

"逻各斯精神"源于古希腊，由赫拉克利特提出，是一种辩证理性。到了阿里斯托芬时代，正值西方理性精神形成之时，"逻各斯精神"体现了理性本身的规范性方面，而阿里斯托芬与同时代的以苏格拉底为代表的思想不同，他从理性出发，但同时又质询"逻各斯"，并把它编排到谐剧中上演，提醒希腊人"逻各斯"发展到极致的弊端，他高扬人的感性生存和"一般实践理性"。但最终的结果是，以苏格拉底为首的西方的理性哲学战胜了阿里斯托芬的"一般实践理性"，后者从此湮没在历史的长河中。直到康德对"理性"重新界定，他提出西方哲学中"认知理性"的僭越，从"理性"中划分出了"实践理性"。而阿里斯托芬谐剧世界观所蕴含的"反逻各斯中心主义"的人文精神是对西方思想史的一道瑰丽的风景。

其实，西方传统哲学在本质上是一种理性哲学。西方传统理性主义的发展经历了古代理性主义、近代理性主义。西方古代理性，特别是"前苏格拉底时期"的理性，是建立在实践哲学基础上的客观理性。此时期还存在着理智理性和实践理性、实践活动的"工具—目的"合理性和"反思—价值"合理性的二元对立。经过柏拉图和亚里士多德，古代的客观理性逐步演变成主观理性，一种理念论，即理念与现实的二元对立，成为一种在西方思想史上占有支配地位的思想体系。按照怀特海的观点，柏拉图的理念论是西方思想史的底本，在他之后的哲学都是对理念论的注脚。而以德国古典哲学为代表的相对主义理性或实践理性又实现了客观理性。但无论是主观理性还是客观理性，都具有实体性的特点，并存在着理性高于非理性以及二者的二元对立倾向。

要理解这段思想历史,就需要首先"逻各斯"入手,去考察"理性主义"或者"逻各斯中心主义"产生了何种危机。

从古希腊开始的西方哲学史发展的总体特征就是将逻各斯(the logos)当作探讨世界本原、规律以及追求终极实在、永恒原则和绝对真理的中心,诉诸理性和逻辑的自我完善来寻求和把握绝对的真理。西方逻各斯中心主义的基本特征是,把对知识的确定性的把握作为一以贯之的哲学旨趣。柏拉图认为,我们所看的个别感性事物是真实世界的一个表象,是虚幻的,而理念或模式永远不息,因此概念的知识是揭示事物的唯一真理。他认为哲学的目的在于运用概念的思维认识永恒的理性和真理,这便是理性至上、主客二分、追求终极实在的逻各斯中心主义范式的一个初步的阐释。黑格尔也指出一切存在物的真理只存在于理念中,只有通过概念、辩证思维和逻辑思维,我们才能认识事物中的理性。他主张通过研究和理解意识过程中的理性去如实地剖析整个经验世界和自然界。这样人类社会历史的实践才能成为绝对精神自我认识的一个环节,世界的本源就是自我意识。

从西方"逻各斯中心主义"历史演变的历程表明,基于两个主客、两个世界的划分,以"理性"本身来追求和把握知识的确定性是西方传统形而上学的永恒主题。因此,"逻各斯中心主义"就是一种彻底而纯粹的"理性主义"。这首先表现在它是一种"理性"的世界观,认为所有客体的秩序是"理性"的表现,并完全能够被"理性"所理解。然后,它是一种先验的"理性"方法论,以一种先于并独立于所有经验的视角出发来规定知识的条件,通过这种先验哲学完成知识确定性的探求,把解决问题的路径寄托于现实世界之外的理性的自我完善。

康德认为,对"理性"的盲从导致了传统理性主义的危机,摆脱危机的根本出路是全面审视"理性"的能力,划定其发挥作用的界限。康德对"认知理性"和"实践理性"的划分为认识成果的有效性提供了新说明,为自由是人的天性提供了新理由,开启了现代性的大门,催生了后现代思潮。

具体来说,康德曾在第一批判中对理性进行了两种分类:"第一是理论理性,即'知识的高级能力'的区分,这种区分将理性置于知性和判断力之前,同时限制它'推论'的活动。第二种是实践理性,将理性置于感性与知性之后,理性用于统一思想,这种分类是康德整个'辩证论'(Kant's dictionary)所依靠的东西。"简单地说,理论理性是关于自然哲学的,其旨趣涉及先天综合判断如何可能及知识的界限问题,它通过自然的概念立法;而实践理性则关涉道德哲学,其旨趣涉及道德与自由的问题,仅仅通过自由概念立法。实践理性不同于必须依赖于直观经验的理论理性,前者处理意志,即自己实现对象的能力,它本身具有作用于对象的实在性。理性在这里能够获得意志规定,并且在事情只取决于意愿时,总是具有客观实在性。实践理性批判采用的是从原理到概念再到感性的程序。[①] 而思辨理性从感觉开始在原理那里结束,不以经验性为条件的原因型的那些原理必须成为开端。

康德认为,人就他属于感官世界而言是一个有需求的存在者,在这个范围内,他的理性当然有一个不可拒绝的感性方面的任务,要照顾到自己的利益,并给自己制订哪怕是关于此生的幸福、并尽可能也是关于来生的幸福的实践准则。但人毕竟不完全是动物,不能将理性只是用作满足自己作为感性存在者的需要的工具,所以人固然依据理性来随时考察他的福和苦,但此外他拥有理性还有一个更高的目的,是要把这种评判与前一种评判完全区别开来,并使它成为前一种评判的至上条件。[②] 这就是康德所说的"道德律"。

[①] 参见〔德〕康德《实践理性批判》,邓晓芒译,人民出版社 2003 年版,第 2—3 页。
[②] 同上书,第 90—92 页。

然而，以苏格拉底为代表的同时代哲学家们首先探求一条先天的、直接的规定意志，并按照这意志来规定对象的法则。这样只有一条形式的法则，亦即这样一条仅仅将理性的普遍立法形式向理性颁定为准则的最高条件的法则，才能够先天地是实践理性的一个规定根据。然而，如康德所言，古人的错误是，他们把自己的道德研究完全建立在对至善概念的规定之上，他们的错误处处显露出了实践理性的他律，从这里面永远也不可能产生出一种先天普遍地下命令的道德法则。[①] 康德指出，经验是人类运用理性获取知识的必要条件，如果理性试图超越经验去把握"世界整体"，构建"一般形而上学"，就会得出一系列相互矛盾的结论，导致一系列的"二律背反"，从而产生"先验幻觉"，即把"理想的同一性"错误地当成"现实的统一性"。这样，康德通过对"理性"的批判性反思，拒斥了"认知理性"僭越的要求，使其有了自知之明，"认知理性"只能根据自身先天具有的能力，按照一定的法则去获取知识。康德的批判性反思为"实践理性"开辟了无限广阔的天地。康德限制"认知理性"的僭越，是为了张扬实践理性为自身立法的权利，最终促进了人的自由。康德论证和高扬人的主体性，在认识论和伦理学上都突出了人的主体性。康德认为，在伦理领域，"实践理性"自己立法自己遵守，从而凸显了人生而自由、本性自由的本质。"实践理性"真正实现了人的自由和能动性。而这正是理解阿里斯托芬谐剧思想的关键，阿里斯托芬主张在"理性"的维度上纳入"人的主体性"即"一般实践理性"。需要特别指出的是，本文所提到的阿里斯托芬的"实践理性"相当于自由意志或纯粹意志。在康德看来它对应的是"一般实践理性"，是"自己规定自己的原因性的能力"，即"根据先天的实践原则来行动"[②] 的能力。而不是康德所说的实践理性或者纯粹实践理性，即"道德律"。

[①] 参见［德］康德《实践理性批判》，邓晓芒译，人民出版社 2003 年版，第 90—92 页。
[②] 同上书，第 16 页。

绪 论

之所以要纳入人的主体性的"感性世界"和"实践理性",是因为善和恶的概念也是纯粹实践原则,所以是以纯粹理性的某种原因性为前提的,这善和恶的概念作为原因性范畴的诸样态,在一条本身并非自然法则,而是自由法则的法则之下是属于理智的存在者的行为的,但另一方面却又是作为感性世界的事件而属于现象的,所以一个实践理性的诸规定将只在与感性世界的关系中才能发生,因而虽然是符合于知性范畴的,但不是为了知性的某种理论的运用,以便把(感性的)直观的杂多纳入某种先天的意识之下,而只是为了使欲求的杂多服从于一个以道德法则下命令的实践理性的或一个纯粹先天意志的意识统一性。由于在纯粹实践理性的一切范畴中所关心的只是意志的规定,而不是实现意志的意图的(实践能力)自然条件,这些范畴所涉及的只是一般的实践理性,因而是在道德上尚未确定并且以感性为条件的范畴。因为实践法则越过了经验(愉快情感),在经验之上建立,这样就把先天实践法则的可能性排除掉了。我们已经把一个对象按照善恶的概念当作一切实践法则的基础,即善恶成为实践法则的基础,这样一个纯粹实践法则的可能性被预先取消了。①

而阿里斯托芬的工作则是把与他同时代的哲学家们所排除掉的经验,感性的、直观的杂多,或情感体验、抑或先天实践法则加入了实践法则之前,或善的前面,抑或道德法则的前面,发挥人的主动性。阿里斯托芬提出了被同时代哲学家们所遗忘或者忽略的一个维度,那就是人带有情感的生存,这是一般的实践理性,坚持了这种喜剧的实践理性,就是保有了人的尊严与风度。人本主义是喜剧实践理性的核心内涵。而这种观点和主题的是通过一种特殊的艺术方式呈现出来的,那就是古典庄谐体,它把相悖的两极(庄与谐,神圣与低俗,新与老,美与丑,笑与严肃,虚幻与真实,颠倒与假扮)同时展露出

---

① 参见[德]康德《实践理性批判》,邓晓芒译,人民出版社2003年版,第90—92页。

来，意在颠覆理性秩序，消除权威的划界。这种庄谐体是真正的喜剧，因为它不是批判和讽刺，而是全盘呈现，让观众自行判断和裁决，给观众以主体性自由。

而要理解卡特就要先理解阿里斯托芬谐剧（旧译"旧喜剧"）及其世界观，因为它是一种消失的艺术形式，我们不可能在阿里斯托芬以后的时代去理解卡特，阿里斯托芬以后的喜剧形式已经失去了谐剧世界观的意义和谐剧实践理性的哲学蕴含，我们也不可能在卡特生活的现代主义和后现代主义语境下去描述卡特。因此，只有进入阿里斯托芬谐剧之维才能理解《明智的孩子》，而要阐释卡特就要先阐释阿里斯托芬。

卡特之所以产生"反逻各斯中心主义"思想是与她所处的现代性和后现代性时代密不可分的。肇始于17世纪的欧洲的"现代性"是社会生活或组织模式，其深刻的社会结构和思想转型最终成为一项文化筹划。从文化的精神维度看，现代性本质上是一种与工业社会相适应的思想理念，主要包括以自然科学为载体的现代科学理论和以启蒙主义运动发起的"理性精神"。"现代性"在哲学上的特征是，以目的论的、宏大的叙事方式，承诺追求自由、平等、博爱，"现代性"的精神实质是"理性主义"。"理性主义"是立足于人性，特别是人的理性，对自然、社会与人进行逻辑分析与语言阐释，以试图把握宇宙总体这样一种基本态度或信念，它相信社会组织的理性化和人的理性能够克服宗教、迷信等对人的压抑，可以运用科学技术来改造和支配自然，把人从匮乏和贫困中解放出来，使人获得自由和幸福。

然而，"理性主义"或"逻各斯中心主义"的这种垂直控制方式，是一种权力的实施方式，在进入现实伦理层面后，显露出一系列的弊端，日常生活与文化在理性主义的操控下，转换成专制的统治方式。正如克尔凯郭尔所言，理性主义典型弊端是将人的具体存在概念化和逻辑化，从而呈现出重思辨轻人生、重逻辑轻存在、重理性轻激情的倾向。它把获取抽象的普遍真理视为自身的最高使命，将人的存在概念化和逻辑化，而忽视了人的具体存在，即人本身并非观念，尽管一个存在的人确实具有观念。[①] 在克尔凯郭尔看来，人并非理性的存在物，而是为激情所激励的存在个体。人的存在之所以是非理性的，在于它永远处于不断的生成之中，而且由于这种生成具有不确定性的特征。

卡特反对"理性主义"，抵抗"逻各斯中心主义"对不断生成中的人所进行的机械控制，包括血缘的非法划界抑或血缘霸权制。而古希腊谐剧的庄谐体是颠覆和打破这种文化稳定结构的强有力工具。

因此，从宏大的文体论上来看，《明智的孩子》可以被看作是一部在后现代框架内的小说，因为后现代小说的特征之一就是模仿前人已有的成果，运用到自己的作品中去。但如果只在后现代框架内谈论《明智的孩子》就不会看到该小说的独特性，因为被我们所熟知的那些后现代的艺术特征无法呈现该文本的具体体例特征和某些特殊的文体表征。易言之，古典庄谐体的特征未被纳入人们所熟知的后现代小说技巧的范畴内，而且与很多后现代主义小说所不同的是，该小说的主题不仅消解了深度模式，而且更重要的是它重建了新的伦理观框架，这是与后现代主义截然不同的世界观，更具备现代性的重建的性质。后现代理论从根本上拆除了一切带有总体倾向的终极希望，是一种反理性主义、反中心主义、反主体性的哲学思潮。它以一种专事摧毁的否定性思维，对传统的理性主义、本质主义、中心主义、方法论等等进行了全面的否定与解构。因此后现代主义呈现的是意义的碎片、伦理的碎片、文化的碎片等一个碎片化的世界。由此分析得出，卡特在"反逻各斯中心主义"思潮下，运用了古典庄谐体的文体特征，具备了谐剧世界观的内涵，在反思和反省后现代主义中，为我们构筑了一个新的现代性的意义。鉴于此，我们说卡特是一位独特的后现代主义作家，她借鉴了谐剧的文体和精神特征。

---

① Kierkegaard，*The Concludinding Unscientific Postscript*，Princeton：Princeton University Press，1941，p. 295.

无论是古典庄谐体的艺术形式还是摧毁家庭的血缘制霸权主题，二者均未仅仅停留在语言与文本的层面，对于解决后现代世界的失序问题，具有重要的反思与建构意义。

第二节　研究综述

就本人在国内图书馆所进行的查阅和从中国期刊网所检索到的情况来看，除了2004年中国台湾的一篇硕士论文《穿越男性社会幻想：论安琪拉·卡特的三部后天启小说》（包含对《明智的孩子》的"后天启"分析），国内对长篇小说《明智的孩子》的研究论文大概有5篇。2009年西南科技大学的硕士论文《论安吉拉·卡特小说〈明智的孩子〉中的戏仿》论述了该小说的戏仿问题。同年发表在《大众文艺》第20期的《论〈聪明的孩子〉的叙事》，论述了该小说的叙事技巧。《大众文艺》2012年第6期又发表了《欠思"阿嬷"的生态女性主义视角解读》一文，从生态女性主义视角解读养母"外婆"。2012年11月发表在《英美文学研究论丛》的《〈明智的孩子〉——在历史的内外之间的平衡》，对小说中的女性主义思想进行了解读。2013年南京师大外国语学院的硕士论文《论安吉拉·卡特〈明智的孩子〉中的狂欢化特征》，论述了该小说的狂欢化特征。

国内已有的这些文章，基本上没有超出国外以往的相关论述，例如，关于女性主义在该文本中的表达，国外学界已达成共识，认为该小说并没有女性与男性的划界，卡特在文本中并没有任何女性的声音表达，人物在文本中也并未发出女性的需求和呼唤。根据贝斯·A.波姆（Beth A. Boehm）的说法，在卡特以前的作品中占据主要地位的女性主义话题在《明智的孩子》中很明显并刻意地降级为极不重要的地位。①妮科尔·沃德夫·朱夫（Nicole Ward Jouve）在研究了包括《明智的孩子》在内的多部卡特的文本分析后，得出结论，"卡特并没有写'女性主义'文本"，没有写母亲的声音，没有写母亲的欲望。②

国外对卡特的研究已蔚为大观，而对《明智的孩子》的专门研究除了散见于报纸、杂志上的文章之外，还包括在从20世纪80年代至今的几部卡特研究论文集里。

国外学界对《明智的孩子》的研究主要集中以下在四个方面：(1) 政治意图的阐释；(2) 宿命论的阐释；(3) 母亲形象的阐释；(4) 狂欢化的阐释。但是，上述的研究在回应文本时分别出现了很多矛盾和困境，对此我将做出进一步的阐释。

第一种观点集中在文本的政治意图的阐释方面。《明智的孩子》中有一条明显的家族的事业线，这条线以哈泽德（Hazard）家族这一英国戏剧家族演出莎士比亚戏剧为贯穿，互喻谐拟莎士比亚的众多戏剧创作，描述了家族第二代人梅尔基奥尔（Melchior）爵士，以演出莎士比亚戏剧为己任，重振家族的演艺事业，成为家喻户晓的"英国戏剧先生"，他企图掌控好莱坞，雄霸美国，再现莎士比亚剧团昔日的辉煌，最终却成为泡影的故事。后来随着时代的变化，戏剧逐渐衰微，电视成为大众媒体的主宰，哈泽德王朝改行投入电视业而飞黄腾达。针对这一内容，评论家约瑟夫·布里斯托（Joseph Bristow）、特雷夫·林恩（Trev Lynn）、艾丹·戴（Aidan Day）、萨拉·甘布尔（Sarah Gamble）认为卡特的作品具有有限的政治用途，③ 如洛纳·塞

---

① Beth A. Boehm, "*Wise Children*: Angela Carter's Swan Song", *The Review of Contemporary Fiction*, Vol. 14, No. 3, Fall 1994, pp. 84-89 (p. 85).

② Ibid., pp. 173-179.

③ Notes: Joseph Bristow and Trev Lynn, Broughton eds., *The Infernal Desire of Angela Carter: Fiction, Femininity, Feminism*, Harlow: Longman, 1997; Aidan Day, *Angela Carter: The Rational Glass*, Manchester: Manchester University Press, 1998; Sarah Gamble, *Angela Carter: Writing from the Front Line*, Edinburgh: Edinburgh University Press, 1997.

奇（Lorna Sage）所说，卡特的小说中具有特别的政治和历史语境的力量。① 甘布尔认为，"哈泽德戏剧家族的定位与撒切尔（Thatcherist）重返'维多利亚的价值'之间有着讽刺的关系……卡特意在讽刺国家主义（nationalism）观念与撒切尔主义帝国复兴的企图。卡特以剧院隐喻爱国主义，并置两条线，以失去市场的'大众'剧院反对'合法'的戏剧作品，以小说的主要人物钱斯双胞胎姐妹来削弱阶级、品位和国家主义等文化决定性的分类"②。甘布尔还认为《明智的孩子》表达了这样一个主题：无情地剖析帝国的瓦解，这一瓦解被认为是美国对英国文化舞台的无法忍受的介入。③ 对于政治与幻想的关系，不同的评论家具有不同甚至截然相反的观点，甘布尔和威斯克（Wesker）抵制政治与幻想之间的对立，他们认为卡特正是通过幻想来探索性政治的，幻想和性政治这二者之间界限模糊；而艾丹·戴不认为卡特的幻想的描述中含有性政治，二者应当截然分开。④ 另外，利用哈泽德王朝与莎翁文化这层隐喻含义，凯特·韦布（Kate Webb）探讨了《明智的孩子》中的莎翁文化的主宰与英帝国统治之间的密切关系，她认为前者既是后者的偶像式的象征，同时也是潜在的摧毁和颠覆的力量。正如凯特·韦布所说："莎士比亚或许已经成为英国合法文化的唯一象征，但是莎翁的作品却以私生子、多样性和乱伦为特点；哈泽德王朝或许代表了规范与传统，但是他们也是由无数的孤儿、通奸者和淫乱者组成的大杂烩。"⑤

---

① Lorna Sage, *Women in the House of Fiction: Post War Women Novelists*, Basingstoke: Macmillan, 1992, p. 174.
② Sarah Gamble, *Angela Carter: A Literary Life*, New York: Palgrave Macmillan, 2009, p. 166.
③ Ibid., p. 185.
④ Lorna Sage, *Women in the House of Fiction: Post War Women Novelists*, Basingstoke: Macmillan, 1992. p. 176.
⑤ Kate Webb, "Seriously Funny: Wise Children", in Lorna Sage, ed., *Flesh and the Mirror: Essays on the Art of Angela Carter*, London: Virago Press, 2007, pp. 287–314.

第二种观点是宿命论方面的阐释。针对文本的令人费解的结尾，一些评论家把卡特的生平经历赋予宿命论的观点，认为文本的令人不可思议的结尾同卡特几个月后死于癌症有关，如贝丝·A. 波姆的"《明智的孩子》：安吉拉·卡特的天鹅之歌"一文，把小说分析成为吸引众人的死亡宿命论，把文本重塑为卡特的回忆录。① 对此，卡特的好友洛娜·塞奇（Lorna Sage）早有声明，卡特的癌症直到1991年春才被诊断出，此时小说早已写完，正付梓出版，因时间太晚而不可能影响到《明智的孩子》的写作。这种宿命论的观点尽管令人感动，但显然是无法站住脚的。

第三种观点是对母亲身份的阐释。妮科尔·沃德夫·朱夫在《"母亲是一种修辞……"》②一文中指出，卡特在她的写作生涯中坚决地颠覆父亲和母亲身份，并以孩子的出生和收养而结束这种颠覆。正如荣格学派（Jungians）所说，我们只有把父亲和母亲内在化，孩子才能最终出生。③ 朱夫论述道，"父亲是虚幻的，他使众多的私生子、养子和编造的父亲成为可能"，而母亲在卡特的笔下也成为虚构。卡特的小说打破了"母亲的典型的和传统的形象"，"没有一位作家能像卡特一样如此反复和激情地反对女权主义者所指称的'生物基本主义'"，卡特把"生物性"从母亲的呵护职责上分离开来。朱夫认为《明智的孩子》中的母亲形象钱斯"外婆"不是血缘上的母亲，也没有在照顾孩子上做到尽善尽美，但是对于孩子来说无论是否是亲生母亲，只要让孩子们感受到家的安全就足够了。朱夫进一步阐释道，卡特比乔伊斯《尤利西斯》中的父亲的虚构写得更好，她推动了母亲身份的虚构，卡特不仅颠覆了父亲身份，同时也在父亲和母亲身份中，

---

① Sarah Gamble, *The Fiction of Angela Carter: A Reader's Guide to Essential Criticism*, Cambridge: Icon Books Ltd., 2001, pp. 181－182.
② 此文的题目引自卡特的一句原话。
③ Nicole Ward Jouve, "Mother is a Figure of Speech…", in Lorna Sage, ed., *Flesh and the Mirror: Essay on the Art of Angela Carter*, London: Virago Press, 2007, p. 183.

"颠覆二者、融合二者、降级二者"①。朱夫认为在《明智的孩子》中自然主义、非核心家庭和快乐环绕在文本中。母亲的身体是可以缺失的,当母亲缺失时,孩子可以尽情地扮演母亲呵护的角色。关于母亲身份的写作,朱夫认为,"卡特并没有写'女性主义'文本",没有写母亲的声音,没有写母亲的欲望。②

第四种观点具体体现在对文本的狂欢式结局所带来的"狂欢"意义的阐释上,在此阐释上的纠结也最为复杂。《明智的孩子》被认为是一部轻松狂欢的作品。凯特·韦布对小说结尾的狂欢提出质疑,她认为狂欢不会带来理想化的女性主义的乌托邦,她探讨了巴赫金狂欢理论与女性主义之间的矛盾冲突,认为狂欢使非秩序化的父权暴力合法化,狂欢既挫败了女性又扰乱了秩序。尽管如此韦布还是肯定了狂欢有利的一面,狂欢为我们带来了诱人的前景,只有狂欢能带给我们幻想的可能性,这就是为何用来弥补生活的这些创造性事物"笑、性和艺术"是那么珍贵。③ 笔者认为,此论点仅仅阐释了狂欢的意义,把"狂欢"的内容当作卡特的小说的内容和主题,没有看到"狂欢"其实是卡特的一种策略。

盖博丁·米尼(Gabardine Meaney)指出,小说以狂欢代替符号系统,来反抗以父权制为代表的现代性。米尼认为小说复制了莎士比亚剧团的哈泽德家族喻涉英国的父权制和英国国家身份。卡特通过梅尔基奥尔爵士——双胞胎歌舞姐妹的父亲——这个莎士比亚形象来袪

---

① Nicole Ward Jouve, "Mother is a Figure of Speech…", in Lorna Sage, ed., *Flesh and the Mirror: Essay on the Art of Angela Carter*, London: Virago Press, 2007, pp. 170—172.

② Ibid., pp. 173—179.

③ Cf.: Kate Webb, "Seriously Funny: Wise Children", in Lorna Sage, ed., *Flesh and the Mirror: Essays on the Art of Angela Carter*, London: Virago Press, 2007, pp. 287—314.

除英国传统父权制的神秘化。① 梅尔基奥尔代表了早已衰微的英帝国主义的脉搏,和以莎士比亚为象征意义的法律力量,而梅尔基奥尔的弟弟佩瑞格林则体现了与其相反的现代主义模式。米尼认为《明智的孩子》潜藏着一个以詹姆斯·乔伊斯的作品——《芬尼根的苏醒》为中心的充满了现代性的副本。②

盖博丁·米尼由此指出作品的重要人物不是梅尔基奥尔,也不是女主人公"外婆"和多拉,③ 卡特对乔伊斯小说挪用的目的是为了突出母亲的形象即女性主义而不是父亲的形象,也是为了促进界限④(thetic)这个突破口产生的喜剧化的解决方式。米尼指出,卡特用现代主义表达对以父权为代表的象征系统对抗,其目的是产生一种新的"界限"突破口。⑤ 换言之,米尼认为,卡特以狂欢为形式的现代主义的对抗方式,代替了以前以符号系统来对抗父权象征秩序的方式。但是,这个结论被评论界认为是有问题的,当所有的界限被僭越时,小说人物多拉认为她无法再继续前行,多拉说:"笑的力量是有限的,尽管我时常以暗示接近那限度,但我并不打算越轨","狂欢总有一天要结束"⑥。混乱所带来的狂欢会摧毁一切。可见在文本中狂欢并不是解决之道。正如萨拉·甘布尔所认为的,米尼比克里斯蒂娃走得更远,她把狂欢作为颠覆父权制文化传统的方式,但我们不难发现文本

---

① Cf.: Gerardine Meaney, (Un) Like Subjects: Women, Theory, Fiction, London: Routledge, 1993, p.127.

② Ibid., p.129.

③ Ibid., pp.130—132.

④ "thetic"(界限)是法国女权主义者克里斯蒂娃的理论,她认为名词thetic是把象征秩序(由语言、法律和父权制领域组成)从符号秩序(产生于前俄狄浦斯阶段,与母亲、女性密切联系)的界限中分离出来的一个突破口。

⑤ Gerardine Meaney, (Un) Like Subjects: Women, Theory, Fiction, London: Routledge, 1993, p.139.

⑥ Angela Carter, *Wise Children*, London: Vintage Press, 1992, pp.220, 222. 该译文由笔者参照[英]安吉拉·卡特《明智的孩子》(严韵译,南京大学出版社2009年版)译出,稍作改动。

中充满了人物对狂欢的限制性的思想和话语。[①] 多拉叙述道:"但是,说实话,这些璀璨的时刻有时确实会在我们人生的那些嘈杂但互补的叙述中出现,如果你选择在这样一个时刻结束故事,拒绝让故事继续,那么你就可以称之为一个快乐的结局。"[②] 这些都体现出卡特对"狂欢"持否定的态度。同样,米尼所认为的女性主义也并不是文本的主题,根据贝丝·A. 波姆的说法,在卡特以前的作品中占据主要地位的女性主义话题在《明智的孩子》中很明显并刻意地降级为极不重要的地位,相反卡特把注意力放在莎士比亚戏剧的宏大主题上,如爱的力量、幻想和缘起缘落的神秘性。[③] 但是,笔者认为,狂欢文学的庄谐化特点就是人物双声。那种人物对"狂欢"肯定与否定的并存和兼容的表达,恰恰证明了这是庄谐文学的显著特点,狂欢文学从不压抑与自己对立的声音,反而会让它们获胜。易言之,文本中人物对狂欢的限制性话语正是狂欢形式必不可少的一部分。

米尼的观点也受到克莱尔·汉森(Clare Hanson)的批评,汉森认为在卡特的作品中有一股贯穿始终的张力,它存在于激进的意志与怀疑的悲观主义两者之间,如果只看到卡特作品中的狂欢倾向就会遮盖卡特后期作品的深度和复杂性。[④] 汉森引用卡特的话来说明,卡特一方面对革命的可能性有一种社会主义者的信念;另一方面,卡特感受到一种由悲观和失望给这种信心所带来的压力。[⑤] 汉森认为,以后结构主义和解构主义为内容的后现代的状况有利于女性主义的解放,

---

[①] Sarah Gamble, *The Fiction of Angela Carter: A Reader's Guide to Essential Criticism*, Cambridge: Icon Books Ltd., 2001, pp. 177–178.

[②] Angela Carter, *Wise Children*, London: Vintage Press, 1992, p. 227.

[③] Beth A Boehm, "*Wise Children*: Angela Carter's Swan Song", *The Review of Contemporary Fiction*, Vol. 14, No. 3, Fall 1994, pp. 84–89 (p. 85).

[④] Clare Hanson, "'The Red Dawn Breaking Over Clapham': Carter and the Limits of Artifice", in Joseph Bristow and Trev Lynn Broughton, eds., *The Infernal Desires of Angela Carter: Fiction, Femininity, Feminism*, London: Longman, 1997, p. 59.

[⑤] Ibid., p. 22.

它使父权制和帝国主义的叙述霸权不再合法化。因为解构主义反对或者对抗父权话语,卡特的后期作品常常被毫无疑问地认为是解构性质的,但凯特·韦布的这种观点(认为小说结尾的狂欢不会带来理想化的女性主义的乌托邦),无疑是对卡特的低估和误读。① 克莱尔·汉森把卡特政治思想的复杂性向前推进了,他认为《明智的孩子》的狂欢式的结尾体具有欢庆和局限两方面的体现。一方面,卡特意图改变;另一方面,卡特承认艺术无法带来政治变化的局限性,汉森看到这种双重的两面性——既是激进的意志也是一种值得怀疑的尼采悲观主义,二者同时存在于后现代主义之中。② 就汉森而言,卡特后期的作品带有更多的虚无主义,这同大多数评论家的观点不同。汉森认为卡特在建立一种新的解放秩序时发现了"狂欢"对于颠覆父权统治的局限,而二元对立对社会的建构使社会变革不再成为可能。③ 显然这种虚无主义和悲观主义的观点在文本中无法得到印证,克莱尔·汉森对此观点进行了回应,引用了文本中人物的话语来证明卡特在文本中拒绝一切悲剧性的东西,反而力图创造一个异常安全的喜剧化的空间,如诺拉在代替多拉上演"掉包新娘"而嫁给她并不爱的卡恩(Khan)先生时拒绝悲剧式的表演的描述。④

另外,在20世纪80年代和90年代初期,卡特被冠以"魔幻现实主义"(Magic Realism)的称号,以及伴随的一系列艺术形式、小说题材,以及作家的由此而出现的作家的情感和思想的研究。2001年,英国埃塞克斯大学(University of Essex)的艾玛·皮泰·彭(Peng, Emma Pi-tai)从女性主义的后现代主义视角来阐释卡特的作

---

① Clare Hanson, "'The Red Dawn Breaking Over Clapham': Carter and the Limits of Artifice", in Joseph Bristow and Trev Lynn Broughton, eds., *The Infernal Desires of Angela Carter: Fiction, Femininity, Feminism*, London: Longman, 1997, p. 60.
② Ibid., p. 71.
③ Ibid., p. 67.
④ Sarah Gamble, the *Fiction of Angela Carter: A Reader's Guide to Essential Criticism*, Cambridge: Icon Books Ltd., 2001, p. 182.

品，包括《明智的孩子》。女性主义改写与后现代主义戏仿（postmodernist parody），不确定性和后现代的虚构性。也就是说对卡特作品的分析中，戏仿集中在女性主义以及多种后现代的写作技巧中。

而国外近年来的研究成果也指出《明智的孩子》具有隐喻（allusion）和魔幻现实主义（Magic Realism）的艺术特色。在网络资源出版社"赫菲斯托斯书籍"（Hephaestus Books）① 所出版的《重要作家指南：聚焦安吉拉·卡特》一书中，伊丽莎白·妲茂（Elizabeth Dummel）归纳出该小说的五大主题："非法对合法、狂欢（表现为非法与高低阶层的社会分界）、乱伦、文化与阶层（高低层文化的对立）以及莎士比亚。"② 体例为魔幻现实体。2011年，达尼·卡瓦拉罗（Dani Cavallaro）指出该文本充满了"滑稽讽刺性模仿和狂欢的违禁忌行为"的描述和"复制与反贴相互补充的主题"③。二元对立性、二分法以及复制技巧的共同运用创造出象征性的类比效果。并指出卡特"总是把相同与不同，自我与非自我，在场与缺席等超真实性的元素并置在一起"④。

另外还有某些特殊视角的研究，如2011年丹尼·卡瓦拉罗在《镜子身份：明智的孩子》（*Mirror Identities：Wise Children*）一文中从镜像身份的角度来分析《明智的孩子》。⑤ 另外，2012年玛丽亚·约瑟·皮雷斯（Maria José Pires）在《食物的道德权力：安吉拉·卡特的"食物崇拜"》（*The Moral Right of Food：Angela*

---

① 赫菲斯托斯（古希腊的火神）书籍是计算机网络图书，它汇聚了针对某个学科领域或某个专题的所有网络资源，它代表一个新的出版范例，把网页上分散的资源制作成内容紧凑、逻辑相关、资料丰富的书籍。迄今为止，在"创意公用权"（Creative Commons）的许可下，由维基百科的文章和图片制作而成。

② Elizabeth Dummel ed., *The Essential Writer's Guide：Spotlight on Angela Carter*, USA：Hephaestus Books, 2012, p. 9., http://www.ICGtesting.com.

③ Dani Cavallaro, *The World of Angela Carter*, Jefferson：McFarland & Co, Inc., Publishers, 2011, p. 14.

④ Ibid.．

⑤ Ibid., pp. 164－188.

Carter's "Food Fetishes"）一文中考察了卡特的食物观，包括《明智孩子》，通过考察钱斯和哈泽德两个家庭对食物的选择，可以看出一种鲜明的道德与阶级的区分。[①]

上述的研究成果颇具价值，但是笔者认为，这些关于隐喻、魔幻现实主义、两种对立互补，以及戏仿和狂欢这些艺术特征不能被"离散"开去分析，它们并非孤立的元素，相反如果把这些艺术元素整合起来就会发现，这些都包含在阿里斯托芬谐剧艺术特征——庄谐化之中，是其不可分割的一个组成部分。

卡特作为一位独特的后现代主义作家，借鉴了谐剧的文体和精神特征，因此其最后一部小说的创作更接近阿里斯托芬的谐剧，是一部古希腊谐剧体小说，具有谐剧情景的艺术特征。这样看来，文本所具有的一些奇怪的、不可思议的特征被国外学界所忽略，比如，淫秽和个人辱骂语的凸显，新老接替的怪诞躯体形象、谐摹，以及人物的双声等。而这些特征合而为一生成一种喜剧体，它们既不同质，也不符合后世的喜剧现实主义的原则，而是典型的庄谐化特征，是"古典庄谐体"（the serio-comic genres of antiquity）。这些情节看起来反常，令我们感到非现实化。而以往研究中的二分法所创造的反贴互补的主题，以及两极元素并置的活力形式其实是庄谐体中的"强对比和矛盾组合"特征。而庄谐体离不开狂欢文学，但它并不是狂欢体中独立的分支，而是所有狂欢文学的定义性特征，[②] 也就是说，狂欢文学具有庄谐体特征。我们用狂欢文化就可以理解一定的喜剧现象，在《拉伯雷与他的世界》（Rabelais and His World）和《对话的想象》（The Dialogic Imagination）中，巴赫金阐释了"狂欢文化"（carnival cul-

---

[①] Sonya Andermahr, ed. *Angela Carter*: New Critical Readings, London: Continuum International Publishing Group, 2012, p. 59.

[②] Charles Platter, *Aristophanes and the Carnival of Genres*, Baltimore: The Johns Hopkins University Press, 2007, pp. 10－11.

ture) 的概念。他认为,"狂欢文化"即使人类文化的特有的现象也是建立在历史基础上的隐喻,体现了一种看待世界的特殊方式,那就是把通常分离的元素并置在一起:"狂欢把神圣与亵渎、崇高与卑下、伟大与渺小、智慧与愚蠢集合、统一、结合、合并在一起。"① 而这就是庄谐体。

这种古典庄谐体最初出现在阿里斯托芬的谐剧中,在现代已失传,较少出现在传统文学中,而后现代的艺术特征又不足以涵盖它。这些特征不能被视为"离散的现象"(discrete phenomena),也就是不能被后现代的写作技巧所分析,因为一旦这些庄谐元素离开它们所赖以产生的谐剧情景,它们就无法得以阐释。② 而真正的谐剧以阿里斯托芬谐剧为典范,其实是一种政治讽刺剧,产生于古希腊社会的古典时期,是古希腊仅存的谐剧,于公元前380年之后便逐渐消亡,埋葬在历史中了。因此要谈论卡特的《明智的孩子》就不能离开阿里斯托芬谐剧的文化语境,仅仅在后现代语境下谈论《明智的孩子》显然是不合乎情境的,因此要读懂卡特的最后一部小说就要对首先理解阿里斯托芬谐剧,这一久已失传的谐剧特征和谐剧世界观。

而要理解阿里斯托芬谐剧并不是那么简单,因为如果仅从艺术技巧来分析庄谐化显然是不够的。也就是说仅从语言学分析的角度是无法阐释此文本的,因为这些技巧的运用最终指向的是作者的世界观哲学。《明智的孩子》其实是卡特的谐剧世界观的反映,就如同阿里斯托芬谐剧其实是阿里斯托芬世界观一样③。查尔斯·普拉特(Charles Platter,1957—)认为,传统的语言学技巧的局限性已不足以研究阿里斯托芬。仅仅搜集语言学的数据作为目的是不够的,必须全方位

---

① Mikhail Bakhtin, *Problems in Dostoevsky's Poetics*, ed. and trans. Caryl Emerson, Minneapolis, 1984, p. 123.
② Charles Platter, *Aristophanes and the Carnival of Genres*, Baltimore: the Johns Hopkins University Press, 2007, p. 3.
③ Ibid., p. 4.

地处理文体间的交互作用。^① 他说:"在狂欢文学中,更倾向于非—常态(non-normal)的现实,因为它允许可以不计现实的考虑或者偶然发生的细节,来创作情景,从而可以全力检验那个构想。"^②如同巴赫金所认为的,需要创造一种"特别的情境去激发和检验一种哲学观点"^③。而卡特需要检验的则是她的"反逻各斯"思想,是庄谐文学所特有的多种非现实的艺术情境为她供了检验哲学观点的可能性,易言之,卡特的"反逻各斯"思想,就是通过古典谐剧特性,即庄谐化体现出来的。

要说到古典庄谐文学,我们不能不提到巴赫金。巴赫金是庄谐特征的发现者和阐释者,他通过分析小说提出了"不确定性"这一庄谐特征。他首先在《陀思妥耶夫斯基诗学问题》(*Problems in Dostoevsky's Poetics*)一书中分析陀思妥耶夫斯基所创作的小说保留了一种高度的"不确定性"。他写道:"决定性事件还未曾在这个世界上发生过,这个世界和关于这个世界的最终的话语还未曾被言说,世界是开放的和自由的,万物仍在未来,并且会一直处在未来。"^④ 可见,关于"不确定性"并非后现代主义的专利,可追溯到文艺复兴时期的拉伯雷,直至古希腊古典时期的阿里斯托芬。而二者并不相悖,因为后现代主义究其实是阿里斯托芬谐剧世界观在后世一种变形的延续,尽管内容不尽相同,但风格和精神却是相契合的。同样,巴赫金与后结构主义方法(poststructuralist methodologies)尤其是解构主义(deconstruction)有很多方面也不尽相同,但不具有解构主义的形而上学的倾向。

---

① Charles Platter, *Aristophanes and the Carnival of Genres*, Baltimore: the Johns Hopkins University Press, 2007, p. 4.
② Ibid., p. 9.
③ Mikhail Bakhtin, *Rabelais and His World*, trans. Helene Iswolsky, Cambridge: Cambridge University Press, 1968, pp. 3—6.
④ Mikhail Bakhtin, *Problems in Dostoevsky's Poetics*, ed. and trans. Caryl Emerson, Minneapolis: University of Minnesota Press, 1984, p. 166.

谈到庄谐文学就离不开狂欢体这一概念。巴赫金阐释了狂欢体的两个最为重要的方面，这同样也包括小说的所有特征。第一是自发性特征，这与相对固定不变的日常生活结构相反。第二是对法律和禁忌的暂时搁置，后者构成了狂欢节之外的生活。"狂欢世界处于日常生活的讽刺对立面，创造出了一个给颠覆和自由让位的矛盾形象秩序，而这种秩序反过来又给传统秩序带来了生机。"[1] 这使得价值评估成为可能。正是狂欢体的这一方面，连同这种创造出一种可以想象的出的、与既定秩序不同的情形的能力，才可以被称为庄谐体（serio-comic genres）。庄谐体不是狂欢体中独立的分支，而是所有狂欢文学的定义性特征。正如巴赫金所说，这些属于狂欢体的庄谐文学的特征是相互关联的。[2] 这样，阿里斯托芬喜剧作品已从语言技巧层面跨升到世界观的社会层面。

阿里斯托芬的谐剧世界观反对约定的永恒性，强调约定的可变性。它是一种将狂欢节的"节日感"日常化的一种有效尝试。[3] 它是一种不同于肃剧（旧译"悲剧"）世界观、自然哲学、文化哲学（智者），以及苏格拉底和柏拉图哲学的文化取向，是一种拒绝"超验世界"的价值立场，张扬的是一种对于人类共同体进行有效约定的实践理性，反对脱离人类共同体的理论理性。当然，阿里斯托芬的世界观具有"反逻各斯"的精神特质，因此后现代性与之在精神品格上神似，这也就不难理解为何众多研究者把卡特的文本放在后现代主义维度进行观照。二者虽然在艺术手法上并不相同，但在精神气质上也并不矛盾。

要弄清庄谐体的本质就要区分谐剧与肃剧、史诗的差别。巴赫金

---

[1] Mikhail Bakhtin, *Problems in Dostoevsky's Poetics*, ed. and trans. Caryl Emerson, Minneapolis: University of Minnesota Press, 1984, p. 10, p. 125.

[2] Ibid., p. 119.

[3] 陈国强：《反讽及其理性——阿里斯托芬诗学研究》，巴蜀书社2009年版，第169—170页。

认为,史诗和肃剧的特征是一种"史诗的世界观"(epic worldview)。他写道:"死者以不同的方式被爱戴。他们远离可以被接触的范围,我们可以并且确实必须以不同的方式来叙述它们。"① 这种叙述方式便是史诗(或者肃剧)的言说方式,即对过去的幸存者充满着崇敬,对死者的世界充满敬畏,是一种统一方式下的独白。凡是古老的便被认定为优秀的观念,加强了鲜明的等级关系,使史诗与衰败的当下分离,于是史诗在这种隔离状态下自行其是,进而使得那些或许能够激励它对自己优越性的基本设想,进行批评的视角分离开来。在肃剧的高贵性和尊严性中可以看出本理论的优越性。而谐剧恰恰是挑选出这些修辞特征作为狂欢化的目标,其所特有的狂欢体在多个方面颠覆了肃剧和史诗的叙述方式,古典庄谐体则是狂欢的不确定性的承载。

与仅适用于节日的巴赫金的狂欢理论不同的是,卡特的庄谐体作为她的世界观,如同阿里斯托芬的世界观一样贯穿到整个《明智的孩子》文本中去,贯穿到她的反大英帝国中心主义、反撒切尔国家主义强权,贯穿到她对血缘家庭伦理观的解构中去,这样,庄谐体在《明智的孩子》中已不仅仅是部分的、暂时的、单纯文学技巧的运用,而是带有阿里斯托芬世界观的性质。在1993年出版的卡特的最后一部短篇小说集《美国鬼魂和旧世界奇观》中,卡特也表达了上述观点,她认为狂欢的本质同节日、愚人节的本质一样都是转瞬即逝的,它可以释放张力但不会重建秩序。② 卡特在与好友洛纳·塞奇的交谈中指出,"狂欢化"是无用的,解决不了任何问题。当她发现许多读者宣称她的作品同巴赫金的定义相符,是"狂欢化"时,她也是在此时才读到了巴赫金,但是卡特不认为巴赫金是权威,甚至怀疑"狂欢化"

---

① Mikhai Bakhtin, *The Dialogic Imagination: Four Essays* ed. Michael Holquist, tans. Caryl Emerson and Michael Holquis, Austin: University of Texas Press, 1981, p. 20.
② Cf.: Angela Carter, *American Ghosts and Old World Wonders*, London: Chatto & Windus, 1993, p. 109.

的流行，她认为"狂欢"应当停止了。由此可见，在文本中的狂欢是手段，但不是卡特的最终目的，这不同于巴赫金的"狂欢"。正如在上文中克莱尔·汉森所认为的，如果只看到"狂欢"就会一叶障目。因此卡特仅仅把狂欢体作为一种"反逻各斯中心主义"的工具，易言之，卡特所推崇的不是"狂欢"的目的，"狂欢"既不是《明智的孩子》的主题和内容，也不是卡特的世界观或者她所提倡的精神，她最终的目的是"反逻各斯中心主义"，而这种目的是通过同样具有狂欢化特征的阿里斯托芬的庄谐体呈现出来的。

因此，我们就不难理解为何卡特拒绝别人拿她的作品同巴赫金的狂欢做比较。从卡特对学界的误读所给出的这段回应中可以看出，研究者所认定的"狂欢"是巴赫金的狂欢，是作为目的和内容的"狂欢"，这当然让卡特不置可否。而卡特所运用的是阿里斯托芬谐剧的庄谐体，因为它毕竟受到巴赫金"狂欢化"的强有力的影响，可以用"狂欢化"作为一个很好的中介，来理解古典旧喜剧的某些现象。

西方评论界认为卡特"与众多真正伟大的作家一样，超越了她的时代的理解力。人们对她作品的美学价值的理解与探讨，也只是刚刚开始"[①]。笔者试图对卡特小说的诗学形态做一个初步分析，提出《明智的孩子》作为一部庄谐体小说文的五个特征，那就是谐摹、粗俗与神圣语言、新老接替的怪诞躯体形象、强对比与矛盾组合，以及人物双声。

另外，以往研究都忽略了卡特的爱情观和新家庭观等伦理观这一视角，脱离了卡特作为一个具有独特文学人生的艺术家的意义。正如对卡特做过出色研究的萨拉·甘布尔在她 2006 年的新著作《安吉拉·卡特：文学的一生》（*Angela Carter：A Literary Life*）中所写

[①] Sarah Gamble, *Angela Carter：A Literary Life*, New York：Palgrave Macmillan, 2009, p. 180.

下的,"卡特文学的一生是生活的故事与其小说的合二为一"。① 卡特生前的好友、文学评论家洛纳·塞奇也对此有相同的看法,"你不能把女人与作家最终分开"②。"换言之,把卡特生活的描述与其作品并置在相同的水平是可行的,因为生活影响其作品,作品也影响其生活。"③ 卡特身为一个妻子和母亲;作为一位有过早婚、离异、游历、再婚、晚育等坎坷和复杂的人生经历的作家;作为一个拥有"百科全书""博览群书"之称的英语专业的高才生……她不可能不对爱情、婚姻、家庭做出过深刻的观察和思考,她不可能不对"如何得到幸福的人生"做出过伦理学的追问和探寻。

本书从卡特的伦理观——非血缘的"新式亲缘家庭"伦理观之维入手,通过人物关系的构建和情节的配置,来说明这种新式伦理观才是小说的真正主题,以探讨其在后现代语境下寻求社会拯救的内在意图。该著作展示了血缘家庭的危机以及"临时替代家庭"④的"友爱"(亚里士多德语)关系,建构了一种新式亲缘家庭伦理观。其内核是指,打破由血缘为根基的单一的传统家庭组合方式,击碎血缘幻象,构建由"友爱"的链接而组成的新式家庭,从而取代由既定社会成规为家庭所框定的机械性组构模式,构建一种充满爱的非血缘的新式亲缘家庭。这在充满泡沫和碎片的后现代废墟中,是一种重建的尝试。

---

① Sarah Gamble, *Angela Carter: A Literary Life*, New York: Palgrave Macmillan, 2009, p.197.
② Lorna Sage, *Angela Carter*, Plymouth: Northcote House, 1994, p.1.
③ Sarah Gamble, *Angela Carter: A Literary Life*, New York: Palgrave Macmillan, 2009, p.197.
④ Ibid., p.189.

第一章

卡特"反逻各斯"精神的形成

卡特反对理性主义对不断生成中的人的机械控制,这是在谐剧世界观的框架下进行的,从而构成其对以"逻各斯中心主义"为支柱的血缘制霸权和国家主义强权的反叛精神品格。阿里斯托芬的谐剧从"逻各斯"的起源——诡辩论的修辞学——开始了对"逻各斯"的反叛,并通过人物姓名的双关内涵,以及对神圣文体的谐摹来打破"逻摹"修辞的非现实性,来反对以"逻各斯中心主义"为精神根基的血缘霸权制和帝国中心主义。

第一节 卡特"反逻各斯"的精神根基

《明智的孩子》的主题具有阿里斯托芬谐剧世界观的精神品格。与西方自柏拉图以来以"逻各斯"为中心的唯理论思想方式不同,而且与西方的悲剧文化和后世的喜剧文化所迥异的是:阿里斯托芬世观具有反叛和超越"逻各斯"的"实践理性"的精神品质,这是一种"未完成性"的"生活世界"的世界观,是黑格尔所说的"真正的喜剧性"。

阿里斯托芬(Aristophanes ca. 446 BC—ca. 386 BC)在西方文学史上的地位堪称独一无二。与拉伯雷一样,阿里斯托芬也是一个谜,只是这个谜比"拉伯雷之谜"要早2000年。正如巴赫金所说,对阿里斯托芬的理解史也是一部争论史。对于阿里斯托芬戏剧的认识,构成了一种超乎我们想象的意识形态论,谈论阿里斯托芬实际上是在谈论谐剧观念,是在谈论一种曾经被我们遗忘的世界观。①

阿里斯托芬喜剧(Comedy,来自希腊语:κωμῳδία,kōmōidía)其实是一种"谐剧"②,它代表了雅典谐剧的最高成就。据亚里士多德的《诗术》(又译《诗学》)记载,"谐剧"来自雅典人克拉特斯,他们把"起初"是西西里人(厄庇卡耳摩斯和福耳弥斯)发明的谐剧"在一般意义上制作了言辞和故事",并"率先放弃滑稽的形象"(1449b6)。雅典"谐剧"是雅典民主政制的产物,具有理智理性的性质。"谐"意味着辞浅会俗,皆悦笑也。因此,"以阿里斯托芬为代表的雅典谐剧,确切的称呼应该是阿提卡'旧'谐剧(Attic Comedy),其内容与城邦政治生活紧密联系,同我们今天的通俗意义上的喜剧——其题材主要是对人性的弱点进行性搞笑式讥讽——不是一回事"③。谐剧的演出属于政事,歌队由执政官掌管。"今天的喜剧指幽

---

① 参见陈国强《反讽及其理性——阿里斯托芬诗学研究》,巴蜀书社2009年版,第1页。

② 古希腊的 Comedy 的希腊语 κωμῳδία 原意是狂欢游行时纵情而又戏谐的祭歌,与肃剧(旧译"悲剧")同源于酒神狄俄尼索斯崇拜的假面歌舞表演,这种狂欢游唱形式后来发展成有情节的戏谐表演,译作"喜"剧不妥,恰切的译法也许是"谐剧"。(刘小枫)

③ [美]奥里根(Daphne Elizabeth O'Regan):《雅典谐剧与逻各斯——〈云〉中的修辞、谐剧性及语言暴力》序,黄薇薇译,华夏出版社2010年版,第2—3页。

默的话语或作品,一般通过制造笑料来提供娱乐。而这必须跟学术意义上的'喜剧'(the comic theatre)仔细区分开来,后者的西方文化根源来自于古希腊,在希腊的民主时期,由剧院中的喜剧诗人所演出的政治讽刺剧,对选民们的舆论影响很大。"[1]谐剧具有公众的维度。而正是公众的这种自由成分需要我们在民主的意识形态语境下去理解它。这种形式只有在民主的雅典才能产生,尤其是自由言论和法律平等的价值观,而最为重要的是把公民们共同关注的事物拿到城邦里来以便进行公共讨论,也就是说,无论是非议还是决议,都要拿到公共领域来讨论。这种谐剧形式鼓励演说者表达有争议的话题,哪怕是最极端的观点。因此,谐剧竞赛的城邦赞助人没有必要去鼓励一个简单的正统观点,相反它打开一个剧里剧外都开放的空间,在这个空间里异议不仅得到宽容还被假定为正确。谐剧作为催生民主城邦的重要地位,不会被迫成为城邦的恭顺奴仆。相反,通过赞助,谐剧可以起到这样一种效果,它挑战雅典人的信仰,促使公民从一个开阔的外在视角去想象生活。因此选民的观点受谐剧诗人在剧院编排的政治讽刺所影响。[2]

因此,阿里斯托芬的谐剧看似轻松、打趣,内容却非常严肃,反映了公元前5世纪和公元前4世纪早期古希腊人相当普遍的一种对待世界、事物、事件的态度和立场,并具有其历史传统。阿里斯托芬以真正的喜剧精神,而不仅仅是讽刺[3]和滑稽的形式将谐剧推向了极致。阿里斯托芬被当成智者、革命者和新思想的引进者,远远超出许多观

---

[1] Jeffey Henderson, "Comic Hero versus Political Elite" in Sommerstein, A. H. ; S. Halliwell, J. Henderson, B. Zimmerman, ed. *Tragedy, Comedy and the Polis*. Bari: Levante Editori, 1993, pp. 307—319.

[2] Charies Platter, *Aristophanes and the Carnival of Genres*. Baltimore: the Johns Hopkins University Press, 2007, pp. 27—28.

[3] "讽刺"是喜剧消亡后的一种过渡形式,而"闹剧"是喜剧的一种形式,二者都不应与喜剧(此指阿里斯托芬的谐剧)相混淆。

众的理解力。① 然而，随着谐剧向新喜剧的转变，以及新喜剧对后世的巨大影响，这种态度和立场就随着就谐剧的衰亡而被埋葬在人类历史的早期。这种消亡的标志性事件就是柏拉图所记载的这场会饮的辩论。

公元前380年的《会饮篇》（*The Symposium*）中的这场对话作为谐剧发展的一个标志性的事件，因为在此之后，谐剧将逐渐失去自身的自足性，失去自身的世界观性质。在这场相互辩论中，阿里斯托芬认识到苏格拉底的辩证法的消极方面，把苏格拉底的辩证法一直推到了非常苛刻的极端，正如黑格尔所说，我们确实应当钦佩阿里斯托芬的深刻，因为在苏格拉底的方法中，最后决定永远是放到主体里面。② 但是，对主体性的补充工作后来主要由柏拉图中后期著作的悲剧文化价值取向来完成。通过柏拉图，以及后来的亚里士多德，喜剧被做了悲剧的处理，转变为更加道德和节制的类型了。新喜剧成为一种被道德化和被节制化的情感，而且主人公往往凭借外在的幸运，而不是像旧喜剧那样凭借内在的勇敢来获得美满的结局。对于具有世界观性质的谐剧的遮蔽，事实上从古希腊新喜剧就开始了，甚至从柏拉图的"苏格拉底"和亚里士多德的《诗术》就开始了。③ 如，亚里士多德在《诗术》指出，谐剧对理智德性的教育作用微乎其微，谐剧中仅有可笑的行为，于人世生活的真相不相符，而且谐剧模仿可笑的行为难免夸大实际的行为，他因此把"肃剧"（旧译"悲剧"）而非"谐剧"视为诗术的典范样式。

---

① 详见［美］苟姆（A. W. Gomme）《阿里斯托芬与政治》，黄薇薇译，载刘小枫、陈少明主编《雅典民主的谐剧》，华夏出版社2010年版，第3—24页。
② 参见［德］黑格尔《哲学史讲演录》，贺麟、王太庆译，商务印书馆1997年版，第75—89页。
③ 参见陈国强《反讽及其理性——阿里斯托芬诗学研究》，巴蜀书社2009年版，第12页。

所以，当我们穿越历史去认识阿里斯托芬的谐剧时，这样一些经由篡改的谐剧理论就有一个共谋关系，共同构成悲剧意识形态，从而把阿里斯托芬的谐剧看作是现代意义上的讽刺或者闹剧。因此，要解开"阿里斯托芬之谜"就需要我们去伪存真，抛开悲剧世界观，从谐剧世界观入手，只有在这种新的世界观观照下才能发掘出阿里斯托芬的谐剧文化与悲剧文化和后世的喜剧文化所迥异的精神品格。前者与后者的截然不同就在于阿里斯托芬的世界观具有反叛和超越"逻各斯"的精神品质。

而安吉拉·卡特的独特之处在于，《明智的孩子》的精神品格与以阿里斯托芬为代表的谐剧世界观具有相同的特征，因此要全面理解《明智的孩子》所反映的世界观，就要从阿里斯托芬谐剧这长久以来缺失的一极入手，因为二者的精神品格与西方自柏拉图一脉传承下来的西方文化根基——"逻各斯"不同，都是谐剧世界观，是对"逻各斯中心主义"的反叛与超越。卡特曾说：

> 其实，《明智的孩子》是一部喜剧（comedy），并且在文化术语上，喜剧代表了繁殖、延续、和一种无穷变化的世界的本质，一种无法消除的、无法平息的世界的本质，一种欲望和性欲无法平息的本质，这不一定是一个不幸，而是一个让我们维持下去的发动机，正是欲望的持续，一切才得以继续。[①]

从上述卡特对《明智的孩子》作为一部"喜剧"的解释来看，卡特对喜剧的理解颇具阿里斯托芬谐剧的特征，而非我们今天意义上的喜剧。在卡特眼中，喜剧是与生殖力、欲望、性欲，以及人类永恒不变的变化结合在一起的，是万物的原动力。这显然是一种谐剧（即旧喜剧）的世界观。

---

① Kim Evans (dir.), *Angela Carter's Courious Room* (BBC2, 15.9.92).

下文将从阿里斯托芬谐剧的艺术技巧和精神品格——对"逻各斯"的反叛入手,分析《明智的孩子》如何从"双关"的非现实性、用神圣的谐摹来反对"逻各斯中心主义"的精神根基,并体现在文本与政治现实的互文关系之中。从而构成其对以"逻各斯中心主义"为支柱的血缘制霸权这一意识形态的反叛精神品格。

一 反叛"修辞学"与人物姓名的双关内涵

阿里斯托芬对"逻各斯"的反叛是从"修辞学"开始的。而《明智的孩子》植入了阿里斯托芬谐剧的精神品质,也具有相同的谐剧构架方式。只是作为一部创作于20世纪90年代的后现代时期的小说,由于现代主义在这一时期所具有的特定文化结构的作用,《明智的孩子》表现出对西方"现代主义"所尊崇的"逻各斯中心主义"在思想领域的反叛。在卡特的时代,现实伦理在理性主义的操控下,将人的存在逻辑化,而忽视了人的具体存在。然而人并非理性的存在物,因为它永远处于不断生成中,而且这种生成具有不确定性的特征。卡特反对"理性主义"对不断生成中的人的机械控制,包括血缘的非法划界,血缘霸权制。而古希腊谐剧的庄谐体是颠覆和打破这种文化的稳定结构的强有力工具。

具体来说,《明智的孩子》也是从人物姓名双关的"修辞学"方面,并通过谐摹、讽喻的方式来消解血缘制的"逻各斯"。在这一点上,卡特借鉴了阿里斯托芬的手法,二者在反逻各斯上用了相同的艺术手法。

阿里斯托芬首先在"逻各斯"的起源——诡辩论的修辞学——开始了对"逻各斯"的反叛。这就需要追溯到古希腊时代"逻各斯"的起源。"逻各斯"(Logos,希腊语:λόγο ς*logos*),是哲学、心理学、修辞学和宗教方面的一个重要词汇。此词的原初意义为"一个立场"(a ground)、"一句诉求"(a plea)、"一种看法"(an opinion),"一种期望"（an expectation），言辞（word）、演说（speech）、叙述（account）、理性（reason）①，"逻各斯"成为哲学术语始于赫拉克利特（Heraclitus ca. 535—475 BC），他以此术语来表示秩序与知识的原理②，古典哲学家们以多种方式来运用此术语。在现代意义上，诡辩术或智术（Sophism）是一种用以欺骗的似是而非的论据。在古希腊，诡辩家/智者派（the sophists）是精通于运用哲学和修辞学等方法以讲授美德的一类老师，其教学对象主要是年轻的政治家和贵族。这种以收学费为目的教学（只对能付得起费用的学生传授智慧）招致苏格拉底的谴责，并载于柏拉图的对话和色诺芬的《备忘录》（Xenophon's Memorabilia）中。通过这些作品，诡辩家或智术师被描述为华而不实或具有欺骗性质的人，因而此词的现代意义由此而生。"诡辩"这个术语源于希腊语 σόφισμα, sophisma，来自 σοφίζω, sophizo，意为"我很智慧"；赋予希腊语 σοφιστίς, sophistēs，智者（wise-ist）的意义，它指一个具备智慧的人。希腊语 σοφός, sophós 意思是"智慧的人"。诡辩家以"逻各斯"这个术语来指谈话（discourse），亚里士多德用此术语来指称修辞领域的"合乎推理的话语/语言"（reasoned discourse）③或"论据"（the argument）。④而这就是阿里斯托芬的《云》（The Clouds）中"逻各斯"的内涵，那就是"演说"。

---

① See Henry George Liddell and Robert Scott, *An Intermediate Greek - English Lexicon*: logos, Oxford: Oxford University Press, 1945. http://www.perseus.tufts.edu/hopper/text? doc＝Perseus％3Atext％3A1999.04.0058％3Aentry％3Dlo％2Fgos.

② See *Cambridge Dictionary of Philosophy* (2nd. ed): Heraclitus, 1999.

③ Paul Anthony Rahe, *Republics Ancient and Modern*: *The Ancien Régime in Classical Greece*, Chapel Hill: University of North Carolina Press, 1994, p. 21.

④ Christof Rapp, "Aristotle's Rhetoric", *The Stanford Encyclopedia of Philosophy* (Spring 2010 Edition), Edward N. Zalta? ed., URL ＝ ＜http://plato.stanford.edu/archives/spr2010/entries/aristotle-rhetoric/＞.

阿里斯托芬正是通过《云》直指以苏格拉底为代表的诡辩派的"逻各斯"的荒谬。在《云》中，儿子斐狄庇得斯所代表的诡辩的"逻各斯"取胜，推翻了父亲的观点，而被推翻的理由则令人觉得可笑：正义被重新定义[①]，家庭的等级被推翻了，而推翻的理由明显是说话人出于修辞之需的玩笑之语。这样，言辞即"逻各斯"取得了暴力所不能取得的胜利：父亲甘愿成为儿子的奴隶，父亲被儿子打是正当的。进而把这种推理移到母亲身上，打母亲也是正当的，此时的"逻各斯"已成为暴力。儿子斐狄庇得斯的得胜显示出诡辩教育对他造成的影响：他远离了共同体以及共同体的价值观，摆脱了习俗的束缚。而这些都与身体暴力、享乐主义和统治欲望有关。结果是，"逻各斯"不相信理性思维和理性话语，而成为一种工具，用来获取绝对的个人满足，它不是把人团结到一起，而是把人远远地分开。儿子完全脱离了习俗的限制，摒弃了城邦最根本的戒律，纲领性地推翻了人类社会秩序的基础。[②] 在这个诡辩辩论中，我们看到了"逻各斯"本身作为人类至高无上的成就，即正义和城邦的基石，却成了返回野蛮的代表。[③] 在诡辩的"逻各斯"中，每一种欲望都合法，"演说"成为一种不可战胜的进攻性武器。

其实，《云》所讲述的故事并不是"现实"，而是喻指阿里斯托芬的世界观，这一点可以从主人公名字的双关意义上得出。阿里斯托芬常以双关语来命名其谐剧人物，尼古丽塔（Nikoletta Kanavou）在《阿里斯托芬的命名喜剧：阿里斯托芬命名研究》（*Aristophanes' Comedy of Names*；*A Study of Speaking Names in Aristophanes*）一书中对阿里斯托芬谐剧人物的名字中所隐藏的大量双关语做了研

[①] See Pucci, 1960, p.13.
[②] 详见［美］奥里根《雅典谐剧与逻各斯——〈云〉中的修辞、谐剧性及语言暴力》，黄薇薇译，华夏出版社2010年版，第202—203页。
[③] See Turato, 1979, pp.53—54.

究，他把剧中组合起来的名字放在不同的上下文和历史场景中，以及阿里斯托芬所回应的社会政治事件中，从而生成幽默的艺术效果。斯瑞西阿得斯的名字具有双关含义（1455、1464），Strepsiades 的词根为 Streorw（strerō），具有歪曲原意（twist）的内涵；斯瑞西阿德斯是此剧的主角，他努力去获得以苏格拉底为代表的诡辩家们所教授的曲解的论证。Streorw 在论证中具有转动或绕动（turn, twist about）的意思，与诡辩的学科有关，斯瑞西阿德斯希望以此方式来对付他的债主。[①] 因此，正如奥里根（Daphne Elizabeth O'Regan）所言，人物名字的双关含义确保我们从谐剧而非"现实"的角度来理解这一点，双关的名字强调，《云》反映的是在他们面前按照语言谐剧的逻辑发展的谐剧高潮，而不是"现实"。[②] 《云》正是阿里斯托芬"反逻各斯"世界观的反应，也可以看作是阿里斯托芬对苏格拉底的指控。

没有史料证据说明阿里斯托芬反对民主制度，对有人借助曾经促进与推动民主的"逻各斯"哲学企图僭越民主制，走向极端，是阿里斯托芬极力反对的。因为，雅典的政治和社会制度滋长了戈尔德希尔（Goldhill）称之为"口头语言异常盛行"的现象[③]。言辞可以改变历史，成为不同凡响的东西（Democritus, DK 68B51）。雅典是一个醉心于语言的城邦，逻各斯和对逻各斯的欣赏已取代了传统的英雄事迹，而这些事迹曾在辉煌的过去支撑和保卫过城邦。所以，一方面，"逻各斯"对城邦社会、文化、政治和法律生活的重要性毋庸置疑；另一方面，随着演说、修辞技术越来越突出，"逻各斯"的性质和使用逻各斯的意义也越来越有争议。说诡辩修辞的人使用并滥用言辞的

[①] See Nikoletta Kanavou, *Aristophanes' Comedy of Names: A Study of Speaking Names in Aristophanes*, Berlin: Hubert & Co. GmbH & Co. KG, Gottingen, 2011, pp. 67—79.

[②] 详见［美］奥里根《雅典谐剧与逻各斯——〈云〉中的修辞、谐剧性及语言暴力》，黄薇薇译，华夏出版社 2010 年版，第 207 页。

[③] Simon Goldhill, *The Poet's Voice: Essays on Poetics and Greek Literature*, Cambridge: Cambridge Press, 1986, p. 75.

力量，不是为了公共而是为了私人的目的。当所有人都尽力扩大个人利益时，城邦就迷失了。最好的城邦不是要让每个人都能发言，而是要让法律来进行无声地统治。"逻各斯"自身正在破坏民主的城邦。帮助朋友的美德现在成了一种修辞知识，因为现在只有演说技巧才能在对驳竞赛中更强，这种竞赛也取代了过去在战争或英雄事迹中展示的价值观。政治与演说艺术成为展示传统美德的基础。技巧与勇敢现在成了演说家、诡辩运动员和诡辩英雄的特权。① 这样，"说服"成为人类的僭主，"逻各斯"成为一种新的力量，这种逻各斯的说服力，达到了暴力、个人自主和控制他人的目的。正如普罗塔库（Protarchus）在《菲丽布》（*Philebus*）中说："说服（的艺术）让一切心甘情愿地成为奴隶，而不依靠暴力，说服（艺术）是迄今最好的艺术。"② 在色诺芬为苏格拉底的辩护中③，"逻各斯"的地位改变了，"逻各斯"的效果等同于暴力，使用"逻各斯"完全出于无关道德的自私理由，这些现象变得平常起来。城邦里面的公民，现在都可能成为奴隶，都面临着一种新的暴力。平等发言权表达了公民在民主制中的平等地位，但这种权力也变成了"僭主"的工具。因为"逻各斯"，灵魂的领导者，打破了个人与公共关系的平衡；它把对个别灵魂的控制极为明显地变成了政治力量④。舌头取代了武装的队伍，成了通向绝对权力的最有效的途径。这样的后果不言而喻：日益强大的逻各斯被独占为一种个人工具，这将损害逻各斯独有的道德和城邦地位；这样的逻各斯与使用暴力的武器一样令人敬畏，逻各斯被暴力同化了。在《云》的时代，演说的民主理想化似乎已让位给一种日益上升的观

---

① 参见［美］奥里根《雅典谐剧与逻各斯——〈云〉中的修辞、谐剧性及语言暴力》，黄薇薇译，华夏出版社 2010 年版，第 3、5、9 页。
② ［古希腊］柏拉图：《菲丽布》，张波波译注析，华夏出版社 2013 年版，58a6。
③ 参见［古希腊］色诺芬《回忆苏格拉底》，吴永泉译，商务印书馆 2009 年版，第 1、2、10、11 页。
④ Erich Segal, *The Death of Comedy*. Cambridge: Harvard University Press, 1962, pp. 108–109.

念,即有矛盾修辞效果的反社会的"逻各斯",这种演说不再是公共的好处,而是私人的工具;不再与暴力对立,而是与之等同;不再与正义和法律和谐相处,而是摧毁它们;这种演说能够控制自动归顺的奴隶,他们比自由的公民更易于归顺。①"逻各斯"的运用,言辞成为用来生存和斗争的工具,人被淹没在动物性之中,臣服于简单的欲望和一己之私,舌头臣服于拳头,拳头主宰了嘴。②

从以上角度看,卡特的《明智的孩子》的反叛精神品格就可以在阿里斯托芬的世界观框架内加以阐释。卡特从"血缘制"上开始了她对血缘"逻各斯"的反叛。

卡特反叛"逻各斯"的立身之基也是从"非现实角度",即血缘制伦理观上,开始了她对血缘"逻各斯"的反叛。在现代意义上,逻各斯是"理性"的代名词,与古典时代"逻各斯"所主导的理性感知过程在精神品格上具有异曲同工之妙,统指万物的"尺度"和规律。在现代意义上,"逻各斯"在不同的批评语境下以不同的面目出现,而反叛"逻各斯"的任务就是以"解构"的策略批判各种中心主义,如解构以逻各斯中心为其堡垒的男权中心主义、西方中心主义和人类中心主义。而卡特就是要解构"血缘中心主义"的家庭构建模式。

卡特通过赋予《明智的孩子》的人物姓名以隐含喻义,来表达她对以"逻各斯中心主义"为壁垒的血缘中心论的反叛。

正如《云》中的斯瑞西阿得斯的名字具有双关含义,暗指"诡辩"的技巧——曲解的论证,《明智的孩子》中的"外婆"(养母)钱斯,也同样具有双关的蕴含。"钱斯"的英文"Chance",具有可能性、机会、机遇、偶然、巧合、意外等多种含义,预示了卡特赋予钱斯家庭的多元构筑方式。这个建立在"偶性"基础上的新式家庭,意

---

① 参见 [美] 奥里根《雅典谐剧与逻各斯——〈云〉中的修辞、谐剧性及语言暴力》,黄薇薇译,华夏出版社 2010 年版,第 14、15、21 页。
② 同上书,第 222、215 页。

第一章
卡特"反逻各斯"精神的形成

味着新式家庭的建立拥有最大限度和边界的自由组合,建立在人们的自愿基础之上,是一种自由的、变动的组合。这种机缘巧合的无根性表现为摆脱血缘之根,这个最紧密的世俗之根。这种特性凝结为小说《明智的孩子》的一种对"血缘中心主义"的反叛。不仅新式非血缘制的家庭是无根基的,钱斯太太也被描述成一位无根性的人物。她是一个被割断了世俗脐带,一个远离血亲而无身份的"神秘人物"①。"她发明了自己……并且直到她去世都对她的秘密守口如瓶。"② 她是个断绝了世俗血缘之根的人物,也具有"偶性"特点。

小说中另一重要人物,替代父亲(养父)佩瑞格林,也具有双关含义。佩瑞格林的英文"Peregrine",字根同于 peregrinate(周游四处),发音近似于 pilgrim(流浪者)。对此人物的双关含义,卡特在小说中直言不讳地写道,佩瑞格林"有流浪者的名字,也有流浪者的本性"。③ 佩瑞格林基本存在的状态就是漂泊,他孑然一身、四处流浪。卡特在小说中这样描述"流浪人"佩瑞格林,当旅行的冲动或漫游的癖好强烈地"扼住他的生命之喉时",他就再也待不住了,"必须起身离开,必须起身去做些什么"。④ 在这里可以看到,佩瑞格林有一个强烈的、渴望独立的热望,有一种对自由向往的天性,他长年漂泊、居无定所,对现世秩序的逃离和超越使他不属于任何一个画地为牢的区域,这就等同于生活在另一个生命空间。佩瑞格林作为一个"流浪者"的本质特征,是一个始终都在拒绝血缘之根的人,他的漂泊意味着他对传统家庭的放弃,"流浪"是对全部世俗关系的超越,这就是流浪方式存在的意义。因此,作为一个本质上的流浪者,佩瑞格林是一个无法走进血缘制家庭的"漂泊者",他属于社会"常态"之外的

---

① Angela Carter, *Wise Children*, London: Vintage Press, 1992, p. 25.
② Ibid., p. 28.
③ Ibid., p. 34.
④ Ibid..

群体，属于不愿意"被"走进婚姻制家庭的人物。

以上两个名字的双关含义，确保我们从小说的文化精神品质而非"现实"的角度来理解这一点，正如甘布尔所说："小说中需要增加可信度的描述根本就不存在；并且《明智的孩子》炫耀似地展示它所缺乏的真实性。"[①] 因此，小说不是描述一种"现实"，而是反映了卡特的一种世界观，即新式非血缘制的家庭伦理观。卡特在这两个人物中寄寓了她对世俗血缘中心伦理观的抗拒，是卡特"反逻各斯中心"的世界观的表达，双关词的含义代表了变化、流动和不拘一格。佩瑞格林和钱斯太太都是远离血亲的人，他们是这个新式家庭的父亲和母亲，但他们绝不会把自己的生命意义维系于异性的关系，在两性关系中，显示他们的无根品格。佩瑞格林与女人有着非常规的两性关系，存在着情欲的吸引，但是，他却不想与一个女人在家庭这样的世俗单位中按照世俗规则生存。而钱斯太太也始终孑然一身，快乐地与钱斯姐妹生活着。小说的两个人物以与血缘制家庭无关联的生命形式，说明着非血缘制家庭的最高意义。

这样，《明智的孩子》同阿里斯托芬的戏剧一样具有反叛"逻各斯"的精神品质。它体现在打破以"血缘霸权"为根基的单一家庭组合方式，抗拒以血缘制为中心的"逻各斯"。卡特通过对血缘链条的撼动，完成对血缘秩序的反叛。

二　通过谐摹来打破"逻各斯"

在艺术手法上，阿里斯托芬和卡特都是通过谐摹的方式来打破"逻各斯"。

阿里斯托芬的谐剧对悲剧和古希腊神话进行谐摹，使神圣"祛魅化"。阿里斯托芬的《群蛙》（*The Frogs*）和《地母节妇女》（*Thes-*

[①] Sarah Gamble, *Angela Carter: A Literary Life*, New York: Palgrave Macmillan, 2009, p.188.

mophoriazusae，或者 *The Women Celebrating the Thesmophoria*）充满了大量对于悲剧的谐摹。这种谐摹，与对神祇的谐摹一起，仿佛共同建构了谐剧的对立面。这种谐摹最为典型的，是在《阿卡奈人》（*Acharneis*）中对欧里庇得斯的《特勒福斯》（*Telephus*）的谐摹。在谐摹的过程中，喜剧将悲剧中的情节和人物形象贬低化、世俗化、物质化。在对特勒福斯的谐摹中，就强调他衣衫的褴褛。对悲剧的谐摹，在一定意义上，就是对古希腊神话的谐摹。在《阿卡奈人》中有对古希腊神话的谐摹，这里对于悲剧和神话的处理是多方面的。首先，阿菲忒俄斯把一个凡人说成神。其次，他这个家谱是乱排的，吕喀诺斯不知是谁。据中世纪的学者考证，淮娜瑞忒是苏格拉底母亲的名字。最后，无论是在《荷马史诗》和赫西俄德的《神谱》中，还是在悲剧中，每个英雄人物和神的家谱都是一件十分慎重的事情。阿菲忒俄斯在这里实际上就是对于悲剧和史诗中这种家谱的谐摹，借以打破其神圣性、稳定性和完成性。在《阿卡奈人》中，阿里斯托芬让悲剧诗人欧里庇得斯出场，并给予指责："你写作，大可以脚踏实地，却偏要两脚凌空！难怪你在戏里创造出那么多瘸子！"[①] 在《群蛙》中，本来讨论的是悲剧的问题，可是却把苏格拉底扯进来了：

> 歌队 你最好别和苏格拉底坐在一起，
> 喋喋不休。
> 放弃诗歌，
> 放弃任何
> 高雅的悲剧艺术。
>
> 你这样在故作深沉的诗句里，

[①] Aristophanes，*The Eleven Comedies*，New York：Liveright Publishing Corp.，1943，413—414.

和没有意义的对话中,

浪费时间,

真是再清楚不过的蠢行为。

1492—1499

这里阿里斯托芬让欧里庇得斯和苏格拉底同样不能双脚落地。因为欧里庇得斯在悲剧中强调一种"惟智主义"的倾向,它排斥对于生活世界的关注,创造了一个希腊悲剧的新传统。尼采认为,这个新传统与埃斯库罗斯、索福克勒斯的悲剧旧传统相异。阿里斯托芬对于悲剧的反对,肩负了两重任务:一是对悲剧中封闭社会因素的反对;二是对于悲剧中"惟智主义"新倾向的反对。①

与此相应,在《明智的孩子》中对血缘的否弃,是通过对象征英国高雅文化的上层社会家族——哈泽德家族进行家谱血缘的谐摹来完成的。文本最终以私生、乱伦和非血亲关系打碎了哈泽德家族血统的高贵性、封闭性和稳定性。具体表现为:来自下层社会的钱斯双胞胎姐妹(the Chance twins)是这个高贵血统家族的私生女,名叫多拉(Dora)和诺拉(Nora);她们有两个父亲,一个是生父梅尔基奥尔,另一个是养父,梅尔基奥尔的弟弟佩瑞格林。然而,即便是具有上层社会高贵血统的"两个兄弟的生父问题仍挂着大大的问号"②,因为他们都不是他们的父亲雷纳夫·哈泽德(Ranulph Hazard)的亲生儿子,这样家族血缘关系的正统性从一开始就断裂了。不仅如此,第三代儿女们的血脉也都不是纯正的,他们都不是法律上的生父的孩子,而他们真正的生父在小说将近结尾处被揭露了出来:梅尔基奥尔与其第一任夫人的两个女儿,其实是梅尔基奥尔的弟弟佩瑞格林的血脉;

---

① 参见陈国强《反讽及其理性——阿里斯托芬诗学研究》,巴蜀书社 2009 年版,第 164—167 页。

② Angela Carter, *Wise Children*, London: Vintage Press, 1992, p. 21.

而梅尔基奥尔与第三任夫人汝玛琳的双胞胎儿子，也同样是佩瑞格林的血脉。哈泽德家族血缘关系的一脉相承性就这样一路断裂下来，家庭血缘制名存实亡。象征上流社会家族的正统高贵血脉，被一条深层的、暗含的私生、乱伦和非法的关系替代了，逻各斯中心主义控制下血缘霸权被贬低化了，失去了其合法化存在的理由。

同时，小说通过哈泽德家族，来谐摹象征作为高雅文化莎士比亚戏剧，使其贬低化、祛魅化。凯特·韦布说，哈泽德家族是一个父权机构，但父亲权力不是从上帝那里获得权威，而是从莎士比亚，后者在英国文化的霸权中无所不能。哈泽德家族因饰演莎翁剧中的皇室成员而被披上一层皇家的光环，成为"国宝"，同时也是英国殖民野心的代理人。以父亲角色向全球传播莎剧，以售出莎士比亚的宗教和英国的价值观。[1] 然而，卡特对莎士比亚有一个非常明确的认识，她认为莎士比亚戏剧与高雅文化不相符，莎士比亚应当被当作一位大众作家来看待，而不应当被抬到如此的高度。这就是为何卡特对莎士比亚文化的谐摹也蕴含在这小说中。莎士比亚戏剧是文艺复兴时代的一个镜像，莎士比亚悲剧中的人物是理性主义动物和"唯理论"的持有者。正如卢那查尔斯基所说，莎士比亚对"理性主义"持赞赏的态度。而卡特恰恰反对"逻各斯中心主义"。卡特以"哈泽德王朝"谐摹所谓的莎士比亚文化，最后随着哈泽德王朝的陨落与其妄图在美国扩张的失败，讽喻了以理性主义为特征的莎士比亚文化霸权的失利。

最后，小说还通过对哑剧演员乔治来谐摹圣徒乔治，体现了对帝国衰落的讽刺。正如甘布尔所说，《明智的孩子》无情地剖析了英帝国的分崩离析。[2] 英国文化与政治的衰败在喜剧人物、哑剧演员"帅

---

[1] Kate Webb, "Seriously Funny: Wise Children", in Lorna Sage, ed., *Flesh and the Mirror: Essays on the Art of Angela Carter*, London: Virago Press, 1994, pp. 290–291.
[2] Sarah Gamble, *Angela Carter: A Literary Life*, New York: Palgrave Macmillan, 2009, p. 185.

乔治"（Gorgeous George）在表演里得到进一步强化。当乔治在舞台上脱光了衣服，展示他全身刻有一幅完整的全世界地图文身的时候，他成为帝国主义精神的最直接的体现，也是爱国主义的体现。① 而他的私处被一条由英国国旗制成的丁字裤掩盖着，未被掩盖的是沿着股沟处消失的福兰克群岛②，这是卡特粗俗幽默的趣味。正如凯特·韦布所说："与昔日屡获战功，统治海洋的圣乔治（Saint George）③不同，'帅乔治'只代表了征服的观念。他是一位活隐喻，一个懦弱的镜像。"乔治向我们展示了一个帝国的陨落："曾称霸世界，而现在的英国人只能有一个空间可以掌控，那就是：他自己的身体。"如同英帝国的陨落一样，乔治后来饰演最底层角色，到最后沦落为一个沿街的乞讨者。④ 卡特借"帅乔治"人物形象直接讽喻了英帝国主义背后的"逻各斯中心主义"。

总之，卡特就是通过人物姓名的双关内涵和对神圣的谐摹来反叛"逻各斯"。她在一个不太喜欢谐谑的时代，复活了阿里斯托芬谐剧的谐剧精神。

第二节 卡特"反逻各斯"文本与政治现实的互文关系

古希腊旧喜剧（谐剧）的一个重要特征就是把有争议的社会热点问题编织到文本中去。谐剧文化精神即是对理性主义历史观的抗拒与

---

① Angela Carter, *Wise Children*, London: Vintage Press, 1992, p.67.
② Ibid..
③ 罗马皇帝戴克里先（Diocletian 284—305）的御林军，十字军东征时为基督教殉道的罗马战士。
④ See Kate Webb, "Seriously Funny: Wise Children", in Lorna Sage, ed., *Flesh and the Mirror: Essays on the Art of Angela Carter*, London: Virago Press, 1994, p.294.

制衡。阿里斯托芬在其谐剧中主要是以雅典的公共政治事务作为其艺术题材，表达了他在"生活世界"或实践理性方面对"逻各斯"的反叛。而卡特的"反逻各斯"文本与政治现实之间也形成一种紧密的互文关系，通过隐喻的方式影射其所见的时事政治，从而以谐谑的方式解构了现实中的权力压制。卡特以谐剧化的狂欢人物和低价的幽默来颠覆任何具有强权色彩的国家主义、维多利亚主义、莎翁文化等各种意识形态的"逻各斯主义"霸权。

安吉拉·卡特的"反逻各斯中心主义"思想与她所处的"现代性"时代密不可分。"现代性"的精神实质是"理性主义"，这种权力的垂直控制方式在进入现实伦理层面后，转换成专制的统治方式，因为它将人的存在概念化和逻辑化，从而忽视了人的具体存在，而人的存在永远处在不断生成的不确定性之中。卡特反对"逻各斯中心主义"对人的机械操控，具体表现为反撒切尔的国家主义强权，反血缘非法划界或血缘制霸权。作为一位独特的后现代主义小说家，卡特运用阿里斯托芬谐剧的庄谐体这一消失的文体来颠覆和打破这种以"逻各斯中心主义"为支柱的文化稳定结构，并重建新式多元伦理观，她的《明智的孩子》就是其谐剧文体和精神特征的体现。

卡特反对理性主义对不断生成的人的机械控制，这是在谐剧世界观的框架下进行的，从而构成其对以"逻各斯中心主义"为支柱的血缘制霸权和国家主义强权的反叛精神品格。谐剧的一个重要特征就是把有争议的社会热点问题编织到文本中去。在文本中，卡特通过隐喻影射其所处时代的时事政治，从而构成文本与政治现实的互文关系。卡特生活在英国的"衰退期""撒切尔革命"的大变动时代。约翰·贝利（John Bayley）认为：

> 撒切尔夫人作为国家反女英雄的形象，隐约可见于卡特所有作品的背景中，可以图解为——撒切尔和卡特可以被看作是在君

权上,代表不同纹章谱系,一起争夺新领导权的反对党:狮子与独角兽竞逐皇冠的争斗仍在继续。撒切尔是一个代表父权制,男性化的女人,而卡特则极具颠覆性。①

一 在"生活世界"中对"逻各斯"的反叛

卡特的反"逻各斯"世界观的形成有其现实基础,她以1979年以来撒切尔执政时期的英国政治背景为其艺术素材,讽喻"撒切尔主义"中的"国家主义",即国家主义的"逻各斯",从而构成文本与政治现实的互文关系。这正如阿里斯托芬也在其谐剧中以雅典的公共政治事务作为艺术题材表达他在"生活世界"或实践理性方面对"逻各斯"的反叛。或者说,这种政治现实与艺术文本互文的方式,卡特是受到阿里斯托芬的影响。

因此,要理解卡特在"生活世界"中对"逻各斯"的反叛,就需要首先了解阿里斯托芬的状况。

阿里斯托芬生活在一个神话秩序崩溃的时代。随着前7世纪晚期到来,希腊大规模的海外殖民活动以及航行业在希腊人的生活中越来越占据重要地位,导致人们开始审视部落社会(封闭社会)中个体与共同体之间的关系。此时传统价值观念和宗教所具有的完整性还散发着迷人的魅力,而新的信念和制度还在探索之中,还没有完全加以整合,就缺乏这种完整性。波普尔说,开始于希腊部落瓦解的这场政治和精神的革命,在5世纪达到极盛时期,并爆发了伯罗奔尼撒战争。阿里斯托芬的主要戏剧生涯就处于这场战争之中。在这样一个"解体"的时代,阿里斯托芬属于新信念的代表人物,但他与伯利克里、欧里庇得斯和苏格拉底仍然存在巨大的差异。欧里庇得斯以一个悲剧

---

① John Bayley, "Fighting for the Crown", *The New York Review of Books*, April 23, 1992, p. 11.

诗人的方式在古希腊精神视野中，做了"形而上学"的努力。他向观众灌输悖理的思考，把推理介绍到艺术里，让观众观察一切、辨别一切。① 而古希腊文化实现从"审美形而上学"到"形而上学"的转变，是在苏格拉底那里完成的，悲剧诗人被哲学家所取代。因此，尼采认为，希腊悲剧的艺术作品就毁灭于苏格拉底精神，他把苏格拉底称作酒神的敌人。然而，以阿里斯托芬为主要代表的阿提卡"旧"谐剧是一种不同于悲剧世界观、自然哲学，以及苏格拉底和柏拉图哲学的文化取向，在世界观意义上则反对任何形式的"超验世界"的设定，反对理论理性和本质主义，提倡从出于"生活世界"的价值观念，以及"实践理性"。"实践理性"所做出的约定，以人们日常生活的"欢乐"为准绳，它反对约定的永恒性，强调约定的可变性。它是一种将狂欢节的"节日感"日常化的一种有效尝试。所以，谐剧世界观反对一切宣称的"永恒"。②

阿里斯托芬的谐剧世界观，反对悲剧文化的"超验世界"和"理论理性"。他认为"生活世界"才是一切价值观念的来源，强调实践理性。而前者——悲剧文化秉承的是"日神精神"，奥林波斯诸神阶段从本性上来说就是"日神阶段"，所以尼采说，可以把日神看作奥林波斯之父。"日神精神"在文献上表现为荷马和赫西俄德的史诗，它强调一个"超验世界"和"方法论上的本质主义"（尤其是赫西俄德的《神谱》），并成为现实世界一切价值观念的来源。这个传统后来被悲剧诗人、苏格拉底、柏拉图，乃至亚里士多德接受下来，这个传统被称为悲剧传统。与之不同的是，阿提卡"旧"谐剧摆脱"形而上学"的束缚，成为真正的艺术。只有当艺术不再是思维本身，艺术才

---

① Aristophanes. "The Frogs" in *Five Comedies of Aristophanes*, trans. Benjamin Bickley Rogers, notes ed. Andrew Chiappe, Garden City: Doubleday & Co., Inc., 1955, pp. 970-979.

② 参见陈国强《反讽及其理性——阿里斯托芬诗学研究》，巴蜀书社2009年版，第19、84、85页。

返回到自身,而也只有当思维不再是艺术,思维才是真正的思维,哲学才是真正的哲学。然而,这种分化并不等于说,艺术不再具有世界观的性质。因为,只有当"诗"具有世界观和价值观的深度和广度,才能与哲学一争。在阿里斯托芬时代,面对开放社会所形成的新信念领域,有哲学(真)、政治(善)和艺术(美)这三者作为开放社会中的新事物,共同确立开放社会的信念。而以阿里斯托芬为代表的阿提卡"旧"谐剧,一方面要反对封闭社会的旧传统;另一方面也要反对开放社会中的某些新取向,如个体自由及其责任的确立。因此,阿里斯托芬所代表的是开放社会最彻底的方面[①],并通过其谐剧反映出来。

谐剧关注"生活世界",具有很强的现实针对性,它将紧迫的时兴话题组织到自己的艺术世界观中,这种对现实的干预精神是阿提卡"旧"谐剧一直坚持的精神,是一种批判的精神。阿里斯托芬正是在"生活世界"中展示了他与"逻各斯"不同的日常生活的世界观。阿里斯托芬非常仔细地研究了公共事务,对他来说,公共事务几乎成了他唯一的艺术素材。

阿里斯托芬善于发现当时新兴的雅典民主政治所出现的种种流弊,并把它们描述到非常极端的程度。《阿卡奈人》(公元前 425 Lenaea)剧情的展开主要是针对伯罗奔尼撒战争初期,从老兵的嗜战到农民的反战的转变过程中完成的。《吕西斯忒拉忒》(*Lysistrata*)针对前 411 年的僭主政治推翻了雅典及其部分盟邦的民主政制,描述了全希腊妇女共同组织了一场阴谋强迫雅典和斯巴达男人签订战争协议,并保证彼此之间不再发生战争。这部喜剧强调的是全希腊的大联合以及在财政上断绝战争的根源。《骑士》针对的是,通过政客的演说为私欲服务,失去与实体性正义的关联,而使民主政制成为满足私

[①] 参见陈国强《反讽及其理性——阿里斯托芬诗学研究》,巴蜀书社 2009 年版,第 94—95 页。

欲的工具。但是，正如陈国强所言，我们不能因此就认为阿里斯托芬反对民主政治，自由和民主精神是其戏剧的精神。在阿里斯托芬看来，民主制度必须与他在世界观上的"未完成性"结合起来考察。这种"未完成性"观念体现在《马蜂》（*The Wasps*）和《鸟》（*The Birds*）中。随着雅典新兴民主制的建立，阿里斯托芬在《马蜂》和《鸟》中都提到雅典人诉讼成瘾的"疯病"，疯病意味着确定性、完成性、稳定性、封闭性的东西，这恰恰是阿里斯托芬世界观的反面。阿里斯托芬所批判的是在雅典民主政治的法律之下，一些走向确定性的因素和现象。①

二 反撒切尔国家主义强权

卡特的童年始于"二战"后经济和文化崩溃的英国。此时的英国已失去往昔帝国时代的辉煌。正如卡特对自己的描述："我是一个正在衰退的、高度工业化的、后帝国主义国家的产儿。"② 在《被删除的咒骂语》（*Expletives Deleted*）一书的序言中，卡特写道："我的国家，这个混乱的、后资本主义的英国，已经不再是我儿时的英国了，而更多的是一个充满了喧嚣无序、充满敌意的、美国化的国家。"③

其实，自20世纪以来英国就已经失去其"世界工厂"的地位，被美国所取代。经历了1973—1975年经济危机后，英国经济进入"滞胀"阶段。通货膨胀、失业严重和生产停滞并存，综合国力持续衰落。英国经济发展长期停滞不前、在世界列强中的实力地位下降，人们通常称它作"英国病"。正是在这样的经济背景下，英国保守党于1979年5月赢得了大选，英国历史上第一位女首相——铁娘子

---

① 参见陈国强《反讽及其理性——阿里斯托芬诗学研究》，巴蜀书社2009年版，第118页。
② Angela Carter, "Notes from the Front Line", in *Shaking a Leg*, London: Chatto & Windus, 1997, p.40.
③ Angela Carter, *Expletives Deleted*, London: Vintage Books, 2006, p.4.

"The Iron Lady"① —— 撒切尔夫人上台执政。

"撒切尔时期"（The Thatcher Years）是"撒切尔政府"（the Thatcher Government）连任三届的 12 年时期（1979.05—1990.11），也是卡特生命的最后 12 年。卡特对激进的撒切尔政府的反对从来就没有停止过，这对卡特后期的小说，尤其是与最后一部《明智的孩子》的写作有着直接的影响。约翰·贝利（John Bayley）认为："撒切尔夫人作为国家反女英雄的形象，隐约可见于卡特所有作品的背景中，可以图解为——撒切尔和卡特可以被看作是在君权上，代表不同纹章谱系，一起争夺新领导权的反对党：狮子与独角兽竞逐皇冠的争斗仍在继续。撒切尔是一个代表父权制，男性化的女人，而卡特则极具颠覆性。"②

撒切尔政府上台后，推行一系列以私有化政策为核心的经济改革，掀起了"西方私有化的最大试验场"，以重塑英国。英国私有化历程 3 个阶段历时 12 年，从最初的经济领域，扩展到教育、卫生、住房、健康保健、医疗保险、公共服务以及政府机构等，对英国社会各方面产生深远影响③，又称"撒切尔革命"。撒切尔政府的私有化政策成功遏制"英国病"，使英国经济告别衰退，被称为"撒切尔奇迹"。

虽然撒切尔政府推行激进的私有化政策取得明显成效，然而撒切尔夫人和保守党为此也付出了沉重的代价。首先，撒切尔所代表保守党右翼表现出激进、强力的特点。由于深受新右派思想的影响，一贯以坚定"反共识"政治家面目出现，在打破旧的"共识"中，撒切尔政府推行私有化政策呈现越来越激进的特点。在重塑英国这一总目标中，越往后经济上的考虑越处于次要的位置，在第三个任期，撒切

---

① 苏联在冷战时期给予撒切尔的称谓。
② John Bayley, "Fighting for the Crown", *The New York Review of Books*, April 23, 1992, p. 11.
③ See J. Wolfe, "State Power and Ideology in Britain: Mrs. Thatcher's Privatization Programme", *Political Studies*, Vol. 243, No. 3, 1991, p. 34.

尔政府提出了"私有化无禁区"的口号，私有化进程愈发激进，不断遭到批评和质疑。20世纪80年代末，英国私有化政策遭到选民、媒体以及反对党越来越多的批评和反对，已成为英国民众和媒体不满及批评的来源。私有化所宣称的经济上的好处不再诱人，在政治上也从正面向负面转变。其次，在实现自由市场同自由的社会秩序联系，最终维护资本主义的私人产权制度的这一目的，必然要依靠国家的权威、强力的政府，甚至利用宗教。1988年，玛格丽特·撒切尔借助宗教，在苏格兰长老大会的讲坛上对公众做了一次重要的演讲。撒切尔说，她需要"一个对待工作和原则的正确态度，来决定经济和社会生活的发展"，演讲中撒切尔引用圣经中圣保罗（Saint Paul）的话语"不劳动的人，不应当吃饭"。当年的《经济和政治周刊》（*Economic and Political Weekly*）对此评论道：这是以神圣文本中的术语来强调强硬手段的合理性。这既是对贫困的明显威胁，也是对财富和富足的褒扬。工人和少数群体在这个简短、冷酷和不友善的演讲中被明显地予以警告。①

并且最为致命的是，9年以来撒切尔政府所承诺的降低通货膨胀率的诺言并没有兑现过，甚至在失业率下降的情况下，政府也无力阻止通货膨胀率的复发。这被称为撒切尔政府下英国的"十年之痒"（Ten-Year Itch）。通货膨胀——这个英国经济最大的敌人，再次在政治上威胁性地和反叛性地赫然耸立。由于政府所强加的货币紧缩政策所带来的压力，20世纪80年代末英国经济呈现出老迈的疲惫态势。②

在卡特和英国的许多知识分子看来，玛格丽特·撒切尔的个性令人生畏，又略带力排众议的魅力。1983年当撒切尔参加连任竞选时，

---

① See G. P. D. "Why Margaret Thatcher Wants Religion", *Economic and Political Weekly*, Vol. 23, No. 25, June 1988, p. 1255.

② See T. V. Sathyamurthy, "Britain's 'Ten-Year Itch' under Thatcher Administration", *Economic and Political Weekly*, Vol. 24, No. 26, July 1989, p. 1446.

她完全像一个装模作样的怪物,而这只是玛格丽特·撒切尔被人为加上的一系列标签之一。①撒切尔政府的特点是试图以她自己的角度来重新定义"英国"。她成功地将意识形态转化成"国家意志",再将"国家意志"转化成每个国民的意志。理查德·韦特(Richard Weight)称她为"战后时代最具有国家主义情绪的首相"②。撒切尔所推崇的"国家主义"是令人振奋的,但它背后却隐藏着权威的压抑。国家主义的复苏在1982年的福克兰群岛战争(Falkland War)中达到顶峰。③众所周知,撒切尔为了恢复国家精神和人们的团结,还提倡"维多利亚价值观"的回归。正如韦特所说,她领导了"19世纪英国国家主义的复苏,她把独立自主的个人看作是一个自豪的、自力更生的国家的缩影"④。另外,撒切尔主张"艺术无用论",执政后其"艺术对国家士气或自我意识无用"的观念给英国带来了根本性的变化⑤。她还制造文化上的等级分类。

由此观之,撒切尔所秉持的这种国家主义和民族主义政策是"逻各斯中心主义"对其国民的一种自上而下的强行操控。在国家主义和文化等级观念下,"人"被各种意识形态所分类、划界,"人"的行为被设定为"非法"与"合法","人"的生存屈从于一个统一的宏伟目标,"人"的价值被一个崇高的价值框架所设定。而"人"的价值则在于对这种压制的抗拒,谐剧文化精神即是对理性主义历史观的抗拒

---

① Sarah Gamble, *Angela Carter: A Literary Life*, New York: Palgrave Macmillan, 2009, p. 163.

② Richard Weight, *Patriots: National Identity in Britain 1940—2000*, London: Pan Books, 2002, p. 569.

③ [英]埃里克·J. 埃文斯(Eric J. Evans)的民意调查结果显示,80%的人支持政府决定派兵去福克兰群岛的决议,并且在胜利余波的影响下,撒切尔运用国家主义话语(逻各斯的本意为:话语 discourse)进行演讲,其效果甚至胜过丘吉尔。

④ Richard Weight, *Patriots: National Identity in Britain 1940—2000*, London: Pan Books, 2002, p. 570.

⑤ See Alistair Davies and Alan Sinfield, "Class, Consumption and Cultural Institutions", in Davies and Sinfield, eds., *British Culture of the Postwar: An Introduction to Literature and Society 1945—1999*, London: Routledge, 2000, p. 143.

与制衡。

卡特在创作中,把"撒切尔时期"英国的政治和文化现状以谐剧之谐摹的手法植入《明智的孩子》中,把神圣嘲弄到极端荒谬的程度,在笑声中抗衡撒切尔政府的"逻各斯中心主义"。在斯蒂芬·格林布拉特看来,在作家的人格力量与意识形态权力之间存在着非一致性倾向。尽管整个权力话语体系规定了个体权力的行为方向,但规约强制的话语与人们尤其是作家内在自我不会完全吻合,有时甚至会在统治权力话语规范与人们行为模式的缝隙中存在彻底的反叛和挑战。格林布拉特将这种反叛和挑战称之为"颠覆"(指对代表统治阶级秩序的社会意识形态提出质疑,从而使普通大众的不满得以宣泄)。

首先,同阿里斯托芬讽喻雅典政治社会一样,卡特把"戏剧化的爱国主义"(patriotism as theatre)的讽喻发挥到荒唐的极致。如"帅乔治"小丑丁字裤展示英国的疆域(见第一章第三节)。正如甘布尔所说,《明智的孩子》是对撒切尔首相所推崇的"维多利亚价值观"回归的讽喻。该小说可以看成是卡特对撒切尔主义政策与施政纲领的机敏还击。它们抨击了艺术的独立性和激进的国家主义情绪的泛滥,竟公然采用了战争与帝国式的强硬措辞。像撒切尔一样,《明智的孩子》对"英国"也给予新的关注,但与撒切尔的民族认同感背道而驰。因为在卡特看来,问题不在于世界的多元化,相反,威胁来自于因同质化的日渐侵蚀所带来的恐惧①。卡特把盲目的爱国主义的作用比喻成幽灵,既愚蠢又盲目。正如埃里克·J.埃文斯所提出的:"撒切尔非常清楚唤起爱国主义灵魂的价值所在……在 20 世纪 80 年代被

---

① Sarah Gamble, *Angela Carter: A Literary Life*, New York: Palgrave Macmillan, 2009, pp.167–168.

一名天才民粹分子所利用而造成破坏性影响。"[1] 在《明智的孩子》中卡特用文学意义上的"幻影"（phantom）使人联想起爱国主义"精神"，她利用"大众的受虐狂"这样一些隐喻提出，保守党在1983年的选举运动试图把政府和国家的差异合二为一：给撒切尔投票，不是投给托利党，而是投给英国。[2]

其次，卡特反对撒切尔所倡导的维多利亚社会的等级观念，反对把社会进行等级的划分。《明智的孩子》把底层的"大众"剧院与"合法的"戏剧作品，以及小说的主要人物私生女、歌舞女郎钱斯姐妹与她们的生父——代表英国文化的莎剧王朝家族——并置在一起，以削弱文化所决定的阶级、品位和国家主义的分类范畴，颠覆了撒切尔所推崇的维多利亚社会意识形态主导话语——中产阶级价值观。卡特的非血缘制的新式家庭也是一个寓言，是"撒切尔主义"所主导的国家主义意识形态繁衍出来的一股"异己"的反抗力量，卡特借助文学这张能够产生独创性的温床来施展其威力。

不仅如此，《明智的孩子》还把雷纳夫（Ranulph）——这一莎剧表演家族的没落，同作为文化偶像的莎士比亚戏剧的起落状态结合起来。在此，莎士比亚作为英国文化认同感的重要性逐渐削弱了。雷纳夫试图把莎士比亚带到美国，然而尝试失败，这是20世纪80年代英美两国的力量倒转的真实写照，美国文化开始支配英国文化。反映到小说中，好莱坞公然修改《仲夏夜之梦》的莎士比亚版本。雷纳夫的儿子梅尔基奥尔·哈泽德（Melchior Hazard）为此有一个颇具幻想的宏伟的计划，那就是通过莎剧来控制全世界的戏剧，力图实现父亲未

---

[1] See Eric J. Evans, *Thatcher and Thatcherism*, London: Routledge Press, 1997, p. 121.
[2] See Angela Carter, "Masochism for the Masses", in *Shaking A Leg: Collected Journalism and Writings*. London: Chatto & Windus, 1997, pp. 189—195 (p. 193). First published as "Masochism for the Masses: Election '83'", *New Statesman*, 3 June 1983.

尽的帝国主义报复。① 凯特·韦布在《严肃的滑稽：〈明智的孩子〉》一文中写道："在雷纳夫这一代，英国剧院是帝国力量的体现，而现在好莱坞的电影工业代表着美国作为世界力量的新角色……梅尔基奥尔制作的电影版的《仲夏夜之梦》，试图以他的方式来征服好莱坞。但是好莱坞之行随着梅尔基奥尔庄园大宅的烧毁，预示着英国剧院在大火中象征性地消失。"② 这是英国重振帝国梦的破灭。甘布尔也说，《明智的孩子》无情地剖析了"英帝国"的衰落，反映了它无法忍受美国文化对英国文化舞台的介入。尤其是在20世纪80年代，英美关系在撒切尔和里根那里多年奉行"亲密，甚至令人窒息的私人交情"时。从1983到1988年间，美国的巡航导弹驻扎在英国军事基地，这成为卡特愤怒的靶子。她认为，"英国绝不应当做奴隶……毕竟我们千年来从未被外国入侵过，如今，我们却邀请混蛋们入内并称之为'北约'（NATO）"③。然而，为了抵抗美国对英国文化上的入侵，英国还是诉诸莎士比亚以重塑民族认同感。在20世纪80年代英国开始筹划在英帝国辉煌的原址，重建一座跟昔日一模一样的"全球剧院"。卡特在写这部小说的时候，清理"岸边区"（Bankside）基地的建筑工作已经开始。甘布尔认为，虽然小说未写明，但《明智的孩子》显然以此为其背景写成。④ 因为"岸边区"在英国伦敦泰晤士河南岸区，而小说中两个来自上层和底层社会的两个家庭，就位于泰晤士河的南岸和北岸，其政治讽喻性不言而喻。

总之，卡特对撒切尔主义所推崇的维多利亚价值观持悲观主义态

---

① Sarah Gamble, *Angela Carter: A Literary Life*, New York: Palgrave Macmillan, 2009, p. 183.

② Kate Webb, "Seriously Funny: Wise Children", in Lorna Sage, ed., *Flesh and the Mirror: Essays on the Art of Angela Carter*, London: Virago Press, 1994, p. 295.

③ Angela Carter, "Anger in a Black Landscape", in *Shaking A Leg*, p. 47. First published as "Fools Are My Theme: Let Satire Be My Song", in *Vector*, Easter 1982, p. 109.

④ Sarah Gamble, *Angela Carter: A Literary Life*, New York: Palgrave Macmillan, 2009, p. 186.

度，认为这不合乎 20 世纪 80 年代的语境。她一方面反对盲目的、狂热的国家主义；另一方面，又反对英国对美国在政治和文化上的依附和归顺。她一方面反对艺术独立，认为艺术提供了一个独立的国家论坛；另一方面，她又不认同象征英国文化的莎士比亚戏剧为高雅艺术，而否定其神圣性。总之，昔日辉煌的大英帝国所残留的封闭性、盲目性、自大性，撒切尔革命的激进措施，皆与卡特所奉行的谐剧世界观相违背的，卡特以谐剧化的狂欢人物和低俗的幽默来颠覆任何具有强权色彩的国家主义、维多利亚主义、莎翁文化等各种意识形态的"逻各斯主义"霸权，这是卡特反对血缘制的家庭伦理观在国家领域中的进一步扩大，家庭在此隐喻了国家。同时，卡特对血缘制家庭伦理观的解构也是对撒切尔所推崇的"把家庭看作神圣的"这一维多利亚时期最盛行的传统价值观的驳斥。

第二章

卡特的谐剧世界观

本章对《明智的孩子》所特有的谐剧性的生成机制加以阐述。《明智的孩子》具有谐剧所特有的价值立场和文化品格，而要理解这种独特性就需要追溯至其赖以生成的历史文化语境，通过对制约其存在的文化结构进行解读，寻找它对文学文本的精神品格的渗透，从而最终说明文本谐剧性所特有的生成机制。

在谐剧世界观的框架中，《明智的孩子》对"逻各斯"的反叛性和超越性不仅同"酒神"精神一脉相承，从而形成一种不断生成、不断变化与超越的世界观；而且还同阿里斯托芬反对"狭隘性"的世界观密不可分，阿里斯托芬的"寻找另一半"神话和"打嗝"寓言是其反对"狭隘性"，追求"完整性"的世界观的体现。同时，卡特还通过真正的"喜剧性"来表达人物"主体性"的超越性质，来抗拒现代主义语境下的"逻各斯中心主义"，形成其"反逻各斯中心主义"的精神品格。最后，卡特所处的时代特征、英国国家状况与其对喜剧所特有的爱好共同参与了其谐剧世界观的塑造过程。

第一节 谐剧世界观——作为一种文化的历史

阿里斯托芬谐剧的人物形象和艺术表现等方面的实质都是"欢乐性"的。这种滑稽可笑的"欢乐"场面有其宗教根源,宗教仪式中的"酒神"是喜剧的起源,阿里斯托芬的喜剧以"酒神"的狂欢为基础,而古希腊喜剧家遗留下来的思想——反对"狭隘性",同样也影响着后世文化。即使《群蛙》(*The Frogs*)和《地母节妇女》这种以悲剧问题的讨论为题材的谐剧,也充满了喜剧成分。在《群蛙》的开篇,狄俄尼索斯的仆人克桑狄俄斯(Xanthias)就笑谑道:"现在我要讲一个老是让观众开怀大笑的笑话吗?"①

一 "酒神"精神

谐剧世界观具有酒神精神,要理解谐剧超越性的精神品格,就要追溯到酒神精神这一文化维度。

酒神精神(Dionysus Spirit)对于悲剧的意义,具有戏剧本体学的意义,悲剧的出现是日神精神通过戏剧的艺术形式得以展现的结果。而酒神精神与阿佛洛狄忒精神、卡里忒斯精神共同缔造了谐剧。阿佛洛狄忒精神强调的是生殖和性欲,卡里忒斯(三位"美惠女神")精神强调的是赐予、活力以及创造力。而悲剧中的日神精神在本质上与酒神精神相互对立,因而也就限制了酒神精神的展现。的确,日神精神的节制、理智、明确与酒神精神的放纵、感性、迷狂相左。但是

---

① Aristophanes, "The Wasps", in *Five Comedies of Aristophanes*, trans. Benjamin Bickley Rogers, notes ed. Andrew Chiappe, Garden City, N. Y.: Doubleday & Co., Inc., c1955, p. 185.

第二章
卡特的谐剧世界观

阿佛洛忒忒精神和卡里忒斯精神却为酒神精神在喜剧艺术中的充分展现提供了条件，所以，阿提卡"旧"谐剧更加体现了酒神精神。在《阿卡奈人》中，就将这两个神并举。狄俄尼索斯，这位掌管生命和繁殖的神祇则常常与美惠女神联系在一起。"她们是促进增长的女神，因此当生命之神出现时，她们往往伴随在他的左右，在旁边伺候。"①

阿里斯托芬谐剧所反映出来的精神品格就具有酒神和阿佛洛忒忒的性质。阿佛洛忒忒"被视作肉欲、美貌和爱情的化身"，"作为爱情女神，尤其是性欲女神的性质则被规定为她的唯一职责"，"阿佛洛忒忒这个名词动词化后的意思就是做爱"。② 至于狄俄尼索斯，"狂欢、陶醉、迷狂是与狄俄尼索斯祭仪和形象密切相关的。希腊各地的狄俄尼索斯节庆有四种……与其他典型希腊式的宗教仪式相比，世俗成分多于宗教成分。在这些活动中，人们不是通过默祷、祈求去与神沟通，而是通过狂欢、陶醉去与神认同。他们崇拜的神是巴库斯（Bacchus），而参加活动的信徒也自称是巴库斯。神与崇拜者享有同一名称，这在希腊宗教中是独一无二的"③。巴库斯，意为疯狂。"当希腊社会已经确立了奥林帕斯宗教的正统地位之后，这位外来大神的祭仪得到广泛传播，成为广大青年和妇女乐意参加的宗教活动。他们在这种活动中，抛弃日常身份，表现出种种反传统的放荡行为。"④ "与奥林帕斯教相比，狄俄尼索斯教的崇拜是自由的。阿波罗神要信徒适可而止，德尔斐的阿波罗神庙镌刻着家喻户晓的警句：'切忌过分'。而狄俄尼索斯教的祭仪和庆典却让人们有了可以超越限度的时机。盛宴美酒，狂欢乱叫，手舞足蹈，借酒的威力振奋被压抑的精神，忘却现

---

① [英]简·艾伦·赫丽生：《希腊宗教研究导论》，谢世坚译，广西师范大学出版社2006年版，第403页。
② 王晓朝：《希腊宗教概论》，上海人民出版社1997年版，第92、95页。
③ 同上书，第105页。
④ 同上。

实,心情舒畅,自由自在,而且这一切都是以神的名义进行的。"[1] 阿里斯托芬的谐剧,如果用狄俄尼索斯的性质来加以描绘就是:狂欢、陶醉、迷狂、世俗成分、反传统、放荡、自由等。

然而,如果仅仅从狭隘的物质(世俗)层面去理解阿里斯托芬,而不是从广阔的精神层面去评价阿里斯托芬喜剧的狄俄尼索斯性质和阿佛洛狄忒性质,则会导致对阿里斯托芬的曲解。普罗塔库(Plutarch)对日神阿波罗和酒神狄俄尼索斯进行了比较,认为阿波罗代表简约、统一和纯洁,狄俄尼索斯代表多重的变化和变形。狄俄尼索斯经历了多重变化——风、水、土地、星星、新生的植物和动物。"撕裂"和"肢解"这两个神秘词语概括了这些变形。与上述变形对应的是狄俄尼索斯的毁灭与消失、复活与新生的神话。[2] 正如埃斯库罗斯所说:"用变化不定的酒神颂歌歌唱狄俄尼索斯是很适合的,而歌颂阿波罗的应该是讲究秩序的派安与祥和的缪斯。"总之,阿波罗是一个永远年轻的神,被赋予统一、有序、简约的特点,而俄狄浦斯被赋予多种形象,具有混合的杂乱成分包括玩乐、过渡、热切、疯狂。"日神精神所体现出来的统一、有秩序、简约和纯洁的特征中,包含了封闭社会中的基本要素,如统一与集体主义、有秩序与严格的等级划分的异议对应关系。在日神的世界之中,人首先被分为精神和肉体,或实体与现象,而日神的价值观念是强调精神和实体的真实性和唯一性。"[3] 而酒神精神首先反对这种二分法。酒神所强调的迷狂在世界观的意义上,催生的是理智的迷失,是将个人返还到人类集体的感性存在之中。所以,酒神的迷狂,不是单个人的迷狂,而是集体的迷狂、全民的迷狂。在这种迷狂之中,人类从"天"上返还到"地"上,返还

---

[1] 王晓朝:《希腊宗教概论》,上海人民出版社1997年版,第201页。
[2] 详见[英]简·艾伦·赫丽生《希腊宗教研究导论》,谢世坚译,广西师范大学出版社2006年版,第405页。
[3] 陈国强:《反讽及其理性——阿里斯托芬诗学研究》,巴蜀书社2009年版,第169—170页。

到人的物质—肉体的存在，并通过这种存在，人们结为一体。

阿里斯托芬谐剧中诙谐人物的"欢乐"信仰，也是以酒神的"狂欢"为基础的。具体来说，酒神祭祀活动在经过献祭牺牲、向神祷告之后，都归于集体的饮宴。这种集体的饮宴，就是巴赫金所说的狂欢节的"普天同庆"，其中强调两个观念：一是人类在"物质—肉体"的意义上获得一致；二是集体性或全民性。在酒神世界中，人及其社会是感性的存在，并强调这种存在的完整性。酒神的"狂欢"就是这种感性完整性的展现。酒神的死而复生表达了人们对于自然和人类社会具有永久更替性的基本观点。狄俄尼索斯有农神这一身份，所以，这种更替的观点的形成于春夏秋冬的更替与植物的生长、衰败相关；动物的不断死亡、繁衍和人类的时代更替相关。狄俄尼索斯还是利克尼特斯（Liknites），即婴儿神，与此相联系还崇拜生育这个婴儿的母亲塞墨勒，即大地女神。对婴儿神和大地女神的崇拜事实上就是生殖崇拜。同时，这种生殖崇拜，在希腊宗教的演变过程中，还蕴含着返回原始的自然状态，随着狄俄尼索斯而来的是一场"回归自然"运动。"人们希望挣脱束缚、限制，摆脱具体的东西，渴望富于情感的生活而不是过于理性化，似乎要重新发现一种野性的激情。"[①]

狄俄尼索斯宗教的民间性质这种世界感受与一切现成的、完成性的东西相敌对，与一切妄想具有不可动摇性和永恒性的东西相敌对，它要求的是动态易变的、变幻无常的形式。狂欢节的一切形式和象征都洋溢着交替和更新的激情，充溢着对占统治地位的真理和权力的可笑的相对性的意识。[②] 狄俄尼索斯教的崇拜对象具有平民性："狄俄尼索斯的出行由羊人（satyr）和酒神狂女陪伴。他们手持长笛、毛皮和

---

① ［英］简·艾伦·赫丽生：《希腊宗教研究导论》，谢世坚译，广西师范大学出版社2006年版，第409页。
② 详见［俄］巴赫金《拉伯雷的创作与中世纪和文艺复兴时期的民间文化》，钱中文主编《巴赫金全集》（第六卷），河北教育出版社1998年版，第10页。

酒杯，载歌载舞，喝得醉醺醺的。神人不分，神人同欢。……只要你信奉狄俄尼索斯，按这位神的行为方式去做事，那么你自己就是狄俄尼索斯，你自己便是神圣的神。这样一来，奥林波斯教建立起来的神人界限在狄俄尼索斯教中被打破。"①

二 反对"狭隘性"

在谐剧世界观的框架中，阿里斯托芬的"寻找另一半"神话和"打嗝"寓言是其反对"狭隘性"，追求"完整性"的世界观的隐喻。

阿里斯托芬常借一个具体叙事（秘索斯 muthos）来寓指更为广泛的普遍性。因为这种隐晦的话语和预言式的谜语具有更为丰富的象征意义。而"象征"是对束缚的突破，是克服"狭隘性"的途径。阿里斯托芬的"寻找另一半的理论"②就是如此，在《会饮篇》（*The Symposium*）中阿里斯托芬说，"没有人会认为性的欲望是恋人们彼此强烈渴望的唯一原因"③，"原因是我们的本性最初如此，我们是一个整体，而对完整性的（whole）追求被称为爱情"④。这个神话实际上是借"爱情"的话题来谈论"狭隘性"与"完整性"的问题。阿里斯托芬为全人类指出了一条不断追求"完整性"的道路，"这就是实现完美的爱情，每个人遇到自己的所爱，并因此而返回到其最初状态，那么人类就是幸福的"⑤，"是眼前的爱赋予我们最大的益处，引领我们进入最接近我们自己的状态"⑥。但是，根据阿里斯托芬新神话所暗示的"原初的另一半"实际上已经不复存在，人类只能象征性地回到"原初的完整性"。所以，"原初的完整性"具有无限性，而人类

---

① 王晓朝：《希腊宗教概论》，上海人民出版社1997年版，第201页。
② Plato, *The Symposium*, eds. M. C. Howatson and Frisbee C. C. Sheffield, trans. M. C. Howatson, New York: Cambridge University Press, 2008, 192b-d.
③ Ibid., 129c-d.
④ Ibid., 139a.
⑤ Ibid., 139c.
⑥ Ibid., 139d.

第二章 卡特的谐剧世界观

的"狭隘性"也是与生俱来的。这样，人类获得幸福的唯一途径就是不断地克服自己的狭隘性。"原初的完整性"不是拿来实现的，而在于指出"狭隘性"，为克服"狭隘性"提供类似于康德所说的"调节性的原则"①。正如《云》中，斐狄庇得斯骄横、放肆地打了其父斯瑞西阿得斯，却说他是有正当的逻辑理由的，因为他用新的语言技巧巧妙地推翻了既定的法律。在阿里斯托芬看来，这似乎又犯了僭越诸神的罪孽，而陷入"狭隘性"之中。

对"狭隘性"的反对还反映在《会饮篇》"阿里斯托芬打嗝"的寓言中，柏拉图描述了阿里斯托芬常以"降格"②的方式打断按部就班的发言次序。这种转移似乎要指出，被精神盛宴所忽略的身体随时可以站出来主宰一切，致使阿里斯托芬"不能按照次序发言"（and could not do so）③。这不是借此强调身体的重要性，而是指出精神盛宴的狭隘性。阿里斯托芬反对一切狭隘性，如他所言，"我因自己要说的话而感到焦虑。我害怕的不是我的发言很滑稽……而是害怕自己说的话荒谬可笑"④。阿里斯托芬在此不是担心自己说错话而被人耻笑，而是忧虑"言语"（logos）、理智理性能主宰一切的"狭隘性"。

被整合后的谐剧文化形成了一个具有复杂内涵的语境，生成于其中的文学文本《明智的孩子》从精神特性和生存观等方面具有了独特的品格。简化之后可以用"多元与开放"的双重性来概括，这种特性在生命价值层面即表现为对现有伦理的否定，这是对现代主义中"逻

---

① ［德］康德：《判断力批判》，邓晓芒译，杨祖陶校，人民出版社2002年版，第1—2页。
② 巴赫金用语。"降格，即把一切高级的、精神性的、理想的和抽象的东西转移到整个不可分割的物质——肉体层面、大地和身体的层面。"［［俄］巴赫金：《拉伯雷的创作与中世纪和文艺复兴时期的民间文化》，钱中文主编《巴赫金全集》（第六卷），河北教育出版社1998年版，第24页。］
③ Plato, *The Symposium*, eds. M. C. Howatson and Frisbee C. C. Sheffield, trans. M. C. Howatson, New York: Cambridge University Press, 2008, 185d.
④ Ibid., 189b-c.

各斯中心主义"操控下的血缘霸权的否定,是对生命价值和生存观的反思。《明智的孩子》通过建构一个非血缘制的、母亲式的非主从关系的新式家庭,来完成其对现有血缘制和父权制家庭的残缺性和狭隘性的补缺。

在《明智的孩子》中,现有的血缘制家庭的单一建构方式被打破,新式家庭的构建方式不是以血缘制或婚姻制为唯一根基,孩子的"发现者"就是养育者。双胞胎姐妹多拉和诺拉刚刚降生之时,被"发现者"钱斯太太收养,这对双胞胎姐妹在小说结尾也收养了一对双胞胎婴儿,婴儿不知从何而来,其身份并不确定,但姐妹俩终于拥有了属于"自己"的孩子,实现了她们向往已久的夙愿。"因为就小说的孩子来说,发现孩子的人就是孩子的养育者。"[1]

再者,以母亲所构建的非主从关系家庭,是对传统父权制家庭这种单一性、狭隘性制度的有益补充。在小说中,传统的父权主从关系(男子对妻子和子女是家长)家庭被女性所组建的非主从关系所取代。养母钱斯建立了一个充满爱的非血缘关系的大家庭,她不断地施展她的智慧来维持这个健康、幸福和非血缘的家庭。同时,这个家庭是敞开式的,它处在不断补充、不断扩大、不断生成之中。不断吸收新成员的加入,使非血缘的亲缘关系纽带不断扩大。对此,文本强调了血缘或生理上的"母亲"和"父亲"的"事实"并不是建立亲缘关系家庭的"事实"。在卡特看来,建立家庭的根基不是人与人之间的血缘关系。家庭可以由"爱"和"选择"建立,而不是由于血缘关系所产生的义务和责任而建立,决定亲缘关系的不在于血缘关系,而在于交往中的"友爱"(亚里士多德语)。女性的非主从关系家庭的建立是对父权家长制的狭隘性的有益补充,是弥补现存父权制家庭的缺漏,追求完整性的体现。

---

[1] Sarah Gamble, *Angela Carter: A Literary Life*, New York: Palgrave Macmillan, 2009, p.189.

第二节　人物"主体性"的"超越"性质

《明智的孩子》还以"真正的喜剧精神"表达出一种对"逻各斯"的"超越"特性,来抗拒现代主义语境下的"逻各斯中心主义",形成其"反逻各斯中心主义"的精神品格。而要理解文本的这种"超越"性质,就要返回到阿里斯托芬谐剧的框架中,去体悟这种人物"主体性"的超越性特征。

本节试图在阿里斯托芬谐剧的框架中揭示出《明智的孩子》所具有的谐剧性的精神特征。

黑格尔在"理念"的发展历史中,赋予阿里斯托芬喜剧以"超越"的性质,在思想史意义上体现出某种"主体性"。对于"主体性"黑格尔这样讲述道,在戏剧中有一种自信的精神,它依靠某个东西,坚持某个东西,然而它从不因此存任何怀疑,而始终是对自己和自己的事物充满着信心。这种在结果及现实事事与心愿相违时依旧心神不乱地确信自己的精神——这就是最高的喜剧——我们都在阿里斯托芬身上体会到了。他又说,与悲剧不同,"在喜剧里,无限安稳的主体性占据着优势。在喜剧中,不等我们深思就会看到,正是在笑声中喜剧人物解决了所有的事情,包括他们自己,从笑声中我们看到他们富有自信心的主体性的胜利"[①]。黑格尔认为:"我们必须仔细区分是否喜剧人物本身是喜剧性的,还是仅仅在观众眼中他们是喜剧性的。只有前一种才算是真正的喜剧性,阿里斯托芬就是真正处理这种喜剧性的大师。""喜剧性的人物具有一种高明的性格,因为对所居身的有限

[①] G. W. F. Hegel, *Aesthetics—Lectures on Fine Art*, Volume III, tans. T. M. Knox, New York: Oxford University, 1988, p.1199. 此译文由笔者译出。

的世界并不重视,而是超然于其上,藐视一切挫败,保持着坚定的安全感。阿里斯托芬让我们看得到的正是这种精神上的绝对自由,一种随遇而安,逍遥自在的态度。"①

尽管谐剧所表现的只是实体性的假象,它却仍然保持一种较高的原则,这就是本身坚定的主体凭它的自由就可以超出这类有限事物(乖戾和卑鄙)的覆灭之上,对自己有信心而且感到幸福。谐剧的主体性对在实际中所显现的假象就变成了主宰。实体性的真正实现在谐剧世界里已消失掉了。如果本身没有实质的东西消灭了它本身的假象存在,主体性在这样的解决中就仍然是主宰,它自己仍然存在着,这就是谐剧中"主体性"的超越性质。这种超越实际上就是一种批判精神。阿里斯托芬所批判的主要就是,在开放社会中,由于个人意识的出现,而出现的非实体性的因素,如公民的自私、轻浮、好虚荣、没有信仰和知识、爱说闲话等。

在公元前5世纪的古希腊精神世界中,个人自由独立的原则以"谐剧的主体精神"来获得了展示。这种以如此充分的方式表达了人类对于主体精神的肯定和确认的,非阿里斯托芬莫属。这种主体性在古希腊是对于作为整体的"艺术"的超越。黑格尔在《美学》(Aesthetics)中讲到喜剧性与讽刺的差别:在古典艺术阶段,精神个性还是与它直接的客观现实存在结合在一起的,而在象征阶段所要表现的主体性已无法驾驭对它已不适合的外在现实,因此精神世界就变成独立自由的已脱离了感性世界,只满足于自己的内心生活,而且是和现实对立的一种纯然抽象的、有限的、没有得到满足的主体。就这样,艺术变为一种从事思维的精神,一种单凭自身的主体,在带有善与道德的认识与意志的抽象智慧中,对当前现实的腐朽持着敌对的态度。一种高尚的灵魂和有德性的心灵,在一个罪恶和愚蠢的世界总是被剥

---

① G. W. F. Hegel, *Aesthetics—Lectures on Fine Art*, Volume Ⅲ, tans. T. M. Knox, New York: Oxford University, 1988, p. 217. 此译文由笔者译出。

夺了其坚定信仰的实现，于是带着一腔火热的愤怒或微妙的巧智和冷酷辛辣的语言去反对那个对抗它的现实，愤怒或鄙视那个对和他的关于美德与真理的抽象概念起直接冲突的那个世界。以描绘这种有限的主体与腐化堕落的外在世界之间矛盾为任务的艺术形式就是"讽刺"。"讽刺"不是表达情感的，而是普遍的善、个体的人格和人的美德的。因此，讽刺不能令人享受到表现所应有的想象的无拘无碍的美，而是以不满的心情保持着作者自己的主体性、抽象原则与经验的现实世界之间的失调，在此程度上产生的既不是真正的诗，也不是真正的艺术作品。讽刺应被理解为古典典范的一种过渡形式。而古典艺术阶段的喜剧，也要表现这种现实，描绘现实所违背善与真的腐朽情况，把它亟待表现的内在内容意蕴与它所要应付的摆在面前的世界的这种矛盾，但是喜剧这种艺术形式与讽刺不同，这种反对仍旧能在艺术本身找到解决方式，易言之，喜剧是这样一种形式，与对立面的斗争不是在不触及对立面的思想中进行的，相反，艺术所描绘的是由愚蠢所致毁灭的"现实本身"，从中消灭它自身。由此，确切地说，正是在这个"正确"（the right）的自我毁灭之中，"真实"在镜像中作为固定和持久的力量呈现出它自身，而愚蠢和不合理的那一方面则消失了，由于它具有直接反对正确本身的力量。阿里斯托芬就是在希腊人中间运用这种形式来处理当时现实的一些重要领域，不带愤怒，而带一种纯净、宁和的快乐。① 这就是阿里斯托芬对"个人主体"的确立所做的贡献。

《明智的孩子》具有谐剧所具有的"喜剧性"特征。小说通篇洋溢着愉快、轻松、乐观的笑的氛围，"笑"是一种自信。所以在《明智的孩子》中只有凯特·韦布所说的"狂欢"，甘布尔所说的多拉的叙述特征是"出奇的乐观"。"尽管她漫长的一生经历了人生的悲剧，

---

① G. W. F. Hegel, *Aesthetics—Lectures on Fine Art*, Volume III, tans. T. M. Knox, New York: Oxford University, 1988, pp. 511—514. 此译文由笔者译出。

然而她始终与这个悲剧保持距离，从而使一个本应令人哭泣的故事变成一个喜剧式的胜利。"①

那么叙述人多拉是怎样体现其主体性的喜剧性呢？黑格尔说，在喜剧中的"主体一般极为轻松愉快，令人感到自信，这些超然于自己的内在矛盾之上，并根本不觉得其中有什么怨恨和痛苦：这对一个自信的人来说可真是幸福和轻松，他能够忍受通向成功之路的挫败"②。在小说中，钱斯姐妹作为社会底层的歌舞女郎，一生历经种种坎坷，到了老年她们没有认她们的父亲，没有母亲，也没有亲爱的孩子，一直走在人生的下坡路上。但是多拉的叙述语调一直是乐观的、快乐的，她引用简·奥斯汀的话"让别人的笔去宣泄懊悔与痛苦吧"③。多拉承认自己的不幸，但是她的精神品格却是轻松、快乐的。读者看不到钱斯姐妹有什么明确的生活目标，好像只要活着她们就会快乐，她们最大的愿望是最后能有一个孩子，但是对于75岁高龄的她们这也只是一个心愿，没有实现的可能性，或许只是随口说说罢了，她们所期望的，在她们看来只是"一件本身微不足道的事情"，从未"想实现一种具有实体性的目的和性格"④。乐观的多拉根本不把失败、遭受苦难放在眼里，觉得自己超然于这种人生的灰暗与失败之上，从未曾丧失掉生活的信心，无论遇到何种境况她的叙述不带一丝哀痛与悔恨。正如黑格尔所说，在喜剧里，"本身坚定的个性凭它的自由就可以超出有限的衰败影响之上，对自己有信心而且感到快乐"，在这里谐剧精神显示出一种绝对理性，但小说不是以多拉和诺拉姐妹俩的人生悲剧本身来显示和描述，而是把多拉的乐观——绝对理性——显示

---

① Sarah Gamble, *Angela Carter: A Literary Life*, New York: Palgrave Macmillan, 2009, p. 189.
② G. W. F. Hegel, *Aesthetics—Lectures on Fine Art*, Volume Ⅲ, tans. T. M. Knox, New York: Oxford University, 1988, p. 1220.
③ Angela Carter, *Wise Children*, London: Vintage Press, 1992, p. 163.
④ G. W. F. Hegel, *Aesthetics—Lectures on Fine Art*, Volume Ⅲ, tans. T. M. Knox, New York: Oxford University, 1988, p. 1201.

第二章
卡特的谐剧世界观

为一种力量,以防止悲痛、丧失信心等愚蠢和无理性的对立和矛盾在现实世界中占据上风,并保持住地位。正如黑格尔所说:"喜剧作为真正的艺术,显示出绝对理性,但不是用本身遭到破灭的事例来显示,而是相反,把绝对理性显示为一种力量,可以防止在愚蠢和无理性以及虚假的对立和矛盾的世界中得到胜利和保持住地位。"① 因此,卡特所描述的对象不是钱斯姐妹的痛苦人生,不对它抱有丝毫愤恨,相反,卡特愤恨的是英帝国中心主义意识的自负、莎士比亚戏剧盲目尊大等非实体因素,以此戏谑和讽喻"撒切尔主义"一些疯狂和愚蠢的流弊,如民族主义意识的膨胀、独大、虚荣,英国文化的单一性、排他性等这些非实体性因素,并让其自身以自作自受的方式土崩瓦解。卡特以笑谑的姿态把现实中会导致毁灭的蒙昧与无知摆在我们面前,最终腐朽的现实在自身中毁灭,而真理(the truth)显露其自身。

不仅是多拉,佩瑞格林也具有真正的喜剧性特征。凯特·韦布认为,在《明智的孩子》中,佩瑞格林具有狂欢化的特点,是狂欢化的体现。因为他"不像是一个男人,而更像是一个旅行的狂欢者"。对多拉和诺拉来说,他是人人皆知的、富有的美国叔叔,是甜心"爸爸",他时而暴富,时而穷苦,当富有时他极尽奢华和享受。他也是一个坏叔叔,诱奸13岁的花季少女多拉。他是多个人的复合体,他的多样性让他像热带丛林中的蝴蝶一样是一位行踪飘忽的人。"他不断地变化,而这就是麻烦。"他是一个矛盾的异灵,一个"物质鬼魂"。② 但无论佩瑞格林的人生如何飘忽不定,可以肯定的是他始终都是快乐的,不带有一丝愁苦与愤懑。韦布还认为,小说中所有的女人也有狂

---

① G. W. F. Hegel, *Aesthetics—Lectures on Fine Art*, Volume III, tans. T. M. Knox, New York: Oxford University, 1988, p.1202. 此译文由笔者译出。

② See Kate Webb, "Seriously Funny: Wise Children", in Lorna Sage, ed., *Flesh and the Mirror: Essays on the Art of Angela Carter*, London: Virago Press, 1994, p.309.

欢的因素在其中，虽然她们身上都不具备佩瑞格林狂欢的特点。[①] 由此可见，《明智的孩子》的确是一部人物自身感受到喜剧性的小说，而不是令读者感受到喜剧性的小说。从这个意义上说，《明智的孩子》是一部真正的"喜剧性"小说，这在充满荒诞、虚无、漂浮、死亡、嘲讽、扑朔迷离和悲观绝望情绪的后现代主义小说中，可谓独树一帜。

第三节 卡特谐剧世界观的形成

卡特所处的时代特征、英国国家状况与其对喜剧所特有的爱好共同参与了其谐剧世界观的塑造过程。《明智的孩子》是卡特世界观的反映，如同"阿里斯托芬谐剧其实是阿里斯托芬的世界观"[②] 一样。

在英国，卡特创作的后十年是资本主义的后工业和后现代主义时期，理性主义的弊端已经显现。从国家政策上，"逻各斯中心主义"的控制从国家进入阶层，再深入每个国民心中，这种垂直式控制集中体现在撒切尔政府所推崇的一系列政策中。撒切尔推崇"国家主义"，试图以她自己的角度来重新定义"英国"，她成功地将国民的意识形态转化成"国家意志"，再将"国家意志"转化成每个国民的意志。她还制造文化上的等级分类，把社会进行等级的划分，倡导维多利亚社会的等级观念。无论撒切尔政府的政绩如何，在卡特眼中，她对这种"理性主义"控制是持坚决地抵制态度的。据约翰·贝利的观点，撒切尔夫人与卡特的争斗从来就没有停止过。

[①] See Kate Webb, "Seriously Funny: Wise Children", in Lorna Sage, ed., *Flesh and the Mirror: Essays on the Art of Angela Carter*, London: Virago Press, 1994, p.311.

[②] Charles Platter, *Aristophanes and the Carnival of Genres*, Baltimore: The Johns Hopkins University Press, 2007, p.4.

第二章 卡特的谐剧世界观

同时,卡特对古希腊文化、阿里斯托芬、戏剧、喜剧,尤其是阿里斯托芬谐剧非常熟悉,这种谐剧精神散见于卡特的诸多非小说的作品集中,并集中体现在她的最后一部小说《明智的孩子》中。以下我们来一一论述。

卡特谙熟古希腊戏剧和宗教文化。她大学时代就读于英国名校布里斯托大学(University of Bristol)英语系,主修中世纪文学专业。而中世纪文学上承古希腊戏剧,所以她对古希腊戏剧非常熟悉。对此,在写给埃里克·罗德(Eric Rhode)的著作《论出生于癫疯》(*On Birth and Madness*)的评论中,卡特点评了罗德和弗洛伊德二人对索福克勒斯的《俄狄浦斯王》(*Oedipus the King*)这一古希腊悲剧所做的分析,称赞二人观点的独到之处。[①] 卡特也了解古希腊宗教。在《罗伯特·库弗:电影院之夜》(*Robert Coover: A Night at the Movies*)一文中她提到"看电影"就是陌生人聚集在电影院里,黑暗中人们并肩而坐,如同一起参加神秘宗教仪式的古希腊人,做着相同的梦。[②]

卡特熟知阿里斯托芬及其世界观。在戏剧作品《奥兰多:抑或,两性之谜》(*Orlando: or, The Enigma of the Sexes*)中,她完整地加入原创小说所没有的一段阿里斯托芬的独白,作为该剧的序幕。[③] 在序幕中,家庭教师教给奥兰多(Orlando)希腊语,给他念《会饮》中阿里斯托芬在宴饮上的发言,这就是阿里斯托芬非常著名的"球形人"寓言(如前文所述)。这个寓言借"爱情"的话题,来谈论"狭隘性"与"完整性"的问题,是阿里斯托芬世界观的体现。毫无疑问,卡特非常欣赏此段话语。

---

① Angela Carter, *Expletives Deleted*, London: Vintage Books, 2006, p.201.
② Ibid., p.131.
③ Orlando 出自[英]伍尔芙(Woolf)的小说《奥兰多传记》(*Orlando: A Biography*, 1928),卡特把该小说改编为戏剧。

卡特还热衷于戏剧创作,她去世后出版的戏剧合集,包括歌剧剧本、电视剧本和话剧剧本等,涉及了多种戏剧形式。在《无神圣可言》(*Nothing Sacred*)中的《小银幕搞糟了》(*Acting it up on the Small Screen*)一文中,卡特对比了电影、电视与戏剧的受众的不同观看效果。卡特对戏剧创作驾轻就熟,喜欢对戏剧进行创作性地改写。戏剧《约翰·福特之〈可惜她是娼妇〉》(*John Ford's "Tis Pity She's a Whore"*)就是卡特将出版于1633年的雅各宾(Jacobean)时代的英国剧作家约翰·福特(John Ford)的悲剧《可惜她是娼妇》(*Tis Pity She's a Whore*),与另一位福特(1895—1973),即一位美国西部电影的导演的风格穿插交错,将17世纪的英国戏剧情节加入了20世纪美国拓荒时期的大西部的元素,使两个文本浑然一体。

而在所有的戏剧形式中,卡特对喜剧情有独钟。卡特的好友迈克尔·穆尔科克(Michael Moorcock)提到,他与卡特都非常喜欢工人阶层作家和底层中产阶级作家的喜剧,比如杰拉尔德·克什(Gerald Kersh)和杰克·特雷弗·斯托里(Jack Trevor Story),尽管两人的才气和观点几乎不被文学界所认可。他与卡特还喜欢伊令(Ealing)[①]喜剧。[②] 再者,从卡特给多位喜剧家写过的剧评可以看出,她对各种喜剧剧种非常了解。她于1987年对罗伯特·库佛(Robert Coover)的喜剧性小说《电影之夜》(*A Night at the Movies*)写过评论文章,称黑人女作家路易斯·厄德里奇(Louise Erdrich)的小说《最棒的皇后》(*Best Queen*)是黑色喜剧(black comedy)。[③] 她在给哈尼夫·库雷西(Hanif Kureishi)的著作《苏布尔比亚的佛陀》(*The Buddha of Suburbia*)写的评论文章中指出,她对自乔叟(Chaucer)以

[①] 伊令是英格兰东南部的一个城市
[②] Angela Carter, *Expletives Deleted*, London: Vintage Books, 2006, p. vi.
[③] Ibid., p. 153.

第二章 卡特的谐剧世界观

来的滑稽戏（low comedy）和躯体喜剧（body comedy）都非常了解。① 还写道英国小说家和电影制作人伊恩·辛克莱（Iain Sinclair）的最有名的小说《下游》（*Downriver*）具有黑色幽默的特点（black humour）。② 在《杂剧国度里》（*In Pantoland*），卡特还描述了杂剧的特点，这类似于狂欢节和"酒神"精神，而古希腊谐剧正是源自于古希腊人祭祀"酒神"狄俄尼索斯的民间歌舞。

卡特不仅在《杂剧国度里》（*In Pantoland*）描述了杂剧的"狂欢"和"酒神"的特点，她还对这种亵渎与禁忌的文化渊源，即"酒神精神"非常熟悉。她在短篇小说《鬼船》（*The Ghost Ships*）一文提到了"酒神后裔"（Dionsiac crew），描述了被法律所禁止的新英格兰村民们在圣诞节前夕的梦境般的狂欢。卡特在小说中的这些用词，如"死亡与复活""猥亵""节庆期间有奴隶做主当家，一切都上下颠倒""圣诞节的十二天期间，百无禁忌，诸事皆宜"，均与"狂欢节"③

---

① Angela Carter, *Expletives Deleted*, London: Vintage Books, 2006, pp. 109—110.
② Ibid., p. 123.
③ 尽管巴赫金也提到狂欢理论，但是卡特的狂欢与巴赫金的狂欢理论有所不同，更接近于阿里斯托芬的"狂欢"。卡特在最后写道"嘉年华、节庆、愚人宴，本质都在于短暂。今天有，明天就没了，是抒发紧绷压力而非重组秩序，是提神的点心……之后一切都可以继续，一如什么事都不曾发生。"这不像巴赫金所处时代的狂欢目的，这是因为，巴赫金的狂欢理论体系具有广场狂欢节式的民主精神，巴赫金理论的目的似乎就是要把"专制/民主"的对立贯穿到人类思想、文化的各个层面和领域。巴赫金处在民主贫困，官方文化和民间文化的对立的时代，他的理论诉求和理论特质是他对时代的批判关系，这使他的理论视野受着某种紧张和隐忍的愤怒之情的影响，而他的狂欢理论和对话理论就是在这种束缚中阐释的。而阿里斯托芬作为一位狂欢者，质疑一切固定的东西，哪怕是被现代社会奉为圭臬的民主制度，他也不会将之作为稳定的、完成了的东西，来加以信仰，包括在古希腊最初泛滥的民主。例如，《公民大会妇女》中的"妇女令"的狭隘，提出"爱欲"与民主之间的张力，通过"爱欲"的生发，否定了绝理性之思基础上的民主。阿里斯托芬所处的希腊古典时代是具有公共性的时代，没有巴赫金在狂欢理论里描绘的日常生活与节庆的对立关系，官方文化与民间文化的紧张关系很弱。显然巴赫金是从希腊化时期来运用古希腊文化的，他所指的"古希腊罗马时期"指"泛希腊化时期"，即晚期希腊，加上古罗马时期。在这个时期，希腊古典时期的公共性已经解体了，节庆已经从日常生活中剥离出来，民间与官方已经对立起来。而非阿里斯托芬所处的古典时代。（陈国强：《反讽及其理性——阿里斯托芬诗学研究》，巴蜀书社 2009 年版，第 72—80 页。）因此，卡特作品中的酒神精神和狂欢节，更接近于具有狂欢精神的阿里斯托芬。

如出一辙，它们皆来源于古希腊的"酒神"精神。①

阿里斯托芬谐剧为政治讽刺剧，取材于现实的政治斗争和社会生活，但情节荒诞，语言粗俗，歌舞狎昵，风格狂放而极富娱乐性。同样，卡特的作品并不记录日常经验，而是写意象、写亵渎与禁忌，通过意象来表现作者对现实社会政治和生活的戏谑，富有狂欢体色彩。卡特在一个不太喜欢谐谑的时代，复活了阿里斯托芬的谐剧精神，把它植入《明智的孩子》中，表达了卡特对"撒切尔主义"的批判精神，对"戏剧化的爱国主义"（patriotism as theatre）的讽喻发挥到荒唐的极致。卡特还以旧的血缘制家庭伦理观寓言了以民族主义为血脉的国家主义；以狂欢体的人物和低俗的幽默来颠覆任何具有强权色彩、中心色彩的国家主义、维多利亚主义、莎翁文化等各种意识形态观念的"逻各斯"。上述这些特征无不与阿里斯托芬谐剧对政治与社会的揶揄和戏谑保持着内在的一致性与相通性。

总之，卡特所处的英国社会生活状况和她所熟知的古希腊谐剧，共同塑造了其谐剧世界观。

---

① Angela Carter, *Burning Your Boats*, London: Chatto & Windus, 1995, p. 381.

第三章

解构血缘伦理:"新式亲缘家庭"观

在当代的研究中,《明智的孩子》更多地被归为一个杂糅并蓄、多重寓意相互交织的后现代文本,一以贯之的线性演进式主题缺失。2011年英国学者丹尼·卡瓦拉罗在研究卡特的专著中指出,尽管《明智的孩子》与以往小说不同,明显少了许多过分华丽的修辞,但它兴致勃勃地以戏仿和狂欢僭越的方式,同样创造了一个与众不同的非常规的世界观,围绕着"复制与倒置(反贴)的相互补充的主题"[①](the intercompletmentary themes of replication and inversion)展开了一系列充满各种微妙差别的变化形式。接着卡瓦拉罗对各种戏仿与二元对立组合进行了解释,如,主人公的两个不同形象、相同与不同、自我与非自我、在场与缺席等超感官的形象。由此看来,隐喻和矛盾的修辞方式反串为该小说的主题。

但是,随着小说情节的推进与铺陈,不难看出两个家庭以及家庭

---

① Dani Cavallaro, "Angela Carter's Vision", in *The World of Angela Carter*, Jefferson: McFarland & Co, Inc., 2011, p.14.

成员之间的血缘与非血缘、亲缘与非亲缘的这种非现实化、矛盾关系的隐含书写，折射出一种隐喻话语，而这种表达与那种漂浮、碎片化、游移不定的一般后现代写作特征不同，主要是倚仗新式伦理作为其支撑，表达某种建构性意图。纵观小说的整个布局，新式亲缘家庭的建构应为《明智的孩子》的"反逻各斯中心主义"主题。这种新式伦理观反对血缘霸权，反对以血缘为中心的非法划界，反对血缘的"逻各斯中心主义"。这种具有"反逻各斯中心主义"意蕴的主题，在后现代废墟中，意在击碎血缘"枷锁"，重构现代性的伦理价值观。在自我享乐性、易变性、短暂性、性秩序解放和道德标准私人化的后现代意识形态下，导致了纵欲享乐、短暂易逝和个人标准的性道德等特征的爱情观，这种爱情观颇似对待游戏的娱乐方式，笔者称之为"游戏化爱情观"①，游戏化爱情观与亲情相比变得不堪一击，而婚姻或血缘的纽带的断裂为以"友爱"行为交往为根基的多元化新式家庭的构筑开辟出一片无限的空间。

第一节　卡特伦理观形成的个人体验

安吉拉·卡特的最后一部小说《明智的孩子》与其以往小说的主题迥异，从而引发批评界的不断争议。争议的焦点之一就是小说中表现的家庭伦理观。有评论认为这样的结尾——75 岁的钱斯姐妹偶然收养了一对 3 个月大的双胞胎，使她们做母亲的愿望最终得以实现——不可思议，令人费解；而有评论者认为这样的"临时替代家庭"在小

---

① 关于"游戏化爱情观"的概念笔者将在第四章第一节展开详细论述。

说中是多余的设置,"是狂欢所招致的空幻的乌托邦"。[1] 总之,这些评论都没有对小说中这种非血缘的"新式亲缘家庭"理念给予足够重视,只有评论家甘布尔于2009年指出,卡特小说中值得肯定的是,"'家庭'是一个由爱和选择而产生的、而不是由血缘及其责任产生的事物"[2]。笔者认为,甘布尔对此虽然没有展开论述,但却揭示出了这部小说的真正意蕴。

小说通过展示血缘家庭的危机以及"临时替代家庭"[3]的友爱关系,建构了一种新式亲缘家庭伦理观。其内核是指,打破由血缘为根基的单一的传统家庭组合方式,击碎血缘幻象,构建由"友爱"(亚里士多德语)的链接而组成的新式家庭,从而取代由既定社会成规为家庭所框定的机械性组构模式,建构一种充满爱的非血缘的新式亲缘家庭。本节即从卡特这一新式伦理观入手,探讨其在后现代语境下寻求社会拯救的内在意图。

卡特的小说素以寓言化著称,但《明智的孩子》这部小说却带有鲜明的现实色彩。居住在伦敦泰晤士河左岸穷人区的歌舞女郎诺拉和多拉双胞胎姐妹(钱斯姐妹),是居住在右岸富人区的梅尔基奥尔爵士——英国戏剧界领军人物的私生女。钱斯姐妹的生母在生下她们后便死去,收留她们的是没有血缘关系的神秘人物养母钱斯太太和四处飘无定所的养父佩瑞格林叔叔。但是这个没有血缘关系的一家充满了家的温馨与亲情,并且不断地接纳非血缘的新成员的加入,使家庭日益扩大。而与此同时,处在上层社会,先后迎娶三位夫人的梅尔基奥尔,有两对儿女。他们看似出生高贵,但从祖父起生父不明的传统贯

---

[1] Cf.: Kate Webb, "Seriously Funny: *Wise Children*", in Lorna Sage, ed., *Flesh and the Mirror: Essays on the Art of Angela Carter*, London: Virago Press, 2007, pp. 308–314.

[2] Sarah Gamble, *Angela Carter: A Literary Life*, New York: Palgrave Macmillan, 2009, p. 189.

[3] Ibid..

穿了整个家族,儿女与父亲之间没有纯正的血缘关系,不仅如此,在这个披着血缘外衣的家族内部充满了私生、乱伦、仇恨、阴谋等错综复杂的关系,亲情已荡然无存。正是在这种基于现实生活的"寓言"之中,卡特表达了她对非血缘制的新式亲缘家庭伦理的前卫思考。

卡特的新式家庭伦理观的形成原因是复杂的,除了文化结构的作用,其个人独特的生命体验是一个重要条件。如甘布尔所说:"在一定意义上可以认为,《明智的孩子》的'文本中毫无疑问的变化'是来自她变化了的家庭生活。"[1] 卡特先是经历了一次婚姻的失败,而立之年又承受新恋情的破碎,到不惑之年重拾幸福而再婚生育——作为一位具有复杂情感经历的作家,卡特对婚姻和家庭有着比常人更多的体验和思索,这促使她对"如何拥有一个幸福的家庭"不断做出伦理学的追问和探寻。尤其是在她旅居日本、再婚和晚育的近20年的生命历程之中,新式家庭伦理观一直是卡特所思索的焦点问题。

我们来看卡特的日本之旅是如何激发她开始思考合理的家庭伦理观。

1960年,22岁的卡特与第一任丈夫保罗·卡特(Paul Carter)结婚,9年后婚姻出现危机,卡特于是离开丈夫前往日本,3年后两人离婚。尽管卡特总是极力掩饰其旅日的情感经历,但我们仍能从零散的记录中追踪她的思想变化。英国女作家尼奇·杰拉德(Nicci Gerrard)说,卡特是"离开丈夫,飞去与日本情人会合",[2] 保罗·巴克(Paul Barker)也声称卡特去那儿"会情人",但他推测那个人或许不是日本人,而是"韩国人"。[3] 在斯托特(Catherine Stott)对

---

[1] Sarah Gamble, *Angela Carter: A Literary Life*, New York: Palgrave Macmillan, 2009, p. 189.

[2] Gerrard Nicci, "Angela Carter is Now More Popular than Virginia Woolf…", *Observer Life*, 9 July 1995, p. 20, p. 22.

[3] Paul Frank, "The Return of the Magic Story-Teller", *Independent on Sunday*, 8 January 1995, p. 14.

第三章
解构血缘伦理：“新式亲缘家庭”观

卡特的一次采访中，卡特表示，东方男友想让她洗他的袜子或盘子，从而把她改造成一位妻子，直到彻底把她惹恼，她说："要嫁给一个日本人你将不得不改头换面。"① 卡特认为日本的家庭伦理观不可思议而且无法接受，它要求妻子遵从夫权的发号施令，负担更多的家庭责任。1972年，卡特与这位情人分手而返回英国，如同当初为了躲避丈夫而逃离英国一样。② 关于这次经历，卡特写入了1974年出版的短篇小说集《烟花表演》（*Fireworks*），反映了此次东方之旅的幻灭，"书名本身与内容不具有明显的直接联系，因而被认为是作者对自己无根、无爱和无家的流浪生活境况的一个嘲讽性反映……"③ 此后，卡特为搜集材料曾再次前往东京，但她的心中并没有激起任何怀旧之情，她在写给福赛思（Neil Forsyth）的信中说："我跟日本的关系现在差不多已经结束了：它太令我难过了……"④ 从这封信可以看出，曾经的日本之旅是一段极其不愉快的经历。卡特作为一个西方人感受着"东方女性生存之怪现状"，感受着与西方迥异的日本家庭伦理观，卡特心目中理想的家庭伦理观受到东方伦理观的强大冲击。旅居日本的这段特殊经历，使卡特能深入观察和了解日本文化，并发表了10篇关于日本文化的文章，最后被收进《快点行动》（*Shaking a Leg*）一书中。琼·史密斯（Joan Smith）在为这本书所作的前言中说："对地方的不同感觉，超乎寻常地激起卡特写作一篇篇关于英国北部和日本的文章，这使她成为一个非常敏锐的观察家，无论发生了什么情景，总能引起卡特的关注。"⑤

---

① Catherine Stott, "Runaway to the Land of Promise", *Guardian*, 10 August 1972, p. 9.

② Ibid., p. 133.

③ Sarah Gamble, *Angela Carter: A Literary Life*, New York: Palgrave Macmillan, 2009, p. 136.

④ Neil Forsyth, "A Letter From Angela Carter", *The European English Messenger* V/1, Spring 1996, p. 11.

⑤ Angela Carter, *Shaking a Leg*, London: Chatto & Windus, 1997, p. xii.

如果生活中细微的事情都能引起卡特的关注，那么与日本情人在家庭生活中的思维碰撞，则引发了卡特对日本传统家庭伦理观的审视。在传统家庭伦理中，日本以家族为本位，以"父子伦"为主轴；而西方则以个人为本位，以"夫妻伦"为主轴。日本家族制度的中枢是父子关系，日本的家族结构是纵式的，妻子作为家臣处于附属地位；而西方家庭以夫妻关系为主轴，其他一切关系都围绕着它来展开，由它来支配。不言而喻，具有西方夫妻平等伦理观的卡特是无法接受依附、顺应于丈夫的次等地位的。

日本的这种家长制在德川时代后半期就形成了，到了明治时代才扩大到一般市民阶层。在明治时期，民法确立了以家长制、家督继承制、男尊女卑为核心的家族制度。这样国民从道德上、法律上都被置于家的控制之下，在私生活领域是家长制的家，社会生活中则是家族国家，无论谁，都不能摆脱家的束缚。[①] 而这种家族制度的突出特征是父权家长制，日本社会学家川岛武宜将日本家族制度的特征概括为六个字：家的父家长制。日本人具有根深蒂固的"家"的观念，家是依父系血缘标准而划分的血缘群体，内部实行严格的父权家长制统治。[②] 处于家族中心地位的家长具有绝对的权威。这种权威是一元的、纵向的，而不是多元的、横向的。一方面，它不承认夫妻间横向结合关系和平等地位，而把纵列关系作为家族制度的本体。[③] 即使第二次世界大战后日本经济发展迅速，但日本人的思维方式和传统伦理观，特别是这种"家"的观念形态、"纵式"序列的社会关系并没有发生改变。[④] 因此，虽然第二次世界大战后新民法及家族法的修订削弱父亲在法律上的权威地位，开始承认妻子与子女的权利，让日本家族制度朝更民主的方向迈进，但同

---

① 参见李卓《家族文化与传统文化——中日比较研究》，天津人民出版社2000年版，第55页。
② 同上书，第115—118页。
③ 参见汤重南《日本文化与现代化》，辽海出版社2006年版，第177—179页。
④ 参见贾华《双重结构的日本文化》，中山大学出版社2010年版，第117—118页。

第三章
解构血缘伦理："新式亲缘家庭"观

战前相比，父亲与配偶的关系并没有实质上的改变。① 这样，日本情人对卡特"发号施令"，要求妻子必须服从丈夫的权威就不足为奇了。这种家族主义社会结构充分反映在日本人的意识形态领域，并形成一种普遍的国民性格，这样在日本人的人格形成过程中，从小就受到家的影响，非常重视家族的整体的利益和统一。如果破坏了这种统一，要受到"堪当"与"义绝"——与其断绝家族关系的制裁。另一方面，"和"是贯穿于家的基本理念，是行为的准则。② 即便战后的所谓民主化，是彻底打破了这种家长制以后建立起来的，但家长制早已在日本人心中深深地扎下了根。③ 所以，当卡特不能顺利完成一个东方人眼中妻子的职责而与情人发生冲突，不能维持家的"和"的理念时，卡特与日本情人的分道扬镳就成为应有之义了。

远渡日本的情感之旅以失败告终，但日本这种"家的父家长制"伦理问题一直萦绕着卡特，并促成了她在以后的作品中开始提出对血缘纽带的质疑。在《快点行动》(*Shaking A Leg*)中的《产房笔记》(Notes from a Maternity Ward)一文中卡特曾关注过血缘纽带（biological bond）的性质，在下一篇《上帝母亲》(The Mother Lode)中继续探讨了她至少在1976年就一直在思索的问题，她说，生活在日本的时候，她学会去肯定他们对由任意血缘所组成的家庭生活的隐忍的接受。"这与激情依恋意义上的爱无关。"④ 日本人一般认为，家长的世俗权力是依托于祖先的灵威，即神权的，同时又是借父子亲情关系来运作和实现的。于是，这种融人权与神权为一体，并通过人伦关

---

① 参见南博《日本人论：从明治维新到现代》，邱琡雯译，广西师范大学出版社2007年版，第260页。
② 参见李卓《关于中日家族制度与国民性的思考》，《日本学刊》2004年第2期，第88—89页。
③ 参见［日］会田雄次《日本人的意识构造》，何慈毅译，南京大学出版社2008年版，第115页。
④ Angela Carter, "The Mother Lode", in *Shaking A Leg*, London: Chatto & Windus, 1997, p. 9.

系的形式表现出来的权威主义，构成了日本家族主义的本质特征。[①]在卡特看来，这种父子血缘纽带之下所产生的爱虽然披着亲情的外衣，但在这种所谓血缘的"自然"的外衣之下，隐藏着更多"不自然"的无奈、忍耐与服从。

由对日本父权问题的思考，卡特开始重新反省自己与父亲的血缘关系的伦理意义。1983 年，在与《产房笔记》同年发表的《蜜糖爸爸》(Sugar Daddy) 一文中，卡特在谈到父亲的一生对她人生的影响和塑造时说道：她和父亲之间有一个"奇怪的深渊，这条深渊把最近的亲缘关系分离开来，适合恋人的那种温柔的好奇心在这里不适合了，这里的联系是偶然而非自发的，因此存在着一个最重要的东西未被发现。就算我继承了他那种喜怒无常的火爆脾气吧，可我也继承了我妈那种迷迷糊糊的天性，总觉得他那种缥缈的样子，那种超自然的健康程度，都显得特别神秘。"[②] "他是我的父亲，按照我的血缘关系 (natural bond)，我爱他就像考狄利娅（Cordelia）爱她的父亲一样。" "那条'血缘关系'的性质会是什么，我确实不清楚，并且，我在理论上反对'血缘关系'这种观念。"[③] 尽管在伦理哲学方面卡特表现出对血缘纽带的质疑，但是卡特也发现在现实生活中血缘关系是无法割舍的。在《蜜糖爸爸》中卡特写道："在《李尔王》的结局中，人们还是会对那条纽带的力量有一个公正的观念，那就是，无论它如何，无论它与自然因素比起来更是文化塑造的产物，即使没有它我们或许一切都会好转。但我还是认为我父亲带给我的快乐远远大于考狄利娅从李尔王那里所得到的快乐。"[④] 由此可见，卡特的认识这时还不明

[①] 参见汤重南《日本文化与现代化》，辽海出版社 2006 年版，第 177—179 页。
[②] Angela Carter, "Sugar Daddy", in *Shaking A Leg*, London: Chatto & Windus, 1997, p. 28.
[③] Ibid..
[④] Angela Carter, "Sugar Daddy", in *Shaking A Leg*, London: Chatto & Windus, 1997, p. 29.

确,仍对父女的血缘关系存在依恋。

卡特生命中另一个重大事件是她的再婚生子,这一人生体悟使她对"血缘纽带"问题的认识更加准确和明晰起来。卡特通过为人母的体验,在亲情和血缘二者之中切身感受到了由自愿而生发的亲情,摒弃了由命令所造成的血缘关系。

1987年卡特再婚,在不惑之年生下儿子并例行一位母亲的哺育、养育之劳苦,这段意外而又难得的为人之母的经历,使卡特对血缘与亲缘之爱二者之间的张力便有了更加敏锐的体察,使她发现了二者之间的差异,那就是如亚里士多德所言,爱的始基来自对他人"自身"之爱(be loved as he is who he is),而不是他人能向我们提供好处或快乐等偶性因素(incidental)。[1] 易言之,友爱因自身之故而发生,并不是来自他人之外的"血缘关系"的命令。西塞罗也认为,"除了在纯粹'友爱'本身中去寻找'友爱'外根本别无他途"[2]。这样,为人母的卡特更加确认了"友爱"而摒弃了所谓的"血缘之爱"。在1987年的采访中,当英国作家莉萨·阿璧娜妮西(Lisa Appignanesi)问卡特,儿子的出生对她有怎样的影响时,卡特说:"减少了写作时间,因为它们确实占用了许多时间,但你是不会介意把时间花在上面的。我想我是专业研究人性的人,它们很有意思……很明显,智力活动跟照顾小孩是不相容的,除非你确实对他们的发展有狂热的兴趣,除非你对一个人如何源于这个小小的肉质的种子有哲学的关怀。"[3] 显然,卡特非常热衷于做母亲,对孩子的兴趣与哲学关怀联系在了一起。与之相伴的是卡特与第二任丈夫的深深的爱和他们之间的和谐融

---

[1] Aristotle, *Nicomachean Ethics*, trans. and ed. Roger Crisp, Cambridge: Cambridge University Press, 2004, 1156a21—22.

[2] Cicero, *On Moral Ends*, ed. Julia Annas, trans. Raphael Woolf, Cambridge: Cambridge University Press, 2004, p. 87.

[3] Sarah Gamble, *Angela Carter: A Literary Life*, New York: Palgrave Macmillan, 2009, p. 179.

洽的关系，卡特在第二次婚姻中获得了她有生以来的第一次幸福，她这次找对了人。她说："我很爱跟我一起生活的男人和孩子。"① 正是在同丈夫和孩子的"爱"中，卡特感悟到一种对他人"本身"之爱，这种"爱"由"对象"产生，回应于自我的内心，而不带有"对象"以外的"他物"（比如父权家长制和血缘）的规定。正如亚里士多德所说，父母爱子女，是把他们当作自身的一部分。② 父母爱孩子如同爱己身，那是因为出于己身的就是另一个自身，是分离了的存在的他者。③ 卡特把这种区分写进了她的产后随笔中。

在《产房笔记》中卡特曾记述了一位助产士教给她怎样与婴儿建立母子关系，那就是在给婴儿哺乳时深深地注视婴儿的眼睛。卡特质疑道，难道我和婴儿之间就不允许有别的选择吗？我难道不能学会因婴儿本身而爱他吗，而非听凭大自然对心理生理的双重束缚，反之，孩子也同样这样对我。④ 也就是说，母子关系的建立来自母亲对孩子本身的喜爱，而不是建立在眼睛对视的机械的操练中，母亲爱孩子是因为孩子"本身"所唤起的母亲对孩子无条件的爱，而不是因为孩子跟母亲有血缘关系而建立的被动和命令式的爱。卡特在《明智的孩子》中提醒人们挣脱出单纯建立在婚姻制和血缘关系基础上、没有友爱的血缘枷锁，因为这种枷锁离我们最近，每天就在我们的生活之中，它时常给我们带来情感的困扰，悲剧常常在我们身边上演。"对卡特来说，'血缘关系'与其说是意味着情感的依恋不如说是意味着限制：与自主的决定相比，她对爱产生于生物的重要性有一种与生俱

---

① Peter Kemp, "Magical History Tour", *Sunday Times*, 9 June 1991, p. 68.
② Aristotle, *Nicomachean Ethics*, trans. and ed. Roger Crisp, Cambridge: Cambridge University Press, 2004, 1161b23.
③ Ibid., 1161b27—9.
④ Angela Cater, "Notes from a Maternity Ward", in *Shaking a Leg*, London: Chatto & Windus, 1997, pp. 29—31.

来的怀疑。"① 卡特在《产房日记》中写道："被束缚的爱；同时，会产生怎样的怨恨……他注定要爱我们，至少在刚开始的重要阶段，因为我们是他的父母。同理，我们也一样。这就是生活。这就是地狱。"② 尤其是当"友爱"不在时，这种被束缚的血缘关系就成了我们的一种负担。正如鲍德里亚（Jean Baudrillard）所认为的："亲缘系统……并非建立在血缘和亲子关系，以及各种天然因素之上，而是建立在一种随机的分类安排上。"③ 由此观之，卡特生子非但没有强化她对血缘关系的肯定，相反，却促使她进一步思考人与人之间基于纯粹友爱的关系。也正如西塞罗所说："从广义上来讲，友爱的产生先于血缘关系（kinship），善意（good-will）会从血缘关系那里被拿走；因为当'善意'被拿走时，友爱就不存在了，而血缘关系还持存着。"④

就这样，以与日本情人的情感破裂为起点，卡特通过早期对日本的家庭伦理观的质询，到中期重返英国后对东西方普遍存在的家庭血缘纽带的否定，再到后期结婚生子后对血缘纽带的反思，这样一个逐渐发展的过程，最终形成了她的非血缘的新式亲缘家庭伦理观。这可以说是卡特"日本"年⑤之后延续的一个重要思想，卡特在

---

① Sarah Gamble, *Angela Carter: A Literary Life*, New York: Palgrave Macmillan, 2009, p. 178.
② Angela Carter, "Notes from a Maternity Ward", in *Shaking A Leg*, London: Chatto & Windus, 1997, pp. 29—31.
③ Jean Baudrillard, *The Consumer Society: Myths and Structures*, London: Sage Publications Ltd, 1998, p. 79.
④ Cicero, *Cicero De Amicitia (On Friendship) and Scipio's Dream*, trans. Andrew P. Peabody, Boston: Little, Brown, and Co., 1887, p. 15.
⑤ 英国资深卡特评论家萨拉·甘布尔以"日本"年（1969—1972）为转折点，把卡特20世纪60年代和70年代的作品做了一个十分鲜明的划分，并认为70年代同80年代和90年代初的作品所反映的思想也截然不同。（Anna Snaith, "Reviews: The Limits of the Postmodern", in *Women: A Cultural Review*, 1999, p. 239.）而英国新锐创评论家林登·皮奇（Linden Peach）则质疑此划分，并首先强调这些年份的连续性。（Linden Peach, *Angela Carter*, Basingstoke: Macmillan, 1998, p. 4.）在笔者看来，甘布尔以日本年的划分是可以的，但这只是卡特思想变化的时间，而不能作为作品内容划分的分水岭——如皮奇所强调的。也就是说，日本年后卡特的思想具有明显的日本文化和女性主义的变化，但是这些思想变化并没有只停留在70年代的作品中，而是继续延续在80—90年代初的作品之中。

其艺术创作的最后阶段,借助了不同的艺术形式将她的这种思想表现出来。

除了 1992 年出版的《明智的孩子》,在 2000 年出版的一部后期作品《海猫和龙王》(Sea-Cat and Dragon King)的童话也是对卡特所秉持的这种新式家庭观的一个很好的例证。在这部童话中,父权制权威开始承认由母亲一方(非婚姻制)建构起来的家庭价值,代替了上帝父亲和国王,任何没有血缘关系的母亲也可以组建这个家庭,她将施展她的智慧来维持一个健康、幸福和非血缘的无所不包的家庭。同时,这个家庭是开放式的,随着时间的延续它不断地吸引新成员加入,打破了血缘关系的纽带,使非血缘的亲缘关系纽带不断扩大。由此看到,此部作品所反映的主题与《明智的孩子》颇为一致,在《明智的孩子》中养母钱斯同样建立了一个充满爱的非血缘关系的大家庭,这个家庭也在不断地吸收新成员的加入,而两部小说都是在一片狂欢的氛围中结束。

第二节 卡特伦理观形成的文化结构

卡特的非血缘的新式家庭伦理观是在其个体生命体验的基础上逐渐明确起来的,但究其实,这种伦理观的基本特质——破除血缘关系以建立新的道德价值体系——有它赖以生成的历史文化语境。它可以追溯至古希腊的"弑父文化"和基督教的舍亲取义的观念。这种超越血缘超越世俗关系的伦理形态遵循着文化建构的规律,逐渐渗透在西方人的行为意识之中,并通过大量的文学文本,在文学人物的身上隐秘地延续着。在西方,这种对血缘关系弃绝的理念对文学经典有一个渐进的渗透过程:希腊神话中弑父的轮回,古希腊谐剧中父亲权威的

第三章
解构血缘伦理："新式亲缘家庭"观

"祛魅"、基督教《圣经》中耶稣对血亲伦理的弃绝，18、19世纪巴尔扎克时代血缘关系的瓦解，后现代状况下个人漂泊成碎片，从血缘关系中解放出来，并踏入"孤独"——人类永恒的困境中去。

古希腊神话，作为希腊文学和希腊宗教的基石，对西方文化的发展和个体成长具有同构性作用。赫西俄德通过追溯神祇家族的谱系，把早期希腊人对世界的认识都融入其中，规整和统一了后世的希腊神话。在《神谱》中乌兰诺斯与克洛诺斯、克洛诺斯与宙斯，这两代父子关系演绎了一个从"杀婴模式"[①]到"弑父模式"的轮回。第一代天神乌兰诺斯和地神该亚所生的所有子女，他们一开始就受到父亲的憎恨，刚一落地就被其父藏到大地的一个隐秘处，不能见到阳光。地母让儿子克洛诺斯用燧石镰刀割下了父亲的生殖器进行报复。到了第二代，瑞亚被迫嫁给克洛诺斯为妻，每个孩子一出世，伟大的克洛诺斯便将其吞食，以防其他某一骄傲的天空之神成为众神之王。最后最小的儿子宙斯凭强力打败了他，剥夺他的一切尊荣，取而代之成为众神之王。[②]

在历史上，赫西俄德时代是从氏族社会向奴隶社会过渡并完成的时期。海洋文明和商业文明逐渐形成，希腊人基于经商或寻求新的发展空间的原因，不得不脱离原来的氏族血缘群体，与陌生的人群打交道，过去的身份完全失效，人们只有通过契约来保证双方的权利和义务的平衡，这种生活环境和交往方式，反映到观念领域，就是很强的自我意识和权利观念，而对自己在原有氏族团体中的血缘亲属身份却

[①] 以研究心理历史学著称的美国社会思想家劳埃德·德莫斯（Lloyd Demause, 1931— ）在他的《童年的历史》（*The History of Childhood*, Northvale: Jason Aronson, 1995）一书中，将西方历史上双亲与儿童的关系分为六个时期，六种"心理模式"（Psychogenic Modes），第一个阶段的育儿模式便是"杀婴模式"（Infanticidal），而这种方式直到现在仍持续未变，尽管所占比例最小。

[②] See Hesiod, *Theogony*; *Works and days*, trans. M. L. West. Oxford: Oxford University Press, 1988, pp. 180, 189, 453—492.

看得很淡。① 这样，西方社会在其文明发展的初期就打破了以血缘关系为纽带的人际关系，这种海洋文明所孕育出来的"弑父文化"对后世的文化起到强大的定型作用，在老一辈与新一代不断的冲突中，新一代总是对抗、反叛并最终取代老一代的权威。

在"弑父文化"的源头下，延续到苏格拉底时代，父亲这一形象在家庭中已失去了神圣不可侵犯的光环。苏格拉底作为民主雅典新兴知识分子的代表，赞赏"子告父罪"。他敢于按照理性、正义和法律的原则立场，冲破城邦传统习俗，摧毁狭隘的家庭血缘纽带，试图建立新的伦理规范。苏格拉底启发欧绪弗洛，告父杀人这件事的确有公正，因而有虔敬，或者说，公正本身才是真正的虔敬。因此"孝敬父母"即使是"神所制定的"（即"不成文法"），它也不能超越于、凌驾于（神的）律法之上。由此可见，在苏格拉底那里家庭血缘关系必须遵从律法的规范，即使对于家庭内部的关系，苏格拉底也是以外部"路人"的标准来衡量其"正义"的。亚里士多德赞赏子告父罪是对古希腊氏族伦理规范的一个突破。② 有学者认为："苏格拉底主张通过变革哲学，研究人的本性，改造人的思维方式来建立新的、合乎理性的道德价值体系。"③ 这种父子血缘地位的颠倒在阿里斯托芬的戏剧中表现得淋漓尽致，公元前423年上演的《云》中"儿子打父亲"④ 是先例。公元前422年上演的《马蜂》，更是颠倒了父尊子卑的角色，儿子布得吕克勒翁（Bdelycleon）完全充当了家长的角色，而父亲菲罗克勒翁（Philocleon）则是被儿子教化、帮助、规劝的对象。⑤

---

① 参见李桂梅《中西家庭伦理比较研究》，湖南大学出版社2009年版，第3页。
② 参见邓晓芒《关于苏格拉底赞赏"子告父罪"的背景知识》，《现代哲学》2007年第6期，第105—109页。
③ 汪子嵩：《希腊哲学史》第二卷，人民出版社1993年版，第361页。
④ Aristophanes, "The Clouds" in *Five Comedies of Aristophanes*, trans. Benjamin Bickley Rogers, notes ed. Andrew Chiappe, Garden City, N.Y.: Doubleday & Co., INC., c1955, pp. 153—214.
⑤ Ibid., pp. 219—281.

第三章
解构血缘伦理:"新式亲缘家庭"观

公元1世纪后,基督教为西方文化注入了新的内容,而在否定血缘伦理方面,基督教思想也以自己的方式强化了这一立场。在新约中,耶稣为了完成神的旨意而不认家庭血亲,他对十二个门徒说:"弟兄要把弟兄,父亲要把儿子,送到死地;儿女要与父母为敌,害死他们。并且你们要为我的名被众人恨恶,唯有坚忍到底的必然得救。"①"你们不要想,我来,是叫地上太平;我来,并不是叫地上太平,乃是叫地上动刀兵。因为我来,是叫人与父亲生疏,女儿与母亲生疏,媳妇与婆婆生疏。人的仇敌,就是自己家里的人。"②"爱父母过于爱我的,不配做我的门徒;爱儿女过于爱我的,不配做我的门徒。"③"耶稣还对众人说话的时候,不料,他母亲和他弟兄站在外边,要与他说话。有人告诉他说:'看哪,你母亲和你弟兄站在外边,要与你说话。'他却回答那人说:'谁是我的母亲?谁是我的弟兄?'就伸手指着门徒说:'看哪,我的母亲,我的弟兄。凡遵行我天父旨意的人,就是我的弟兄姐妹和母亲了。'"④耶稣之所以如此,基于上帝之意与人之意的悖谬,二者无法兼得。耶稣坚定地选择"神的意思",并认为"人的意思"是神的意思的绊脚石。耶稣对劝他不要死的彼得说:"撒旦,退我后边去吧!你是我的绊脚石;你脑中没有神的事,而只有人的事。"⑤从耶稣的立场来看,血缘关系必须服从上帝法则,而因为世人过于看重血缘关系,则会重血缘伦理而轻上帝法则,所以,他坚定了"天父意志"唯一论,进而否定了血缘伦理的优先地位。

卡特生前的最后一部作品《神圣家庭相册》(*The Holy Family Album*)的电视脚本以照片叙述的方式描述了基督的一生,渲染了作

---

① 《马太福音》,《和合本圣经》,中国基督教协会2009年版,10:21—22。
② 同上书,10:34—36。
③ 同上书,10:37。
④ 《马太福音》,《和合本圣经》,中国基督教协会2009年版,12:46—50。
⑤ 同上书,16:23。

为信仰具体对象的基督的受虐过程、流血的形象和尸体，而故事所要揭示的一个秘密是，基督之死乃是上帝所刻意筹划的一个计策。这个电视节目被评论家塞奇（Sage）描述为"攻击上帝父亲以爱的名义虐待他的儿子"[1]。当此节目于1991年12月3日在第四频道播出时，《每日讯电报》（*The Daily Telegraph*）预言说此节目将会是"毫无疑问的冒犯，更别说是亵渎了上帝"[2]，而《时代周刊》（*Time*）认为此节目"对基督徒是太过冒犯，毫不奇怪，有些人公开要求禁播此节目"[3]。据该节目制作人约翰·埃利斯（John Ellis）说，卡特则因没有得到公开为此节目辩护的机会而非常愤怒。我们应当看到，卡特非常重视她的这个电视脚本，因为它反映了卡特想要对电视机前的受众所表达的，她长期以来对血缘伦理观的思索。然而"现在评论界缺少对'神圣家庭相册'的分析，这意味着卡特在此作品中表达的观点并未曾引起足够的重视"[4]。同样，夏洛特·克罗夫茨（Charlotte Crofts）作为唯一一位详细分析此作品的评论者，也认为"卡特的手稿因没有作为戏剧作品和日记由查托与温达斯出版社（Chatto & Windus）[5] 出版，而导致评论家们对此节目不予理会"[6]。而克罗夫茨主要从基督的寓意来谈这部作品的思想，她称这部作品"最为直言不讳地表明了卡特的无神论和唯物主义思想，是研究卡特所有作品的基础"[7]。

克罗夫茨的理解虽有其道理，但笔者认为，此作品的深层内涵则

---

[1] Lorna Sage, *Angela Carter*, Plymouth: Northcote House, 1994, p. 59.
[2] Charlotte Crofts, "Anagrams of Desire", in *Angela Carter's Writing for Radio, Film and Television*, Manchester: Manchester University Press, 2003, p. 170.
[3] Ibid., p. 185.
[4] Sarah Gamble, *Angela Carter: A Literary Life*, New York: Palgrave Macmillan, 2009, p. 192.
[5] 兰登书屋（The Random House Group）旗下的英国老牌出版社。
[6] Charlotte Crofts, "Anagrams of Desire", in *Angela Carter's Writing for Radio, Film and Television*, Manchester: Manchester University Press, 2003, p. 168.
[7] Ibid., p. 169.

第三章
解构血缘伦理:"新式亲缘家庭"观

是非血缘的亲情家庭伦理观,卡特有意借助上帝、基督的这样一个神圣而特殊的家庭,使用陌生化的手法来凸显血缘与亲情之间的这种尖锐的对立和巨大的张力,引发受众对血缘和亲情的关系的质疑和深度思索。因此,这个故事本身实际上是卡特对基督教框架内的家庭伦理观思考的一个形象化总结。甘布尔的理解是对的:"卡特坚定不移地反对的正是这种家庭的幽闭恐怖形象,这种结束的血缘家庭等级制,被一个更灵活的、无所不包的、由'爱'而不是由'血',紧密团结在一起的群体(unit)所取代。"① 这同基督教家庭伦理观对非血缘之间亲情的肯定是一致的。基督教不仅重视和支持家庭制度,而且将家庭的观念扩阔到血缘之外,转为与父神的关系上,信徒是神的儿女,亦是神家的成员。"凡遵行我天父旨意的人、就是我的弟兄姐妹和母亲了。"② "你们所受的不是奴仆的心、仍旧害怕。所受的乃是儿子的心,因此我们呼叫阿爸、父。圣灵与我们的心同证我们是神的儿女。既是儿女便是后嗣、就是神的后嗣、和基督同作后嗣。"③ "因为我们两个借着他被一个圣灵所感、得以进到父面前。这样、你们不再做外人和客旅、是与圣徒同国、是神家里的人了。"④ 由此可见,西方的文化核心空间源于基督教主体文化,其伦理价值本源设定在上帝那里,基督教的形成过程就是疏远、背弃血缘关系,最终走向上帝的过程。

总之,对血缘的逃离作为一种伦理形态,便成为西方文化结构中一种重要的价值理念。卡特正是站在后现代文化立场上,在自己的创作中重新阐释这一文化理念的。非血缘制并不是抛弃血缘这一人类共同体最基本的纽带,而是使"家"的概念扩大化,正如托马斯·卡莱尔(Thomas Carlyle)在《过去与现在》(*Past and Present*)中写到

---

① Sarah Gamble, *Angela Carter: A Literary Life*, New York: Palgrave Macmillan, 2009, p.193.
② 《马太福音》,《和合本圣经》,中国基督教协会 2009 年版,10:50。
③ 《罗马书》,《和合本圣经》,中国基督教协会 2009 年版,8:15—17。
④ 《以弗所书》,《和合本圣经》,中国基督教协会 2009 年版,2:18—19。

· 93 ·

的,"家"如同社会,社会成员应如兄弟姐妹,而不仅仅是"邻人"。邻人只是地域上的关联,亲人则是以爱为纽带的关联。在中世纪,没有人与他人之间无关联,卡特的新式血缘家庭观是将中世纪的家庭模式(household)中的责任感和亲善情谊引入现代社会,从而建立一种情感的共同体,而这也是卡莱尔的观点。[①] 二者共同源于基督教的伦理观。这种宽泛的"家庭"伦理观念,有利于社会融聚,而不至于以血缘纽带排斥非血缘者。

第三节 旧式血缘家庭关系的悖谬揭示

卡特所描写的传统血缘家庭的解体,不仅是西方文化理念的一种再现,同时也是整个欧洲社会现实的一种抽绎。在欧洲现代社会,一方面血缘制家庭日益分崩离析;而另一方面血缘纽带严重束缚了人们重建新式家庭的可能性。

一些社会学者认为,家庭本质上是一种压制性机构。历史学家斯通(L. Stone)认为,西方早在16世纪以及此前的许多年里,无论从阶级体系的哪一个层次来说,婚姻都不是情感寄托或终身托付的核心。无论在什么时候和什么条件下,个人选择的自由都必须屈从于他人的利益,无论这个"他人"指的是世系、父母、邻里、教会还是国家。[②] 至于婚姻关系、亲子关系之间的情感联系到底如何,至今仍是一个存在争议的问题。但毋庸置疑的是,浪漫的爱情只盛行于彬彬有

[①] See Thomas Carlyle, *Past and Present*, Henry Duff Traill, ed., Centenary Edition, 1897, Cambridge: Cambridge University Press, 2010, pp. 250—251.

[②] Lawrence Stone, *The Family, Sex and Marriage in England 1500—1800*, London: Weidenfeld & Nicolson, 1977, p. 5.

礼的上流社会圈子中，它与婚姻和家庭之间不存在什么关联。对父子关系的长期变迁进行了开拓型的研究的阿里耶斯（Ariès）认为，在丈夫与妻子之间或者父母与子女之间不存在什么特别深厚的感情，这似乎的确是一种普遍真实的情况。只有在进入 18 世纪以后，家庭才开始"与社会保持一定距离，才开始把社会置于一个稳步扩大的私人生活领域之外"①。20 世纪兴起的"封闭舒适的核心家庭"（closed domesticated nuclear family）具有斯通所概括出的"情感个人主义"（affective individualism）的鲜明特征，结婚伴侣的选择越来越受当事人对于情感的渴望的影响，性爱与婚姻关系的准则也发挥了越来越大的作用，父母与子女之间的情感内容也明显增多。然而，这种家庭形式在社会上的盛行并不是一种单一的、没有受挫的进程，其中不乏逆流和脱节的现象。② 哲学家哈贝马斯认为，亲缘关系是原始社会制度的核心，在此阶段，亲缘关系表现为一种总体性制度。这样，家庭结构就决定着整个社会的交往，同时也保障了社会整合和系统整合没有分化。但是，在自由资本主义社会，亲缘关系早已不再是整个系统的核心，雇佣劳动与资本成为社会的组织原则，经济系统承担起了社会整合的任务。③ 尤其是在现代社会中，工业化和城市化极大地增加了社会流动性，出现了"陌生人社会"④，导致了劳动的"异化"以及劳动场所与家的分离，使家庭成为人们情感和心理的避风港。因此，在人类的家庭历史上，婚姻制的血缘家庭中的亲密关系充其量只是人们

---

① Philippe Ariès, *Centuries of Children*, Harmondsworth: Penguin Press, 1973, p. 386.

② Anthony Giddens, *Sociology: A Brief But Critical Introduction*, 2nd edition, Palgrave Macmillan, 1986, p. 120.

③ Jürgen Habermas, *Legitimation Crisis*, English trans. Thomas McCarthy, 1st ed., London: Heinemann Educational Books Ltd., 1979, pp. 18－19.

④ 参见 [英] 雷蒙德·威廉斯对 "knowable community" 的讨论。(See Raymond Williams, *The English Novel from Dickens to Lawrence*, London: Chatto & Windus, 1970, pp. 14－18.)

头脑中所幻想的浪漫、甜蜜的神话,成为阻碍人们建立新式家庭模式的障蔽。

但与此同时婚俗的变化又是极为缓慢的,血缘关系在家庭建构中一直占据重要地位。于是,在现代生活中,非唯一可靠的血缘纽带却始终在传统的强大惯性作用下,占据着统治地位,控制着人们的主流意识形态。血缘制家庭像一个幻影束缚着人们重新建立其他方式的群体依赖。卡特认为,建立在血缘关系基础之上的旧式亲缘家庭,是阻碍人伦之"爱"的樊篱,血缘关系纽带是我们现实生活中一种无形的、惯常的思想霸权,难以令我们觉察。在旧家庭模式中,那种看似牢固的血缘关系中出现了很多家庭悲剧,这种由血缘的束缚而引发的旧式亲缘家庭成员之间的冲突,使前现代家庭的合法化因素在现代语境下变为非法。这礼俗社会中,人们由坚固的家庭纽带、传统和固定的社会角色联系在一起。各个村庄、社区中的各种血缘关系维系着人们的生活。[1] 但是,现代的法理社会则注重利益的得失,从而忽略了血缘纽带所造就的社会关系。传统的道德自律被不知疲倦的赚钱欲望所替代,人们的社会关系更加正式,更加理性,也更加符合各种法律制度和政策规范的要求,从而相应缺少了人的温馨意味。[2] 这样,在前现代社会中,以传统理性、情感理性所产生的社区关系,被以科层化为典型特征的现代资本主义社会所产生的工具理性、价值理性所形成的社团关系所取代。人与人的关系也渐渐由过去传统的、情感的社区关系式的价值观被现代的具有可计算价值和可利用价值的社区关系的价值观所取代。在现代社区关系价值观的支配下,旧式家庭血缘制成为血缘形式下"爱"的躯壳。

---

[1] J. Baran and K. Davis, *Mass Communication Theory: Foundation, Ferment, and Future*, 3rd Edition, Thomson Learning, 2000, pp. 59—60.

[2] F. Fukuyama, "The Great Discuption: Human Nature and the Reconstruction of Social Oder", *Atlantic Monthly*, No. 5, 1999, pp. 57—58.

第三章
解构血缘伦理:"新式亲缘家庭"观

我们在卡特的小说中看到,很多家庭人物之间的关系和情节的功能化安排潜藏了一个没有亲情的血缘组合。

第一,在旧式家庭血缘制的规定中,许多孩子的出生身份成为非法,面临着"一降生就遭到遗弃""一出生就丧失家庭"的窘境。

双胞胎姐妹——钱斯姐妹作为一个年轻的酒店清洁女工的私生女儿,在出生的当天母亲即死去,而忙于向上流社会打拼的生父更是无暇顾及她们的出生。就这样,她们降生在一个没有婚姻、生母死去、生父无迹可寻的残酷现实中,一出生便遭到遗弃,旧式的家庭血缘制规定了这两个孤儿对一个所谓"常态"家庭的永久丧失。还有,小说结尾由佩瑞格林叔叔带来的"横空出现"的、"无来由"的一对三个月大的双胞胎弃儿,其父母身份亦无法确定,其命运同钱斯姐妹一样一出生就遭到遗弃。这样,卡特着意用"双胞胎"婴儿的意象的反复呈现来强化"被遗弃"的孩子所面临的非合法化家庭这样一个冷冰冰的现实问题。然而,血缘制家庭从来就是唯一合法的家庭构建方式,尤其是在工业革命之前,家庭深陷于由庞大的血缘亲属关系所组成的"扩大型家庭"(the extended family)之中,成为经济生产的中心。虽然,在过渡到现代工业社会以后,家庭已不再是生产的单位,庞大的血缘关系越来越趋于瓦解,被"核心家庭"(nuclear family)所取代,后者主要由双亲及其直系子女所组成,但是血缘作为唯一的家庭组建方式从来就没有消失过。[①] 就此,米歇尔·福柯曾对现有人际关系选择的缺乏提出了抗议,他指出:"我们生活在一个制度相当匮乏的关系世界。社会和制度限制了人际关系的可能性,因为一个具有丰富的人际关系的世界管理起来太过复杂……在这个世界中,人际关系的可能性极为稀少,极为简单,极为可怜。当然,存在着一些基本的

[①] Anthony Giddens, *Sociology: A Brief But Critical Introduction*, 2nd edition, Palgrave Macmillan, 1986, p.115

婚姻关系和家庭关系，但是还有多少其他关系应当存在啊……"① 因此，在现有的单一血缘家庭构建下，很多人无法拥有一个被社会所认可的"常态"的家庭，而建立自主自愿的亲缘关系家庭就成为必须和有益的补充。唯有首先打破血缘霸权，承认一个非血缘的亲缘家庭的合法性，才会给弱者以生存的港湾，使弱者的团结协作、相互关心成为可能。福柯也曾提出这样类似的构想："我们应当使现有的由法律加以制度化的人际关系多元化……应当试着去想象和创造一个新的人际关系权利，它允许一切可能的关系类型的存在，不受贫困的人际关系制度的阻碍，拘束或禁止。"②

第二，在后现代语境之中来看，旧式家庭血缘制的模式中，血亲之间往往会产生无来由的"恨"，真正的"亲情"缺失，使家庭只剩下血缘关系的空壳。

在卡特笔下，血缘关系的亲人之间的相处与交往常常是不容乐观的，不仅没有血缘之爱，反而相互仇恨、相互伤害，悲剧不断上演。当年幼的萨斯基亚（Saskia）不知道佩瑞格林叔叔是她的生父时，她就很不喜欢佩瑞格林，不想让她抱，你"永远无法使她爱他"。梅尔基奥尔的姑姑不但对死去的兄嫂缺乏最基本的亲情，对他们的遗孤也百般控制，不留一点亲情。姑姑展现了这么一个面目可憎的形象，她"阴郁如地狱"，"她一把揪住梅尔基奥尔的衣领，把尖叫着的他塞进皮箱里"，姑姑无视他在戏剧方面所表现出的充足天分，"禁止他接触舞台，甚至连想都不准想"。③ 姑姑对梅尔基奥尔没有一点喜爱之情，所谓尽姑姑职责的管教只会扼杀孩子的天赋，姑姑带给兄弟俩的是童年时代无尽的伤害。我们还可以看到一对"血缘兄弟非亲人"的相互

---

① Gilles Barbedette, *The Social Triumph of the Sexual Will*, Paris: Gallimard, 1991, p. 38.

② Gilles Barbedette, *The Social Triumph of the Sexual Will*, Paris: Gallimard, 1991, p. 38.

③ Angela Carter, *Wise Children*, London: Vintage Press, 1992, pp. 22−23.

第三章
解构血缘伦理:"新式亲缘家庭"观

憎恶的关系。梅尔基奥尔和佩瑞格林兄弟俩从小就性格和爱好迥异,一个"一心为艺术";另一个"纯粹为了好玩"。"别以为只要是兄弟就一定喜欢彼此。差得远了"①,"从婴儿期他们就彼此憎恨入骨了"②。

仇恨不仅停留在精神上,还付诸行动成为谋害亲人的祸根。女儿萨斯基亚因父亲娶了与自己同岁的好友,便恨之入骨,而毒害父亲梅尔基奥尔就是一例。最后,在父亲的百岁生日宴会上,令全场哗然的是,女儿面对证据只得承认她亲手为父亲烘焙的蛋糕里确实偷放了毒害父亲的某种东西。③

在卡特看来只有血缘关系的亲人,而没有建立在"友爱"基础上的关系,不是"亲人"。在梅尔基奥尔逃离姑姑的控制,决定只身"闯荡人生"时,卡特这样写道:"他没有朋友,没有亲人,只有远在天边的、感情从来就不好的、失踪了的弟弟……他在这个世界上一无所有。"④ 卡特没有把梅尔基奥尔的姑姑和弟弟算作他的亲人,他们只能算是与梅尔基奥尔有血缘关系的人,只有血缘关系而没有友爱关系的人根本不能被称为"亲人"。

第三,在旧式家庭血缘制中,人们对金钱和权力的豪夺践踏了血缘亲情。

钱斯姐妹的生父梅尔基奥尔为了迎娶他的第一任夫人——一位出身高贵的富家小姐,从而实现其重新打入上流社会的梦想,在漫长的75年中一直不承认这对私生女为自己的女儿;她们的生母——一个地位卑下的酒店清洁工、一位年轻的孤女,也早在她们生父的忽略中自生自灭了。接下来,生父梅尔基奥尔为了打入美国好莱坞,重振其在英国戏剧界的崇高地位,妄图掌控好莱坞,称霸世界影视圈,无情地

---

① Angela Carter, *Wise Children*, London: Vintage Press, 1992, p. 22.
② Ibid., p. 108.
③ Ibid., p. 211.
④ Ibid., p. 23.

抛弃了他的第一任夫人和两个女儿,迎娶了能助他事业飞黄腾达的第二任夫人。而两个嗜金钱为命的女儿,见父母离婚而使她们丧失了大笔遗产的继承权,于是她们开始发狂,对可怜的生母犯下了可怕的罪行——她们"骗光了她的钱财"和房产①,并在狂乱的掠夺和慌乱中把母亲推下了楼梯,造成她后半生瘫痪在床,由此被称为"轮椅"。

第四,在后现代社会中,人们伦理道德规范的失衡,导致乱伦的出现,瓦解了血亲伦理。

生父梅尔基奥尔色欲的眼神给亲生女儿带来了精神的伤害。当佩瑞格林叔叔带着钱斯姐妹去与她们崇拜的父亲——这位戏剧界的领军人物梅尔基奥尔相认时,梅尔基奥尔不仅没有认她们为亲生女儿,而且他那双看她们的"性感的"眼睛给年幼的女儿的心灵带来了无尽的伤害。"那双脱下你的内裤、从座位后面解开你胸罩的眼",是钱斯姐妹一生中所感到的"最苦涩的失望"②。而最大的家丑就是同父异母的姐姐萨斯基亚与弟弟崔斯特瑞姆(Tristram)的乱伦,这个老得可以做崔斯特瑞姆母亲的姐姐也是崔斯特瑞姆母亲的好朋友,萨斯基亚为了报复父亲娶第三任夫人——也是与自己同岁的好友,从崔斯特瑞姆小时候起就对他"伸出了魔爪"③。

就这样,在卡特的笔下,前现代的家庭血缘制在现代语境下变为非法而凸显出来。托马斯·卡莱尔曾主张消除社会与家的对立,将社会变成家,使社会成员之间有家人般的爱,形成一种情感的"共同体"。并且卡莱尔所强调的是共同体中的相互依存关系,但侧重点却是不同社会群体或阶层之间的相互关联。而卡特的非血缘式亲缘关系家庭正是维系"有机的"共同体(Gemeinschaft,德国社会学家斐迪

---

① Angela Carter, *Wise Children*, London: Vintage Press, 1992, p. 7.
② Angela Carter, *Wise Children*, London: Vintage, 1992, p. 72.
③ Ibid., p. 51.

南·滕尼斯 Ferdinand Tönnies 语)[①]的伦理纽带。这种伦理观的革新关键在于精神的革新，创造与破坏同时进行。卡莱尔在《论伏尔泰》一文中提出，社会犹如无数的线织成的编织物。[②]这些有机的细丝不断拆散，又不断重新编制起来，使社会处在一种无始无终的运动之中。[③]这种变化如同凤凰涅槃，社会处在不断"变形"之中，死掉的只是它的旧壳，而旧壳下面再编制新衣。病入膏肓的旧社会将会焚灭，如凤凰一般，在灰烬中获得新生。[④]这种变化是不可避免的，但消失的只是躯壳，而内在的灵魂已经传承到了新壳之中[⑤]，这是一种理念的承传和延续。

西方评论界一直认为，卡特作为一位具有敏锐洞察力的艺术家，其思想超越了我们的时代，令人暂时难以理解。其实，卡特就是要揭示在这种纯粹建立于合法血缘基础上的旧有家庭关系之下的生存悖谬，正如《卫报》(*Guardian*) 在评论《明智的孩子》时所说，"卡特意在昭示合法与非法世界的盘根错节，一个国家的文化生活被'高'与'低'的这种虚假划界而导致瘫痪"。[⑥] 所谓的"虚假划界"其实就是指所谓合法家庭与非血缘家庭的界线，而卡特要做的正是要打破那个"合法"的家庭制度。

[①] See Ferdinand Tönnies, *Community and Civil Society*, tans. Joe Harris and Margaret Hollis, Cambridge: Cambridge University Press, 2001, pp. 17, 19.

[②] See Thomas Carlyle, *Critical and Miscellaneous Essays*, Vol. 1, in Henry Duff Trail, ed., Centenary Edition, Cambridge: Cambridge University Press, 2010, Vol. 3, p. 399.

[③] See Thomas Carlyle, *Sartor Resartus*, Oxford: Oxford University Press, 1987, pp. 55, 186.

[④] Ibid., pp. 179–180.

[⑤] Thomas Carlyle, *Critical and Miscellaneous Essays*, Vol. 1, in Henry Duff Trail, ed., Centenary Edition, Cambridge: Cambridge University Press, 2010, Vol. 3, pp. 8–39.

[⑥] Angela Carter, *Wise Children*, London: Vintage Press, 1992, p. iii.

第四节 新式非血缘家庭关系的理想建构

在卡特的小说中,除了揭示血缘关系的悖谬性之外,还突出描写了非血缘关系的真正亲情,并通过哈泽德家族三代人的父母和子女的关系,演绎了合法非血缘、非法而血缘、血缘非亲缘、亲缘非血缘等纷繁复杂和颠倒错位的人物关系。通过人物关系的这种特殊配置,卡特颠覆了婚姻制的合法与非法的界限、人际关系的血缘与亲缘界限,排除了合法与血缘的限定关系的羁绊,从而创造出一个准合法的亲缘关系的家庭组合。这种新式亲缘家庭的建构是对现行单一的血缘制家庭的有益的、必要的补充。

第一,新式家庭使更多因丧失血缘纽带而无家可归的人重获"家庭"的归宿。

当血缘制成为阻碍人们建立家庭的所谓"合法化依据",而发明一个"新家庭"则成为应有之义。卡特借助叙述人多拉之口说,"我常常注意到人类有种特性,如果他们没有自己的家庭,他们就会发明出一个来"[1]。卡特在此强调家庭对一个人的重要性。赫伯特·金迪斯(Herbert Gintis)认为,人类的趋社会情感,而不是亲缘(此指一般意义上的血缘的亲缘关系),是产生善意和关爱行为的源泉。[2] 而家庭则是趋社会情感所产生的最小社会单位,因此家庭的重要性胜于血缘关系。

卡特打破了依靠母子与父子血缘关系建立家庭的惯例,认为发现

---

[1] Angela Carter, *Wise Children*, London: Vintage Press, 1992, p.165.
[2] 参见〔美〕赫伯特·金迪斯、萨缪·鲍尔斯等《人类的趋社会性及其研究》,汪丁丁、叶航、罗卫东主编,上海人民出版社2006年版,第54—56页。

孩子的人就是养育者。不仅父母可以收养无血缘关系的孩子，而且孩子也可以认自己无血缘关系的人为父母。小说的开头和结尾遥相辉映：小说的开头，钱斯姐妹一出生母亲便死去，而父亲没有了踪迹甚至不知道她们的出生，更别提认领她们，钱斯姐妹于是被与她们没有任何血缘关系的钱斯太太所收养；小说的结尾，年事已高的钱斯姐妹兴高采烈地收养了一对双胞胎婴儿，终于实现了她们这辈子想做母亲的最大的愿望。婴儿的身份并不确定，但钱斯姐妹最终拥有了属于"自己"的孩子，实现了一个"家庭"的建构。"因为就小说的孩子来说，发现孩子的人就是孩子的养育者。"① "诺拉和多拉对此再清楚不过了，她们由钱斯太太抚养成人，她跟我们根本没有血缘关系，她养育我们，不是出于责任或历史缘故，而是因为纯粹的爱，这是真正的家族罗曼史，她对我们一见钟情。"② 生父梅尔基奥尔不承认钱斯姐妹，而佩瑞格林叔叔却公开承认钱斯姐妹为他自己的女儿，并待她们胜似亲父。没钱没房被丈夫梅尔基奥尔和两个女儿遗弃的瘫痪的"轮椅"A夫人，被与她毫无血缘关系的钱斯姐妹所收留，并在她们悉心的照料下安度后半生。

第二，新式家庭伦理中的"友爱"胜似血缘亲情。

在旧式家庭模式中，因为只承认血缘关系的合法化存在，而忽略了家庭所必须具有的"友爱"的内涵，这就是亚里士多德的"友爱"（friendship）。亚里士多德的"友爱"，指除去情爱或爱情之外的人类所有的情感，如亲子之爱、夫妻之爱、友情、亲情等。马尔库斯·图利乌斯·西塞罗（Marcus Tullius Cicero，公元前106—前43年）在《论友爱》（*On Friendship*）中说，尽管互惠关系是友爱的属性，但是友爱的产生还有另一种原因，这种原因更加神圣、更加高尚，而且

---

① Sarah Gamble, *Angela Carter：A Literary Life*, New York：Palgrave Macmillan, 2009, p. 189.

② Angela Carter, *Wise Children*, London：Vintage Press, 1992, p. 12.

更真实地源自于人的本性……是真诚的和自发的。因此友爱来自于本性而不是来自于需求——那种必来自于它的获益的计算。因为（被爱的人的——笔者加）本性是不变的，因此真正的友爱是永恒的。[1]"观点、品味和情感上的完美和谐乃是友爱的特殊品质。"[2]

钱斯姐妹的新式家庭在交往中体现"友爱"的情节俯拾皆是，我们看到非血缘的亲缘关系战胜了血缘关系，颠覆了"血浓于水"的伦常。卡特认为，亲缘关系战胜血缘关系，后天养育战胜先天遗传。她写道，养母——"外婆"待她们亲如生母，她"抱着我们。唱摇篮曲给我们听，喂我们东西吃。她是我们的防空洞，我们的娱乐节目，我们的乳房"[3]。"外婆"死后把她买的这栋房子留给钱斯姐妹，"她把一切都留给了我们，我们一切都欠她的，并且我们越老越像她。真是后天战胜先天啊……"[4] 养父——佩瑞格林叔叔待她们比生父还好。佩瑞格林令她们如此深爱着，"他对我们比一个父亲所做的还要好得多，更不用说还担负着我们绝大部分的开支。我知道我应当用一个比叫他叔叔更近的称呼"[5]。佩瑞格林"是尽职责的父亲，作为甜心爸爸他更是双倍的好"[6]，另外，其他家庭成员之间的关系也充满了亲情。钱斯姐妹对没有血缘关系的"轮椅"——父亲梅尔基奥尔的第一任前妻，却"很有感情"[7]带她出去购物、呼吸新鲜空气，把她推到电视机前看她最喜爱的广告，待她如同"老小孩"般的照顾。钱斯姐妹的干女儿蒂芬妮是她们的"心肝宝贝""小亲亲"[8]，她们爱蒂芬妮如同亲生

---

[1] Marcus Tullius Cicero, "*Cicero De Amicitia (On Friendship) and Socipio's Dream*" in *Ethical Writings of Cicero*, trans. Andrew P. Peabody, Boston: Little, Brown, and Co., 1887, pp. 17–18.

[2] Ibid., p. 14.

[3] Angela Carter, *Wise Children*, London: Vintage Press, 1992, p. 29.

[4] Ibid., p. 28.

[5] Ibid., p. 17.

[6] Ibid., p. 34.

[7] Ibid., p. 7.

[8] Ibid., p. 8.

第三章
解构血缘伦理:"新式亲缘家庭"观

女儿。(此段也可简单概括为:养母待钱斯姐妹如同生母,在亲情和物质上如同伟大的母爱一样给予她们一切,而且姐妹俩在容貌上也越来越像养母。养父也待她们比一位父亲还好,令她们如同生父般深爱着。还有,生父的前妻被其女儿们抛弃后,是钱斯姐妹收留并百般照顾这个瘫痪的后母。另外,钱斯姐妹也待没有血缘关系的蒂芬妮如同自己的亲生女儿。)由此我们看到,融洽和谐的交往所产生的温馨"友爱"胜过了名存实亡的血缘关系。

"朋友是人类生活中最昂贵和最美丽的收藏品。"①

文本中,诺拉与多拉之间的姐妹之情已化为真正的友情,她们性情相合、志趣相投,是人间最美好的关系。因此在宴会发生大火之际,诺拉与多拉想到的不是她们各自的情人,而是自己的姐妹,她们"同舟共济,谁也离不开谁"②。另外,卡特还为我们描述了多样化的亲情关系,如父女之情、母女之情、姐妹之情等,这些都是让小说中的人物更珍惜的情感,是人物一直追求并最终能找到的情感:双胞胎钱斯姐妹最终得到梅尔基奥尔的父爱,萨斯基亚姐妹最终与40年未见的母亲"轮椅"和解;而多拉与诺拉的姐妹情谊也早就经历了大火的历练。

此外,在小说中,我们可以看到以婚姻和血缘关系组成的传统的主从关系(父亲是配偶和子女的家长)的家庭,被充满友爱的非血缘关系的,主要由女性所组成的非主从关系的多元家庭所取代。比如,整部小说中,"假设性的、有争议的、缺席的父亲是哈泽德家族历史的一大特色"③。多拉不止一次地说,"母亲不只是生育,更是养育"④。应该说,卡特借助叙述人多拉之口不停地在表达她的非亲缘家

---

① Marcus Tullius Cicero, "Cicero De Amicitia (On Friendship) and Socipio's Dream", in *Ethical Writings of Cicero*, trans. Andrew P. Peabody, Boston: Little, Brown, and Co., 1887, pp. 23.
② Angela Carter, *Wise Children*, London: Vintage Press, 1992, p. 5.
③ Ibid., p. 217.
④ Ibid., p. 223.

庭关系的思想。实际上，在笔者看来，卡特在此想要告诉读者的是，母亲也不是"事实"，即血缘的和生理上的这个"事实"，多拉的所谓"事实"，显然指的是母亲对于子女出于"友爱"的"事实"不会改变。同样，父亲也并不总是缺席的，父亲也可以是"事实"，如养父佩瑞格林叔叔给予双胞胎姐妹不可缺少的父爱的"事实"。由此，在卡特对人物关系的这种特殊安排中，我们可以看到卡特的伦理观：血缘或生物上的"母亲"和"父亲"的"事实"并不是建立家庭"亲缘关系"的根基，真正的亲缘关系家庭是建立在"友爱"基础之上的。易言之，建立家庭的"事实"是人与人之间的"友爱"交往，血缘并不是产生"爱"的根本原因，"爱"是在交往过程中由不同人的性情融洽度决定的。一言以概之，真正的"亲人"是建立在"友爱"基础上的。

第三，新式家庭模式打碎了血缘幻影，是消解"孤独"的现实途径。

卡特打碎了血缘的童话，高层和底层社会的两个家庭成员的血缘关系全部是幻影。其实，每个家庭的成员之间在深层上并没有丝毫的血缘关系，不仅钱斯一家是"临时替代家庭"，而且哈泽德一家表面的合法与血缘关系被深层结构的非法的、私生的、非血缘关系所取代。卡特就是通过颇具荒诞元素和夸张性特性的情节设置和人物塑造，构造了一个普适性的隐喻，以寓言式的血缘混乱展现了现代人重新寻找群体依赖的历程，这个统领整个作品的这种寓言性构造打碎了血缘式亲缘关系的幻影和童话，彰显了所谓"常态"的家庭的血缘法则对人性的"非正常"禁锢。

如前所述，资本主义社会导致伦理、血缘、情感体系的崩塌，导致人的孤单感。那么如何消解孤独？卡特与以往作家的解决方式均为不同，那就是重新寻找归属感。卡特以血缘关系作为解决困境的切入点，扯去垂死的血缘纽带，改变人所赖以依靠的旧式血缘关系单一格局，从而在关系中和群体中依靠新式亲缘之家来寻求归属感，重新投入归属状态中去，这确实是革故鼎新的。因为人的存在无法离开人与人的交往，离不开家庭的归属感，只有在家庭中才能从根本上解决孤独的问题。正如马克思所说，人是社会关系的总和。"对孔子和亚里士多德而言，一个人生而是一个政治动物或关系性存在，不能独立于社会而生活、发展。一个人的社会本性只能在一个社群里得以实现。"[1]

卡特正是通过其主观世界的结构重塑，将血缘文化植入文本存在，从而使文本自身进入对血缘文化的解构和颠覆过程中，同时也为作家本人的文学世界的建构确立了一种价值坐标。因而，我们只有将血缘文化纳入作品阐释框架内，才能发现二者关联的机制。正如作家的伦理观和文本构建都受到他所在的文化结构图景的制约，血缘文化也是如此，它作为西方文化主系统中的一个子系统，是作家头脑中建构文化结构图景的主要材料，经过作家的过滤筛检、整合留存，最终成为作品创造的价值建构、叙事形态的依据。卡特正是通过看似离奇的情节设置，昭示了上层社会和底层社会两个家庭中血缘而非亲缘，亲缘而非血缘的血缘关系的全面混乱状态，这种寓言式的血缘混乱展现了现代人重新寻找群体归属感的历程，而卡特的解救之途就是：彼此的依赖需求即是现代社会家庭的基础，破除了"血缘"幻影，也就找到了解除个体孤独症的途径。

---

[1] Jiyuan Yu，*The Ethics of Confucius and Aristotle：Mirrors of Virtue*，New York：Routledge Press，2007，p. 205.

第四章

"友爱"法则与新式爱情伦理

　　本章将承续上一章的"新式亲缘家庭"观的主题，继续探讨《明智的孩子》的新式亲缘家庭观的主题。

　　卡特对后现代爱情观所导致的整个社会道德观的坍塌持贬斥的态度，再加上传统婚姻制本身的缺陷，在她看来也并不能拯救现代家庭道德的沦陷。在后现代社会中，婚姻已不再具有终生一次的神圣感，而是成为"连续结婚"的有利可图的工具。在《明智的孩子》中，梅尔基奥尔"不断"结婚，"连续"的婚姻成为后现代婚姻的典型特征。而重构道德观和价值观的呼求则是卡特进一步传达给读者的一个内容。正如卡罗尔·麦古克（Carol McGuirk）所言，尽管卡特的作品激进，但她并不仅仅致力于社会变革，即使她希望变革也更倾向于展示传统中所遗留下来的宝贵的东西。大概受其早期的生活环境影响，在那个废墟一样的世界里，进行重建成为一种必须，因此在这种主导思想下，卡特认为社会变革意味着改善而不

第四章
"友爱"法则与新式爱情伦理

是激进的铲平或摧毁。①

于是，古希腊"友爱"理念成为卡特改善社会所诉诸的一剂良药。从卡特的"友爱"法则不难看到，最美的人类情感是温情脉脉的亲情而非令人心绪起伏跌宕的爱情。而这种友爱观的确立直接构成了卡特所推崇的新式家庭体系的筑建。这种以"友爱"②（亚里士多德语）为根基的家庭模式具有正义性道德与商谈式法制理论的牢固的理论根基。而追根溯源，以婚姻制为根基的家庭体系在历史发展的进程中早已备受诟病，曾提出废除婚姻制家庭的观念者不乏其人。纵深分析不难看到，卡特的新式亲缘家庭③的构建是对人性和自然法则的尊重，这种充满活力的"共同体"显示了一种人性化伦理观的诉求。从全球化趋势来展望未来社会，这种以兼备德性与友爱的新式亲缘家庭体系在现实社会则无疑具备清晰的可行性。

---

① Carol McGuirk, "Drabble to Carter: Fiction by Women, 1962—1992", in John Richetti, John Bender, Deirdre David, and Michael Seidel, eds., *The Columbia history of the British novel*, Beijing: Foreign Language Teaching and Research Press, 2005, p. 964.

② 指除去爱情之外的情感，如夫妻之爱、母子与父子之爱、兄弟姐妹之爱、朋友之间的友谊都为"友爱"。See Aristotle, *Nicomachean Ethics*, trans. Terence Irwin. 2nd ed., Indianapolis: Hackett Publishing Company, Inc., 1999, pp. 132—134.

③ 卡特的亲缘关系家庭是非婚姻制的，建立在"友爱"基础上的自由结合，而不是像朱迪斯·巴特勒所说的亲缘关系家庭。（Judith Bulter, *Undoing Gender*, London: Routledge Press, 2004. 中译本见［美］朱迪斯·巴特勒《消解性别》，上海三联书店2009年版，第105—120页。）巴特勒在书中呼吁对同性恋婚姻制的亲缘家庭给予合法性，她挑战国家合法化所提供的异性婚姻制这样一个唯一的承认规范，认为国家垄断了承认的资源，是对异性婚姻制的霸权控制。巴特勒的亲缘家庭显然是建立在性爱基础上的同性恋婚姻制家庭，目的是呼吁为酷儿人群建立同性婚姻的新的亲缘关系的合法性；而卡特的亲缘家庭是非婚姻制的，去除了婚姻纽带，非性爱的，建立在"友爱"基础上的自由结合的家庭。笔者认为，两种亲缘家庭的提出都是针对人类关系复杂性的现状所做出的呼吁，最终目的都是期待一个更为"人性化"的社会。巴特勒认为："如果国家要继续施展其权威，要达成它希望能给予子民的那种和谐的话，这一空白必须得以弥补。"其他研究亲缘关系的社会学家和人类学家可参见：朱迪斯·斯特西的《以家庭的名义：重新思考后现代时代的家庭价值》《勇敢的新家庭：20世纪末美国家庭剧变的故事》，斯泰克的《我们所有的亲戚》，以及研究亲缘关系的人类学家维斯顿的《我们选择的家庭》，皮埃尔·克拉斯特的《反对国家的社会：政治人类学论文》《暴力考古》，简尼特·卡斯滕及斯蒂芬·休·琼斯编辑的《关于房子：列维·斯特劳斯及其他》。

第一节　后现代社会的游戏化爱情观

卡特对旧的血缘制家庭伦理观的驳斥是从摧毁旧家庭体制的根基——爱情、婚姻制那里开始的。后工业资本主义时期爱情观渐趋式微的状况，昔日崇高的爱情已丧失其神圣化的光晕。在《明智的孩子》中，卡特以戏谑的手法表达了她对爱情的一种否定态度。与以往的文学作品对爱情的美化所不同的是，卡特的文本充斥着对爱情的祛魅化表述。相应的，以爱情为基础的现有婚姻制家庭也失去了以往时代的神圣性和稳定性，离婚率不断飙升。据统计，在20世纪50年代，90％以上的已婚夫妇能将他们的婚姻维持到10年以上，但到了20世纪90年代，这一比例下降到不足50％。在后现代社会，人们更加注重身体的即刻享受和情感的即刻体验，爱情变成了身体的性游戏，正如文本所描述的，"布里斯顿已经变化了很多。如今即使你在自家花园里恣意玩三P也没人会眨一下眼皮。只有隔壁戴耳环的男人可能会插嘴问一句：'保险套够用吗？'"[①] "诺拉总是随心所欲，把自己的心到处乱丢，好像那是用过的公车票。她要么为爱神魂颠倒，要么就是为情心碎。"[②] 诺拉为了"充满热情地认识人生"、了解人生的黑暗面，她选择的开始方式竟然是跟"一个充满酒气的已婚男子"靠在寒冷的巷尾墙壁上做爱，而且偷尝禁果之后的诺拉"满足的微笑如同吃过奶油的猫"[③]。如果说步入现代社会后，"爱与性"逐渐彼此分离，其神圣感、神秘感、羞耻感、罪恶感逐渐丧失，那么到了后现代

[①] Angela Carter, *Wise Children*, London: Vintage Press, 1992, p.27.
[②] Ibid., p.80.
[③] Ibid., p.81.

第四章
"友爱"法则与新式爱情伦理

社会,二者已被割裂为无关痛痒的碎片,缩短为即刻的享受,成为日常生理功能的一部分。笔者称这种后现代的爱情观为游戏化爱情观,下文将要分析一下其政治始因及典型特征。

一

小说中人物活动的年代主要发生在第二次世界大战以后,英国重新崛起,开始进入消费社会,逐渐转向后现代社会,尤其是20世纪80年代之后进入典型的后现代社会时期。而游戏化爱情观的产生直接由资本主义消费社会的意识形态所导致,而主导消费社会的幕后操纵者就是后现代的资本主义国家政治,要谈到资本主义的国家政治不能不谈消费社会。开始于第二次世界大战后并持续到今天的消费社会,在国家和个人意识形态之间起着桥梁的作用,国家政治正是通过"消费"这个桥梁来操控大众的意识形态——爱情观。作为一种意识形态的爱情观与社会、政治二者的关系是极为密切的。爱情观在文学作品中的兴废消长是浸染在政治过程中的观念,政治权力建构了爱情观,而爱情观作为一种意识形态是一种形式政治,爱情观与社会政治处于动态交换之中,这种互换参与了构成文学作品的制作,留下文本的踪迹,因此文本作为一种话语或表征体系,是这种超文本的爱情观与社会政治的动态交换的显现。接下来笔者将把重点放在消费社会的后期,即20世纪80年代之后,看看资本主义国家政治如何与消费社会密不可分,国家政治怎样通过操纵消费社会进而建构大众的个人意识形态,从而形成游戏化爱情观并体现在文本中的。

国家政治与国家经济有着直接的关系,资本主义国家所采取的"灵活积累"的经济政策是一种新的结构,它重塑了世界的结构。后工业范畴的新资本主义的形成和巨大变化是资本主义国家政策发生重大转变的结果。20世纪80年代英美政府废弃福特主义转而投向"灵活积累"的转变,崇尚哈耶克(Friedrich Hayek)和弗里德曼(Milton Friedman)早在20世纪50年代就提出的"新自由主义"(neoliberalism),通过在生产中迅速利用新的组织形式和新的技术,开始进入后工业范畴的新资本主义。在后现代社会,这种无组织的资本主义由过去以规模经济为基础的有组织的资本主义式的福特主义生产,变成以地域经济为基础的适时生产;与之相应,以阶级为基础的政治和机构的彻底衰落,呈现出文化分裂和多元主义,劳动的地域—空间分工由过去的地区集中和专业化日益趋向分散和多样化;过去一致性和标准化的生产变成各种产品类型的灵活和小批量生产。在意识形态结构领域,由"现代主义"的文化过渡到"后现代主义"的文化;由大众消费的消费社会,过渡到个性化的消费的"雅皮士"文化;由社会化的社会过渡到个性化的"表演"社会。[1]

国家采取的这种"灵活积累"的经济政策促使消费的不断更新和加速,正是通过消费主义的诱惑,国家才能操控其成员。[2] 正如鲍曼所说,我们的社会从根本上说是一个"消费者社会",现代社会几乎不再需要大批的工业劳动力,而需要它的成员有能力去做消费者。今日社会塑造其成员的方法是提出标准并让他们有能力并愿意去扮演消费者的角色,以至于我们无法断定人是为了生存而消费还是为了消费而生存,亦即我们无法将二者区别开来。[3]

同时,消费是一个系统,它以一种无意识的社会制约机制凌驾于个体之上,无形地操纵着个体。"消费是一种主动的集体行为,是一种道德、一种制度、一种价值体系、一种社会控制功能。"[4] 在资本主义的消费社会,国家政治通过"消费"这种社会经济系统对大众实行

---

[1] David Harvey, *The Condition of Postmodernity-An Inquiry into the Origins of Cultural Change*, Oxford: Blackwell Publishers Inc., 1990, pp.176—179.

[2] 参见[英]尼格尔·班林《视读伦理学》,刘竞译、田德蓓审译,安徽文艺出版社2009年版,第119页。

[3] Zygmunt Bauman, *Globalization—The Human Consequences*, Cambridge: Polity Press, 1988, pp.80—81.

[4] Ibid., p.63.

第四章
"友爱"法则与新式爱情伦理

意识形态的驯化。人们承认消费者的至高无上,但是为了让它待在原地,不要参与社会的政治舞台,人民成为无组织的劳动者,成为仅仅满足于消费的消费者,最后成为被国家政治重新整合的大众意识形态。

在消费社会"任何产品都不值得消费者长期固守,任何欲望都不应该被看作是最终的欲望……消费者社会要培育的是消费者的遗忘和时间缩减"。因此马克·泰勒（Mark C. Taylor）和埃萨·萨里宁（Esa Saarinen）对此一语中的:"欲望并不欲求满足。恰恰相反,欲望欲求欲望。"① 在一个运转正常的消费社会中,消费者争先恐后地愿意被诱惑,他们的生活乐趣正是从一种吸引到另一种吸引,消费选择以披着自由行使意志的伪装剥夺了消费者对它熟视无睹、不选择的自由。②

正因如此,在后现代的消费社会中,新的意识形态只有商品消费。正如阿多诺所言:"商品已经成为它自己的意识形态。"在今天的个性化"商品消费时代,只要你需要消费,那么你有什么样的意识形态都无关宏旨了"③。这样就构成了后现代商品意识形态的如下特征。

首先是时空压缩。后现代社会不断追求通过时间消灭空间和减少周转时间所产生的时空压缩,最后的结果是时空压缩。如果在这种短暂而分裂的世界当中不可能说出任何牢固的东西和永久性的话,于是每一件事情就成为游戏,都必须面对加快周转时间的挑战,如利奥塔所谈到的,每一件事情的暂时联系于是成了后现代生存的标志。④

其次道德观被侵蚀。在鲍德里亚看来,我们生活在一个无穷无尽

---

① Mark C. Taylor and Esa Saarinen, *Imagologies: Media Philosophy*, London: Psychology Press, 1994, p.11.
② Zygmunt Bauman, *Globalization—The Human Consequences*, Cambridge: Polity Press, 1988, pp.83—84.
③ [美]詹姆逊:《后现代主义与文化理论》,唐小兵译,陕西师范大学出版社1987年版,第23页。
④ 参见[美]詹姆逊《后现代主义与文化理论》,唐小兵译,陕西师范大学出版社1987年版,第291页。

的符号之流中，无法诉诸道德的评判。① 这些趋势的影响已延展到人们的交往方式中，尤其是青年伦理观当中，以快乐为交友方式的青年符号游戏的文化现象日趋显著。② 贝尔认为现代主义③对超越常规的支持和对所有价值的侵蚀，已经通过它与消费主义的联合而进入了当代文化的主流，转向了消费、游戏和享乐主义，对传统价值和宗教道德的危害在后现代主义中进一步升级。④

因此，后现代意识形态的后果有三个：第一个后果是各种意识形态、价值观和既定实践活动的自我性与享乐性；第二个后果是易变性与短暂性，在这种易变性与短暂性的意识形态下，人们的心理发生了显著的变化，人们难于维持对于连续性的任何稳定的感受，短暂性使得对任何一项长期计划的坚持变得极为困难；第三个后果是性秩序的解放和道德标准的私人化，在这样一个缩减年代，经济、物质在社会上占了上风，而过去的人的伦理道德和价值观已式微。如果过去女性的矜持是受社会道德禁锢或约束的话，那么在后现代社会则没有了这种禁锢，一切为消费、自由选择让路。在宽容的社会中，性秩序已广泛地从道德准则中解放出来。后现代伦理学最主要的特征在于，缺少人们普遍认可的道德价值标准，不存在客观的适合所有地域界限的道德真理，因此，人们会产生更多伦理上的迷惑与不确定，因而后现代的世界会产生更多的道德自由与责任。道德将逐渐"私人化"。⑤

上述后现代意识形态和价值观的三方面的共同变化和综合作用，

---

① Jean Baudrillard, *Simulations*, New York: Semiotext (e), 1983 & *Symbolic Exchange and Death*, London: Sage Press, 1993.

② Dick Hebdige, *Hiding in the Light*, London: Routledge Press, 1998, p. 86.

③ 贝尔不爱用"后现代主义"，他常用"现代主义"作通称。此处的"现代主义"显然是现代主义的后期，即后现代主义时期。

④ Daniel Bell, *Cultural Contradictions of Capitalism*, London: William Heinemann, 1976 & "Beyond modernism, beyond self", *Sociological Journeys*: Essays 1960—1980, London: Routledge Press, 1980.

⑤ 参见［英］戴维·鲁宾森、克里斯·加勒特《视读伦理学》，徐安译，安徽文艺出版社 2007 年版，第 120 页。

直接导致了后现代爱情观的游戏化特征。

在第一种自我性与享乐性的意识形态下，爱情观变成了自我享乐。首先，"自我性"使爱情变成一种个人的主观选择，"爱你但与你无关"，被爱者是否对自己负有责任已无关紧要，就这样自由意志的选择与道德责任之间划清了界限，爱情成为个体感情领域的主观选择，战胜了以往的道德责任，爱情就这样脱掉了责任与道德的盔甲，在后现代社会中轻松上阵。其次，"享乐性"使爱情成为一种主观体验的快乐，这种快乐在后现代的消费社会有了合法性，享受快乐和幸福成为人们应有的权利，主导着人们的行为动机。因此，当爱情与责任道德相分离，而与快乐、享受联系在一起时，爱情对象的频繁更换就有了所谓正当的、合法的名义。

在《明智的孩子》中，卡特把这种自我享乐性和爱情对象的频繁更换描述到一种极为夸张的程度，表达了她对"自我享乐性"这一基本否定立场。不同男女人物之间的性关系混乱无比，最为突出还是主人公，即这对双胞胎姐妹。诺拉与多拉到了75岁的高龄还未曾结婚，但却享受了一辈子的性爱，曾有过数不清的追求者。妹妹诺拉随着情爱的升温与降温更换了无数男朋友："诺拉再度坠入情网——激情似火，然后冷却；再度坠入情网，激情似火，然后冷却；然后再度——那一年我都数不清她几次坠入情网了。"① 更具讽刺意味的是姐妹俩因相貌相同而令人难以分辨的情况下，姐姐多拉出于情爱竟然多次与妹妹不同阶段的数位男朋友媾合。

在第二种易变性与短暂性的意识形态下，爱情观变得短暂而易逝。朱迪斯·巴特勒分析了消费对于爱情的消解作用。巴特勒在阐释黑格尔的"工作就是控制欲望，推迟流逝"② 时说："对对象的消费是

---

① Angela Carter, *Wise Children*, London: Vintage Press, 1992, p. 92.
② G. W. F Hegel, *The Phenomenology of Spirit*, trans. A. V. Miller, Oxford: Oxford University Press, 1977, pp. 118, 153.

对永恒的结果的否定;对对象的消费就是它的解体",与之相反,工作是赋予对象以形式,也就是赋予对象一种存在,以克服短暂性。①在后现代的消费社会,当消费的重要性远远大于工作,而工作的目的也是消费时,这种消费意识形态一旦被反复强化成主体的习惯便会固定化,那么不仅物质的消费,服务、情感的消费都是在促进这些对象的解体,因此,爱情观在消费社会的强迫下已成为情感的消费对象,正是这种消费意识促使情爱的短暂和消解,成为一个永远被抹除的存在。爱情成为时尚的符号,而无法持存,情爱的意义变得含混不明,只剩下绚丽的变化、表演和狂欢,成为混乱与骚动的都市景观之一。而这种新的道德规范的编织正是消费社会的权威所提倡和需要的道德规范,人们身不由己地进入了爱情速食的时代,人们的心态变得越来越不能等待、不能忍受、不能坚持、不能迁就一段情爱。不合适、不快乐的爱情迅即被淘汰、被舍弃,从而使主体获得更多的选择机会,后现代社会最不缺少的就是选择的机会和消费的对象;而被享受的爱情也同时促使爱情本身的解体和消亡,于是主体再次进行下一轮选择,寻找下一段新的情爱。

在文本中,梅尔基奥尔和卡恩先生两人各经历了三次婚姻,在这多次婚姻中最盛行的是具有讽刺意味的"连续一夫一妻制"②。人们变得道德麻木,把婚姻的更新和感觉的享受变为再平常不过的理所当然,一切为了新的感情做准备,而旧的婚姻需要赶快让位,以便更好地迎娶下一位新娘。为了掌握好莱坞和雄霸全球的砝码,梅尔基奥尔抛妻弃子,与A夫人闪电似地"墨西哥式离婚"③,精心筹备了一场与黛西隆重的"闪婚"。他想通过"连续的婚姻"实现他不同阶段对

---

① Judith Butler, *The Psychic Life of Power: Theories in Subjection*, Stanford: the Leland Stanford Junior University, 1997, p. 38.
② Angela Carter, *Wise Children*, London: Vintage Press, 1992, p. 148.
③ Ibid..

第四章 "友爱"法则与新式爱情伦理

财富和地位的追求,婚姻成了他扶摇直上、登上事业顶峰的阶梯,爱情在他看来只是事业的交易。然而,他"确信一切都没有害处,他怎么做都不会错"[1]。而主动追求梅尔基奥尔并与之交媾的有夫之妇黛西也认为,婚外通奸"不是啥罪"[2]。很明显,卡特通过这种是否"错"与"罪"的调侃口吻,激起读者的思索,让读者自主判断。接下来,二人新婚不久不欢而散,梅尔基奥尔的事业线下滑,濒临破产,通过这种结局卡特对"速食"婚姻予以了否认。游戏化的婚姻在此成为"没有戒律的自由","而没有戒律的自由便已不是自由,而是'恣意妄为',恣意妄为则导致罪孽与堕落"[3]。

在第三种性解放和道德标准的私人化的意识形态特征下,爱情观让位于消费享乐、自由选择,情爱的真挚性和纯洁性已经不再重要,肉体的狂欢取代了情感的澎湃。"性"挣脱了以往的禁忌,变得公开和光明正大,性道德成为个人的标准和个人的私事。而感官享受一旦在性解放和道德松绑下被释放出来,就变为享乐纵欲、肆无忌惮。因此,后现代社会变成享乐纵欲的温床,并使后者大行其道。在文中,卡特通过对两次影视人"狂欢"派对的极端、露骨的性狂欢描述,来颠覆和否定"性"冲破禁忌后的肆无忌惮的状态。

二

游戏化爱情观具有独特的空间化特点。

亚里士多德说,朋友是在交往中产生的。后现代社会的时空压缩扩大了人与人交往的机会,为爱情的产生提供了契机和场所。"距离好像并没有太大的意义,它的存在似乎只是为了被人们消除。空间已

---

[1] Angela Carter, *Wise Children*, London: Vintage Press, 1992, p.148.
[2] Ibid., p.139.
[3] 王志耕:《宗教文化语境下的陀思妥耶夫斯基诗学》,北京师范大学出版社 2003 年版,第 114 页。

不再是一个障碍物——人们只需短暂的一瞬就能征服它。"① 这使得社会生活中的人与人的交往空间将不会处在相对孤立分割的领域，而是处于力图相互关联而不断生成的维度，这就为游戏化爱情观的空间化提供了可能。

全球化塑造了人的交往关系，空间和关系的维度处于日在新建中，日趋复杂，人与人信息的沟通和人口的流动转变成再也无法约束人们交往的交换，"混杂、运动和错位已变成了常态"。② 过去被固定在一个地方，其行为受固定人群的舆论压力限制的人们，随着流动性的增加逐渐解脱了束缚，直到变为脱缰的野马逃离传统价值观念的束缚和规制，情感在消费社会所推行的享乐主义的建构下急于向外伸展，出现新的混乱层。新的开放的人际交往关系结构摧毁了旧有的封闭的生活空间，责任、道德、节制等传统文化被大众消费文化所取代。于是，游戏化爱情观的空间化特点应运而生。

卡特敏锐地察觉到了这种爱情观的时空缩减，在《明智的孩子》中读者会看到后现代各种时空压缩的性欲望场景。

在《明智的孩子》中男女们已没有了空间的阻隔，因为全球化的经济联系使不同国家的人在同一时间被置于同一空间之中，人们尤其是成功人士总是处于旅行和流动之中，空间对他们来说已不是阻隔。值得注意的是，文本中的几次聚会的细节描述，显露了这种情爱的时空压缩。小说中第一次聚会是钱斯姐妹作为舞女成名之时参加父亲梅尔基奥尔的宴会——琳德园第十二夜化装舞会，这场舞会也是一场"抵挡不住自然情欲诱惑"的"奢靡狂欢会"③，卡特向读者展露的是

---

① Zygmunt Bauman, *Globalization The Human Consequences*, Cambridge: Polity Press, 1988, p. 74. 中译本参见 [英] 齐格蒙特·鲍曼，《全球化——人类的后果》，郭国良、徐建华译，商务印书馆2004年版，第72页。

② Mike Featherstone, *Undoing Culture—Globalization, Postmodernism and Identity*, London: Sage Publications, 1995, p. 204.

③ Angela Carter, *Wise Children*, London: Vintage Press, 1992, p. 103.

第四章
"友爱"法则与新式爱情伦理

一个时间——晚上,一个场所——琳德园,男男女女在此时此地、户内户外相遇而交媾的狂欢场面:"在积雪的玫瑰园里的拱形藤蔓架下"的猛力"鸡奸";男扮女装的绅士用口交的方式取悦另一位绅士;"头号风流红娘以女上男下的体位拼命扭动",而在下位的男士"不是别人正是此刻无疑已成前情人的""男高音"[①]。第二次聚会是多年后梅尔基奥尔家族跨越大西洋来到美国,参加美国的奢靡狂欢会。这个狂欢会云集了美国好莱坞和英国莎剧剧组影视界的男女影星,此次聚会规模更加宏大,来自不同国家的人相聚在同一空间,在众星居住的充满奇幻的英国古风的奢华宾馆——雅顿森林里,他们"开茶会""打板球""玩多 P 性交"[②]。在这个时空重叠、热火朝天的空间里,充满酒精和情欲相互纠缠的乐趣,各色人等在此不断相遇、相吸、杂交,尽情享乐纵欲。尤其是生性风骚的有夫之妇女星黛西·达克对佩瑞格林叔叔展开进攻,后又爱上有妇之夫的梅尔基奥尔,与梅尔基奥尔闪婚成为其第二任夫人,然后又闪电式离婚。

受后现代消费社会的影响,游戏化爱情观越来越成为一种幻象,一种符号。文本中的两位双胞胎姐妹诺拉与多拉因相貌相同而难以区分,姐姐多拉竟多次爱上妹妹诺拉的男朋友,并在征得妹妹的允许下,凭借与妹妹相同的容貌,先后与妹妹的多位男友约会、媾合。这荒诞的情节把我们引向了"后现代主义中的'幻象'的作用。'幻象'指一种近乎完美的复制的状态,以至于原物与复制品之间的差异变得几乎不可能辨认出来。在身份日益要求依赖于形象的范围内,这意味着连续的和重复的身份复制,成了一种非常真实的可能性和问题"[③]。"幻象"在很多方面难以同原物区分开来。在"幻象"作用下,姐姐

[①] Angela Carter, *Wise Children*, London: Vintage Press, 1992, p. 103.
[②] Ibid., p. 128.
[③] David Harvey, *The Condition of Postmodernity—An Inquiry into the Origins of Cultural Change*, Oxford: Blackwell Publishers Inc., 1990, p. 229.

多拉已不是血肉的机体而是成为冷血的符号,人在此刻真正成为爱情游戏中的一个零件、一枚棋子,没有了自身的意义,为消费而游戏,为游戏而消费。

还有一个特别值得注意的情节特点是,文本中不同男女人物之间的性爱关系不是线性延续的,因为时间在此消失了,抑或十分短暂,而空间则被压缩到一起,情爱关系像一张网相互交织、相互纠结。爱情观发生了前所未有的质变,情爱由过去前现代社会中一对一的独享,变为不同时空中一对多或多对多的游戏化的共享。

在爱情观上,文本中的很多人物都被编织到一个庞大、复杂的性爱关系网中,双胞胎姐妹对同一名男子的性爱相伴平行,都发生在并排平列的时间上,具有流动性、同时性和共处性。相比较而言,传统的爱情观是"长相厮守"的,它是单一的、直线性发展的,在时间上具有顺序性,人物是一对一的关系,正如亚里士多德所说:"一个人不能同时与许多人相爱,因为,爱是一种感情上的过度,由于其本性,它只能为一个人享有。"① 然而,在后现代社会,爱情观不再是单线发展的,而是具有两条或多条线索,时间是断裂的、短暂的,空间被压缩,各个空间是并存的、垂直的关系,它的发展具有同时性、共处性、空间性,是一个多重交叠的结构,这无疑对传统的单一直线式发展的爱情观提出了尖锐的挑战。易言之,卡特认为在后现代社会中,爱情呈现出复杂的如网状般相互交织的空间性、横展性、共时性,即在一个时空切面内,多样性质或深浅程度不同的爱情具有同时发生的可能性。

正如吉登斯所言,在后现代条件下地点在很大程度上被脱域机制与时空伸延消解掉了。地域性已不可避免地与全球性彼此关联起来。人们对某些地点的密切依恋与认同仍然存在着,但是这些地点本身已

---

① Aristotle, *Nicomachean Ethics*, trans. Terence Irwin. 2nd ed., Indianapolis: Hackett Publishing Company, Inc. 1999, 1158 a pp.10—12.

被脱域出来了,它们不仅是对基于地域性的实践与卷入的表述,而且也受到了日益增多的来自远距离的影响。[①] 在前现代,制度化的友谊是伙伴关系的基本形式,如血亲兄弟关系或亲密伙伴关系。友谊无论是否制度化都是建立在真诚与荣誉的价值基础之上。同前现代的情况比较,现在的人有一种强烈的想寻找可信任的人的心理需要,但却缺乏制度性地组织起来的个人联系。以前"生活世界"的诸多社会特征并没有被消解或被嵌入抽象体系之中,而抽象体系的非个人化非但没有消解个人生活的亲密关系,反而使个人与遥远事件有了更直接的联系。随着过去50年全球化的加速进行,最具亲密性的个人生活与脱域机制之间的联系加强了。[②]

值得注意的是,在这个动态过程中,爱情观与空间有密不可分的联系。传统现代化社会中人们有固定的活动地域和空间,思想意识、道德观念和传统的爱情观也同时被有限的空间固定下来,固定的空间是爱情伦理观的监视器。而在后现代社会中情况则与此相反,如前所述,资本主义后现代社会的全球化打破了人们固定空间上的居所和活动区域,这为游戏化爱情观的产生提供了契机和场所;在后现代社会中,我们不会以相同的方式如此特别地与作为"整体"的陌生人打交道。尤其是在许多城市情境中,我们不断地与之不同程度互动的,是那些我们知之甚少或者从未见过的人,而这种互动所采取的是转瞬即逝的交往形式。[③] 被这个时代骄纵了的人们,只会更快地更换更为合适的伴侣,而不是忍受并维持更持久的关系,这就直接导致婚姻制家庭越来越趋向解体。

[①] 吉登斯:《现代性的后果》,黄平、刘东、田禾译,译林出版社2011年版,第95页。
[②] 同上书,第103—105页。
[③] 同上书,第70页。

第二节 《明智的孩子》对后现代道德观的否弃

"文学作品反映政治……作家所创作的作品必然具有时代特点,即表现出作者身处的历史环境,这个环境的一个重要部分就是政治。因而,政治的变迁会影响到文学的发展。"① 关于西方文学与政治的历史渊源可以追溯到 2500 年前的古希腊。自 20 世纪 70 年代起在西方学界就开始重视从政治视角对人文学科的研究。经典的文学作品常常是对当时的政治和社会问题的批判的反映,库特·冯尼格认为作家是社会危机的预警器。作家能够预见社会将面临的危险,因为文学的一定是政治的,文学就是政治。② 具体到卡特,作为一位敏锐的作家,通过昭示后现代消费意识形态和游戏化爱情观表达了她对后现代道德观的否弃。

一

游戏化爱情观作为一种后现代的意识形态体现了人们的后现代道德观,那么后现代道德观具备什么特点呢?有人说后现代的道德具有不确定性,是一种被消解的道德;也有人说个人道德将不复存在,只存在被国家操控的消费道德。卡特在《明智的孩子》中所呈现的是一种消解的道德,人们对道德真理采取一种戏谑的态度,与之对应的是性道德失序,性低俗化、公开化和娱乐化在整个社会大行其道。同时,消费道德也战胜了个人道德,后现代社会的消费观和金钱观也是

---

① Rita Costello, *Politics and Literature*, in Shouhua Qi, Jian-Zhong Lin, eds. *Literature*, Beijing: China Renmin University Press, 2007, p. 63.

② Ibid., p. 85.

卡特戏谑性讽刺的对象。

首先，后现代表现出一种消解的道德。在后现代社会人们对道德真理采取一种戏谑的不信任态度。在现代性当中，主观文化与客观文化的平衡被文化破碎感和过度观点化的生活打破，确定性和指导性的意识形态荡然无存，人们处于迷茫状态当中，任何一个选择都成了对我们期望能赋予生活终极意义框架的特殊文化实体下的一个赌注。在这种特殊的后现代实践体验中，变化的层出不穷给人一种永恒变化的感觉，让人惊叹新兴的变化，并感到生活节奏的加快。[①]

后现代主义提倡不确定性与多样性，后现代哲学家以"颂扬相对主义"的方式，加剧了确定性的进一步丧失，确定性的缺失会导致人们对所有社会阶段和时期出现的哪怕是荒谬的道德持不敢否定的态度，产生什么都有理由什么都是对的这样一条令人震惊的"准则"。

文本中一个典型的，具有后现代意识形态的人物形象是佩瑞格林叔叔。佩瑞格林酷爱自我放逐，喜欢在世界各地游历，居无定所。在性观念上佩瑞格林叔叔也显然是位纵欲享乐者，是后现代的道德意识形态的产儿，在他那里找不到"准则"二字，他的性行为充满了荒谬：早年诱奸了年仅13岁的侄女多拉，年过百岁还与75岁的侄女多拉交合。在此期间他与哥哥梅尔基奥尔的第一任夫人通奸生下两个女儿，后来又与梅尔基奥尔的第三任夫人通奸生下一对双胞胎儿子。而他最为突出的后现代意识形态的特点就是追求刺激性和变化性，多拉叙述道，佩瑞叔叔确实有一个唯一的缺点，那就是他的乏味极限，连三岁的小蒂蒂都比他更能持久地做一件事，对他而言，人生必须不断地充满乐趣和惊喜，否则他就觉得毫无意义。[②] 这种永远寻求乐趣和

[①] Cf.：G. Simmel,"Fashion", in D. Frisby and M. Featherstone, eds. *Simmel on Culture*. London：Sage Publications Ltd., 1986. Lichtbau, K.,"Sociology and the diagnosis of the times: the reflexivity of modernity", *Theory, Culture & Society*, Vol. 12, 1995, p. 1.

[②] Angela Carter, *Wise Children*, London：Vintage Press, 1992, p. 61.

变化，需要不断地被刺激的心态，在后现代人中越来越强烈了，他们需要周围的事物不断地变化，否则他们就找不到乐趣和人生的意义。"没有规则"就是佩瑞格林叔叔的"规则"。卡特通过佩瑞格林叔叔表达了她对这种易变和短暂的后现代意识形态的否定态度，卡特借叙述人多拉之口评论道："快乐是多么脆弱的东西！"①

　　卡特还贬斥了性道德的失序，性道德已经在公共场所消失，性低俗化和娱乐化在整个社会大行其道。在文本中，当钱斯姐妹还是小女孩的时候观看"演艺突堤亭"的表演，这些娱乐节目充满了"赤裸""脱裤子""猥亵动作"② 等粗俗猥亵的表演，以期娱乐大众，来满足成人的欲望和快乐，然而却让观众堆里的孩子们也感受到了这种令人担忧的耳濡目染的教育氛围，如果这些孩子长大后脑子里有什么"肮脏的念头"③ 的话也就不足为奇了。

　　其次，后现代的道德观是国家政治的道德，消费道德战胜了个人道德。20世纪的思想家葛兰西（Antonio Gramsci，1891—1937）、马尔为塞（Herbert Marcuse，1898—1979）等提出了资本主义道德与意识形态的观点，他们都强调"个人道德"的政治性，并认为我们所笃信的观念很少是"我们自己"真实的想法。④ 罗兰·巴特（Roland Barthes，1915—1980）认为，资本家阶级与政府通过消费社会控制并迷惑百姓，从而使他们接受资本主义统一的"道德观"，这种道德观强调生产与消费的需求，主张个人消费的公民义务，这些导致人与人之间相互孤立疏远。消费社会把人变成欲望和感性的奴隶，"我购物故我在"是消费社会无孔不入的新策略，是个人的新道德。消费者只能在眼花缭乱、日益更新的产品间进行选择，并且这是他们唯一可做

---

① Angela Carter, *Wise Children*, London: Vintage Press, 1992, p. 63.
② Ibid., pp. 64—67.
③ Ibid., p. 64.
④ 参见 [英] 尼格尔·班林《视读伦理学》，刘竞译，田德蓓审译，安徽文艺出版社2009年版，第112—116页。

第四章
"友爱"法则与新式爱情伦理

的选择。

文本首先在伦敦市民的后现代消费生活中展开,"伦敦富人们开着自家车来去匆匆于全城的四面八方去竞相购买高档商品"①。金钱和消费意识已经深深渗透到了人们的意识形态之中,字里行间散发着浓厚的后现代消费道德的气息。其次,金钱和消费通过国家掌控的大众媒体,尤其是电视大行其道:哈泽德家族借电视业重整旗鼓,一家人都在做着与消费和享乐有关的节目。梅尔基奥尔的第三任妻子汝玛琳夫人"做好了20世纪晚期的计划,带领全家投入了电视业,后来他们飞黄腾达了"②。她本人时常在电视上大力推荐日常消费品,"作菜瓜布、餐洗净、卫生纸"等日用品广告的形象代言,美其名曰"皇家戏剧界家庭推荐认可"③。儿子崔斯特瑞姆主持游戏电视节目而大获成功,该栏目的片头主持词就是"各位财迷""有钱能使鬼挨鞭"④,此节目以游戏化的赢钱方式刺激人们的赌博心理,即刻满足了大众的金钱欲望,吸引了受众的眼球,赢得了收视率。年长的继女萨斯基亚主持烹饪节目,成为"优秀的电视大厨"⑤,在栏目里大煲肉汤,即刻满足了大众的饮食欲望。人们的生活无不跟欲望、消费和金钱有密切关系。另外,歌舞女郎钱斯姐妹18岁成名后过上了奢华消费的生活。她们的"衣裙奢华无比",全部是真材实料——"真丝、真绸、真羽毛、车载斗量的亮片,演艺圈里的人多的是炫耀性消费"⑥。"她们频繁出入于时髦夜总会、高档餐厅、豪华饭店"⑦,姐妹俩天天购物,"从早到晚,送货车把我们采购物送到莎翁路","每天都有一篮篮系

---

① Angela Carter, *Wise Children*, London: Vintage Press, 1992, p. 4.
② Ibid., p. 37.
③ Ibid..
④ Ibid., pp. 10—11.
⑤ Ibid., p. 38.
⑥ Ibid., p. 90.
⑦ Ibid., p. 93.

着缎带的异国水果送来"①,"骑单车的送货小弟每小时"都给她们送来花束。

进一步,卡特通过"财迷"黛西的荒诞搞笑的新婚之夜,来表达她对消费道德否定的基本立场。在好莱坞制片人卡恩先生②和演员黛西·达克的新婚之夜,丈夫对妻子黛西说无论她想要什么,他都给。黛西竟说是"一百万美金的现钞"③。脸色大变的丈夫还是满足了黛西的要求,一百万的现钞摆满一床。满足后的黛西"在一百万新钞堆里打滚,就像狗在屎堆里打滚",她扯下睡衣把绿钞贴在她的肌肤上、洒在自己身上、欢喜地尖叫。④ 当第二天丈夫把钞票存入了银行时,黛西则因他的食言而不原谅他,还用婚外情来报复丈夫。

最后,如果发生在黛西身上的是喜剧和闹剧,那么"爱财"在梅尔基奥尔的两个女儿身上发生的则是典型的悲剧。在萨斯基亚18岁的生日上,佩瑞格林叔叔送给姐妹俩的是全热带雨林中最美的两种蝴蝶,并以她们的名字为这两只世界上独一无二的蝴蝶命名。但是只爱金钱的她们盼望的是分得叔叔的一部分石油财富,而不是两只莫名的飞虫。她们看到蝴蝶礼物后非常生气,尖叫地丢下装蝴蝶幼虫的盒子,用叉子戳幼虫,还"啪"的一声盖上盒子,丢在桌上。⑤ 随后,当事业潦倒、财政困难的梅尔基奥尔无法同时供养两个家庭,为了新家取消了萨斯基亚两姊妹的津贴,让她们赚钱自立时,⑥ 她们开始了对母亲的报复:抢走了母亲全部财物和房产⑦,还(或许)致使母亲摔下楼梯,导致后半生瘫痪,而事发40年中,萨斯基亚姐妹俩竟从

---

① Angela Carter, *Wise Children*, London: Vintage Press, 1992, p. 91.
② 之后黛西与之离婚,嫁给梅尔基奥尔成为他的第二任夫人,但两人新婚之后又"闪离"。
③ Angela Carter, *Wise Children*, London: Vintage Press, 1992, p. 138.
④ Ibid., p. 139.
⑤ Ibid., p. 175.
⑥ Ibid., pp. 181—182.
⑦ Ibid., p. 249.

未看望过她们的母亲。卡特借叙述人多拉之口说,所有这一切幕后的怂恿者是"财迷"①,从而否定了后现代的金钱观和消费观。

二

如上所述,卡特把游戏化的爱情观和后现代道德观刻画到了触目惊心的程度,或许以此来警醒世人习焉不察的麻木,来探究新的后现代的伦理道德。"当模仿变得真实而真实具备了模仿物的很多特质之时,文化形式方面所出现的情形就是我们将返回到它们那里的问题。"② 在道德消解和丧失的状态下,我们该如何行动,是否放弃道德伦理?卡特带给我们的答案显然是否定的。

首先,如果我们放弃了道德而沉浸到肉欲中去,是无法建构美好社会的。后现代主义使得所有的基本价值模式都遭到了质疑——对所有价值的重新评价,它不仅使人类远离了建构一种道德共识和美好社会的可能性,而且还使得有些人将放弃主观认同的建构而沉浸在"没有器官的身体"的力比多之流中当作是唯一的出路。③

其次,面对游戏化爱情观,我们需要拯救后现代的意识形态。作为反作用后现代的这种感觉的超载,游戏化的爱情观,审美上的失调恰如其分地暗示了一定的政治权利的危机,因此挽救后现代主义所带来的恶果就要重塑人们的意识形态,重塑伦理行为的交往理性。在传统的束缚消失后,在自由权力恣意行驶之后,或许人们会认识到道德伦理的难能可贵,不过人的道德伦理的规约会由过去有国家社会强制的实施,变为人们的自愿选择,也就是"人们自由选择的不自由"④。

---

① Angela Carter, *Wise Children*, London: Vintage Press, 1992, p. 142.
② David Harvey, *The Condition of Postmodernity—An Inquiry into the Origins of Cultural Change*, Oxford: Blackwell Publishers Inc., 1990, p. 229.
③ Gilles Deleuza, Felix Guattari, *Anti-Oedipus*, Minneapolis: Minnesota University Press, 1983, p. 68.
④ 谢文郁:《自由观追踪》,上海人民出版社 2007 年版,第 87 页。

卡特对于不确定性的伦理道德显然是持宽容态度的，在卡特的笔下，欲望的对象是没有边界的，是真正的杂烩：小说中有同性恋易装者之间的鸡奸、兄妹乱伦、叔侄乱伦、叔嫂通奸、年龄差距三十岁的婚姻、性怪癖者、水性杨花者等，卡特用轻松、欢乐的笔触描绘了一场场性杂交的盛宴。在这种宽容的默许下，卡特要探究的是个人对自身的约束和德性的提高，而不是禁欲。正如亚里士多德所认为的，伦理学是一种粗线条的东西，它必然决定于普通的、具备常识的实践的人，而不是由那些天生禁欲的专家来决定，他们满脑子只装着遥远严肃的"理式"世界。

　　最后，个人在宽容的社会中进行"德性伦理"的修养。鲍曼指出，后现代的这种个人的道德自由可产生多种结果，能形成一种开放宽容的社会。因此，后现代的希望在于，随着宏大叙事的缺失，可能导致社会分裂成一系列自治的"虚构共同体"或"新型部族"，各部分都有自己一套不断变化的局部的道德价值标准。"新型部族"提倡宽容，重视差异，反对任何"独白式"的确定性。然而，仅仅开放和宽容是不够的，还要加强自身的修养。作为新亚里士多德派的代表人麦金代尔（Alasdair MacIntyre）主张伦理学应当更多地强调我们该成为怎样的人，而非我们该做什么事，这就是"德性伦理"。美国实证主义哲学家罗蒂（Richard Rorty）提倡一种伦理消解的后现代主义观点，提倡个人的道德观，它与集体幸福的关系不大。他认为人们应创造自己独特的"伦理品位"，不断追求"自我修养"。麦金代尔也认为我们需要的是一种全新的伦理哲学，他说亚里士多德的一个核心理论是，我们应当习惯以良好的性情去对待他人，从而使道德行为几乎成为一种本能，而非依赖于道德"系统"。①

　　卡特对后现代的爱情观是持否定和批判态度的，这必然引发了她

---

　　① Alasdair MacIntyre, *Brief History of Ethics*, London: Routledge Press, 1968, p. 68.

对后现代伦理道德的质询和思考。卡特也主张在后现代这样一个无比开放宽容的社会中,对个人的自由权力一下子扩大的人们来说,最重要的是要学会自我控制,学会运用扩大的自由,而不是滥用自由。为此,卡特塑造了诺拉这样一个人物,诺拉永远处于跟不同人的恋爱之中,对于感情她忽冷忽热,反复无常,永远处于选择和更换的恋爱状态。卡特借叙述人多拉之口这样评论诺拉的爱情观:现代人的自由权一下扩大后,往往迷失了,不知怎样运用这种自由,导致滥用爱,不会爱。卡特呼吁的正是这种个人道德观和美德伦理观的培养。在爱情速食年代,追逐爱情的过程缩短,爱情不再那么珍贵。亚里士多德在《尼格马克伦理学》(*Nicomachean Ethics*)中说,爱一个人需要时间和精力的充分投入,只有这样才能了解所爱的对象。但在缩减年代中,人们丧失了耐性和持久性,不再愿意把过多的时间和精力放在了解和认识一个人上。从诺拉恋爱的描述中我们看到,人失去了人之为人的理性后,现代人完全变成了只有情感的动物。而人作为人类的完美情爱应当是感性黑马和理性白马这两匹马的协调驾驭,而不是只受命于感性之黑马的摆布。多拉同诺拉爱情观完全不同,她是与其他人物不同的另一种声音,多拉显然代表了卡特本人的声音,多拉说:"我见到的爱情越多,就越不喜欢它的样子。我早已到了做爱的合法年龄,但这并不表示不管我是否想要都非做不可。"[1] 正如柏拉图在《会饮篇》所言,情爱与肉体是两回事,情爱是精神上的事情,与肉体无关。由此观之,卡特提倡一种精神之爱,贬斥肉欲行为,提倡个人控制的美德伦理观而不是对自由恣意妄为。

---

[1] Angela Carter, *Wise Children*, London: Vintage Press, 1992, p.82.

第三节 论《明智的孩子》的反"爱情"观

安吉拉·卡特作为一个"后现代"作家,在《明智的孩子》中解构了后现代的游戏化情爱观,同时,她对普遍意义的爱情观也同样持否定态度。她认为在家庭关系中,亚里士多德的"友爱"才是比爱情更为重要和伟大的情感。本节通过欧洲文化、历史和哲学等多个视角,探究爱情和婚姻二者之间的渊源关系,发现婚姻的产生源于爱情、社会政治、文化因素,但婚姻作为一种现象与爱情无关,甚至是爱情的困境,二者的尴尬关系不可逆转,卡特意在否定以婚姻为根基的家庭血缘关系,从而为她的观点——交往中产生的"友爱"(亚里士多德语)是构建家庭的根基——建立理论基础。

一

从哲学上看,后现代的游戏化爱情观已经完全丧失了过去爱情的精神体验,或者说这种单纯的精神体验同被压缩的时空一样也被明显地缩减了。下面我们来看一下黑格尔和福柯对于爱情的精神体验的描述。

黑格尔认为,在爱情中"主体把自己的独立的意识和个别孤立的自为存在放弃掉,感到自己只有在对方的意识里才能获得对自己的认识……我应该把我的主体性的整体全部渗透到另一个人的意识里去,成为他(或她)所追求和占有的对象……双方只有在这个充实的统一体里才能实现各自的自为存在,双方都把各自的整个灵魂和世界纳入到这种同一里"。"这种把自己的意识消失在另一个人身上的情况,这种忘我无私的精神,这种忘我的精神,就形成爱情的无限性。"爱情

第四章 "友爱"法则与新式爱情伦理

的美不仅在冲动和情感,更重要的还有想象。福柯说,单纯的爱情是一件孤单与被动的事件。爱情是无法圆满的,因为它有赖于被爱者(恳求对方爱自己)。失去被爱的爱是有距离的爱,是孤独的爱。所以,爱情更多发生在一厢情愿的场合。比较被动,也缺乏感情的交流。

然而在《明智的孩子》中,后现代爱情观已经丧失了爱情的这些特性,已不再是单纯的爱情,因为人的想象能力已经匮乏,福柯所说的这种爱的"被动"状态已鲜少存在,人们的羞涩感被消费主义意识形态所驱逐,已荡然无存。后现代的人们已不再用"想象"和"被动"去爱,而是渐趋于主动和肉体之爱,小说中的众多人物在两性的交往中呈现出来的是主动进攻、感性肉欲,杂交的狂欢的样貌。

卡特的爱情观与她的人生经历是分不开的。

卡特的恋爱、婚姻经历并不是一帆风顺的,可以说是几经波折,这些经历无疑丰富了卡特的爱情观。1960年,年仅20岁的卡特为了"逃离父母试图控制她人生的好意",嫁给了一位工业化学家保罗·卡特(Paul Carter)。然而,不管他们之间发生了什么,以及为何结束了——他们于1972年离婚,之前就分开了三年——这是卡特避开公众审查的私生活一个方面。在1974年的一封信中,卡特写道她对前夫的观察:"我不能想象为什么——不是曾与他结婚——而是为什么我坚持了这么久。一生中的9年。还不如在飞机上与我邻座的人有更大的意义。"[①] 卡特从日本回英国后便与保罗离婚,而此段时期卡特的小说作品的数量大不如以前,只进行一些非小说类的题材创作,在1979年亚历克斯·汉密尔顿(Alex Hamilton)对她的一次采访中,"卡特说她想不起要写什么,最后她不得不承认当她离开丈夫之后那

---

① "A Letter From Angela Carter", in *The European English Messenger*, 4, 1, Spring, 1996: 11—13 (12).

种心灵的强烈冲动蒸发了"①。学者甘布尔认为，卡特去日本之前的小说创作或许是某种心理治疗，一种对不愉快境况的艺术逃避。②

  旅居日本三年，卡特有意隐蔽她的个人情感经历。卡特离婚之前，曾于1968年远渡日本，在日本生活了三年，而"卡特在日本的那段时间，在一定程度上，是神秘的"③。卡特的采访人对卡特去日本的原因进行了猜测，比如实现她的梦想，喜爱日本电影等。所有这些使她的选择听起来多少有些是随心所欲的，直到她在一本关于日本经历的小品文集的序言中解释了她的日本之行，"想在一个非犹太—基督教的文化中生活一段时间，看看到底是什么样子"④。然而刚刚与丈夫分居的时候，卡特在日本同几个男人有过浪漫感情和经济关系。事实上，据有关消息称，卡特去日本是为了与她的熟人相见。比如尼奇·杰拉德说，卡特"离开丈夫，飞去与日本情人会合"⑤，保罗·巴克也声称卡特去那儿是去"会情人"，但他推测那个人或许不是日本人，而是"韩国人"。⑥ 无论事实是什么，卡特确实记述了她与东方人的一段浪漫史，但一旦涉及与她个人有关的情况时，她却总是躲在小说人物的后面。学者甘布尔认为："很难把这种关系看作是浪漫史，因为没有涉及真正的心灵或身体的融合。两人之间的国籍、心理、性别和文化的差异使他们成为各自欲望的客体，但同时也确保了这些障碍永远不会或曾经会被超越。"⑦ 远渡日本的情感之旅无疑是以失败告终了。

---

① Alex Hamilton, "Sade and Prejudice", *The Guardian*, 30 March 1979：15.
② Sarah Gamble, *Angela Carter：A Literary Life*, New York：Palgrave Macmillan, 2009, p. 135.
③ Ibid., p. 106.
④ Angela Carter, "Introduction to 'Oriental Romances-Japan'", in *Nothing Sacred：Selected Writings*, London：Virago Press, 1982, p. 28.
⑤ Nicci Gerrard, "Angela Carter is Now More Popular than Virginia Woolf…", *Observer Life*, 9 July, 1995, pp. 20—22.
⑥ Paul Barker, "The Return of the Magic Story-Teller", *Independent on Sunday*, 8 January, 1995, p. 14.
⑦ Sarah Gamble, *Angela Carter：A Literary Life*, New York：Palgrave Macmillan, 2009, pp. 108—109.

第四章 "友爱"法则与新式爱情伦理

1972年"为了躲避她的情人而逃离东京，如同她曾经为了躲避她的丈夫而逃离英国一样"①。在斯托特对卡特的一次采访中，卡特说，"要嫁给一个日本人你将不得不改头换面"②。回到英国后，卡特曾再次回到东京待了三个月，搜集为《新社会》杂志撰写小品文所需要的材料。但是重返日本并没有激起任何卡特的怀旧之情，她在写给尼尔·福赛特（Neil Forsyth）的信中说，"我现在差不多已经同日本结束了：它太令我难过了"③……从这封信可以很清楚地看出，对卡特而言这是一段极其不愉快的经历。④

1977年，37岁的卡特与19岁的马克·皮尔斯（Mark Pearce）再婚。"尽管他们的年龄相差18岁，但却是她一生中最成功和最稳定的关系，标志着她从一个男人'飞'到另一个男人的旅程的结束。"⑤

如上所述，卡特曲折而又浪漫的个人情感经历，使卡特对爱情有了更多的体验和思索，这些对她的创作产生了很大的影响。因此，卡特除了对后现代状况下的游戏化爱情观有深入的观察之外，她对普遍意义上的爱情观还有其独到的思考。从文本中我们看到，卡特的爱情观可以概括为三点：首先，卡特认为爱情是短暂的；其次，卡特认为爱情的产生是因为特质；再次，爱情永远是个变量，不是常项，更不是永恒。在此，需要追溯一下漫长的婚恋史，采用一种极其漫长绵延的视角来审视二者的关系，去考查历史上那些与卡特的观点具有相似性的思想，只有这样才能给这个问题以完整的解释视角。

---

① Sarah Gamble, *Angela Carter: A Literary Life*, New York: Palgrave Macmillan, 2009, p. 133.
② Catherine Stott, "Runaway to the Land of Promise", *Guardian*, 10 August, 1972, p. 9.
③ Neil Forsyth, "A Letter From Angela Carter", *The European English Messenger*, Vol. 1, No. 1, Spring 1996, pp. 11—13 (p. 11).
④ Sarah Gamble, *Angela Carter: A Literary Life*, New York: Palgrave Macmillan, 2009, p. 134.
⑤ Ibid., p. 144.

首先，卡特认为爱情是短暂的。卡特对爱情持有否定的观点，这与主流意识形态大为不同。正像卢梭（Rousseau）于1761年在《新爱洛伊斯》(*Julie, or the New Heloise*) 中所表达的大胆的思想所给人的震撼，卢梭认为自然状态的爱情是一种猛烈的，不可抗拒的感情，而不是含蓄、隐晦的情感。卢梭"给了上层社会那种谈情说爱一个致命打击，从而也就给了法国古典主义时期关于情感的理论一个致命打击。在卢梭看来，一切高尚细腻的感情，特别是爱情，都是文明的产物，上层社会所提倡的温文尔雅的爱情是文明的造物，而不是真正的爱情所具有的情感体验。很明显，总要有某种程度的文明才会产生爱情这样的情绪"……[1]二百多年后的卡特认为爱情是短暂的、飘忽不定、变幻莫测的，她否定爱情的永恒性。爱情的永恒的特性就是它的永远变化和无法把握，爱情是一种无法托付和信赖的情感。卡特把她的思想赋予了小说中的人物和情节。当钱斯姐妹的干女儿蒂芬妮爱上梅尔基奥尔的儿子崔斯特瑞姆的时候，显然是"出于真爱"[2]，但当她"爱得神魂颠倒"时，钱斯姐妹感到了蒂芬妮的这种猛烈投入的爱的结果将是"沉船"[3]，虽然现在还没有"迹象"[4]，多拉叙述道，"我们加起来的恋爱经验足有两个世纪，而眼前的预兆并不好……她深深迷恋上了他"[5]，"于是我们做好迎接心碎的准备"[6]。而后来钱斯姐妹的预料被印证了，崔斯特瑞姆对她腻烦了，抛弃了未婚先孕的蒂芬妮，导致蒂芬妮的心碎和失踪。不仅是花心的崔斯特瑞姆，即使是电视台的摄影师对蒂芬妮的真爱也经不住时间的考验，"时间一久也

---

[1] ［丹麦］勃兰兑斯：《十九世纪文学主流》（第一分册），张道真译，人民文学出版社1980年版，第16页。
[2] Angela Carter, Wise children, London: Vintage Press, 1992, p.40.
[3] Ibid..
[4] Ibid..
[5] Ibid..
[6] Ibid..

对她好不到哪里去"①。卡特认为强烈的爱情不会持久，反而促使爱情的消失。

爱情的这一短暂的特性可以在萨特（Sartre）的代表作《存在与虚无》（*Being and Nothingness*，法语说法为 *L'être et Le Néant*）中的"与他人的具体关系"中的"爱"的阐述中找到哲学的解释，在萨特看来，爱情只存在于爱者没有得到被爱者的时段，当爱者唤起被爱者的爱时，爱情便瞬间消失了它的那份强烈的情感。②因此，如同亚里士多德所认为的，"想被爱的人不愿意奴役被爱的存在"，"他想占有一个作为自由的自由"。也就是说，"他想被一个自由所爱并且祈求这个自由不再是自由的。他希望别人的自由自我决定去变成爱情"③。"被爱者不能希望去爱。因此恋爱者应该诱惑被爱者。"被爱者什么时候反过来变成恋爱者呢？回答很简单：当他谋划着被爱的时候，永远没有足够的力量引起爱情。因此被爱者只有在他不谋划着被爱时才可被改造为恋人。于是，爱就其本质来说就是使自己被爱的谋划。但由此产生的新的矛盾是，他要求的就是别人一开始就不企求使自己被爱。因此，在恋爱中每一方都希望另一方爱他，而并不分析一下爱就是希望被爱，并且在希望别人爱他时，他只希望别人希望他爱那个别人。于是，恋人们的关系，在"爱情"骗子所创造的理想条件下，是一个类似意识纯粹的"反映—被反映"无限定的推移体系。爱情产生的虚无是相互的内在否定和在这两个内在分析否定之间造成的虚无，而这个虚无是不可克服的。因此，爱情是要以保持内在的否定来克服事实的否定的矛盾努力。在这里，我们看到爱情只发生在没有获得时，一旦得到了爱，爱者的爱便会消失，也就没有了"希望被爱"的欲望。

---

① Angela Carter, *Wise children*, London: Vintage Press, 1992, p. 43.
② Jean-Paul Sartre, *L'être et Le Néant*, Gallimare: Michigan University, 1981, pp. 415—416. 中译本：[法]萨特：《存在与虚无》，陈宣良等译，生活·读书·新知三联书店 2007 年版，第 448—449 页。
③ Ibid., p. 416.

因此，在《明智的孩子》中，当蒂芬妮对崔斯特瑞姆迷恋太深而投入太多的爱时，就会让他觉察到蒂芬妮对他的爱，而这种觉察就无法唤起他对蒂芬妮的爱，蒂芬妮的结局只会是被崔斯特瑞姆所抛弃。同样，多拉在美国狂欢聚会上的结识的新男友"爱尔兰"，"将他的热情一股脑注入"时的结果就是，他们的爱情的"四分五裂"，而多拉越说这段感情结束时，"爱尔兰"则越爱她。[①] 按照萨特的理论，"爱尔兰"的爱过于热情，察觉后的多拉便不会再有"想要谋划着被爱"的欲望，于是多拉对"爱尔兰"的爱也就不存在了。还有痴迷坠入情网的诺拉被东尼退婚，取回订婚戒指，也是萨特理论的反映。

爱一个人就是希望被爱。但是，当他谋划着被爱的时候，自在的对象—他人，永远没有足够的力量引起爱情。爱就其本质来说就是使自己被爱的谋划。因此，爱情只会发生在不经意间，只爱一点点的爱会比强烈的爱更持久，要得到更长久的爱，就要尽量延缓这种爱的到来。而热烈的爱，就是导致爱的消失的加速剂。

其次，卡特认为爱情的产生是因为对方—他人的特质。让我们在哲学中回溯一下爱情产生的原因，斯宾诺莎认为："同一对象，对于不同的人，可以引起不同的情感；同一对象对于同一个人，在不同的时间内，可以引起不同的情感。"[②] 因此，爱情是爱者对被爱者的特殊情感，不是人人对被爱者都有这样的感觉，那么这种特殊情感是如何产生的呢？这就是不同特性的人对对象的某一特性所产生的偶然性的情感，也就是对象的特殊性质引领我们的爱情。而且这个特殊性只对我们个体而言，他人不一定也抱有这种情感。那么什么叫特殊性呢？"加入我们想象着一个对象具有我们从来没有看见过的特点，这就无异于说，当心灵观察那物时，并没有别的东西在怀，可以由思想前者

---

① Angela Carter, *Wise Children*, London: Vintage Press, 1992, p. 141.
② [荷] 斯宾诺莎：《伦理学》，贺麟译，商务印书馆 1981 年版，第 138 页。

第四章 "友爱"法则与新式爱情伦理

而联想到后者,因此心灵被决定只能观察那对象。"① 这时对象便具有令爱者感到特殊的性质,于是爱者开始感到对象与其他对象的独一无二、与众不同,于是爱情便由此而产生。具体到《明智的孩子》中,诺拉所爱的那个17岁的"纤瘦男孩","他身上有种特质触动了我的心。诺拉说是男孩的青春足令人感激,但多拉并不这样认为"②。可见即使两人同时爱上一个人,心动的理由也是不同的。在美国的"奢靡狂欢会"③上,年轻的多拉爱上了一个年过40,头发灰白,"西装皱皱巴巴,有时还有污渍,领带松垮有时还散开"的总是"浑身酒气"的一位外号"爱尔兰",又名"南加州的契诃夫"的美国人。但是这个男人总是吸引住多拉的眼球,"他有种与众不同的气质",吸引了多拉。④ 可见卡特认为爱不在于外貌,而是在于每个对象的特殊性,被爱者的这个特殊气质对于爱者来说具有无穷的魅力和吸引力。

最后,卡特认为爱情是个变量,永远匮乏。爱情不是线性发展的,它可以空间化,复调进行。爱情的本质是短暂的,时间的长短取决于二人关系的始终存在的动态的变化,二人关系的动态变化决定了爱情永远是个变量,而不是个常项,更不是永恒。⑤ 爱情的永恒只可能是精神上的,不可能是现实中的,变化就是爱情的永恒的特性,只有在死亡(肉体或精神)的一刻,永恒的爱情才能瞬间凝固为可能。而在现实生活中,人们往往为了追求爱情陷入感性的痴迷,丧失了理性的审视,最终为爱而牺牲了一切。在文本中我们看到为爱痴迷的悲剧。多拉叙述到:"为爱而死是我们家族的特性。我祖母就是这样,我母亲亦然。那一夜,是我这辈子唯一一次觉得这么做或许值得。"⑥

---

① [荷]斯宾诺莎:《伦理学》,贺麟译,商务印书馆1981年版,第140页。
② Angela Carter, *Wise Children*, London: Vintage Press, 1992, p.83.
③ 指有大量吃、喝、性活动的聚会。
④ Angela Carter, *Wise Children*, London: Vintage Press, 1992, p.118.
⑤ 参见[法]萨特《存在与自由》,陈宣良译,生活·读书·新知三联书店2007年版,第447—464页。
⑥ Angela Carter, *Wise Children*, London: Vintage Press, 1992, p.100.

祖母艾斯黛拉为了爱与扮演哈姆雷特的年轻演员何瑞修偷情，而被丈夫兰纳夫·哈泽德杀害；年轻而又地位卑微的母亲为了爱向梅尔基奥尔·哈泽德献出了自己的身体，从此梅尔基奥尔杳无音讯，而母亲生下姐妹俩之后便悲惨地死去了；而多拉也产生了为了一个"钢琴师"而死的想法，这个男人错把她当成妹妹诺拉。后来因为火灾最终使多拉认清了在濒临死亡的那一刻，她最先想到的却是妹妹诺拉，明白了最为珍贵的情感所向乃是姐妹亲情，而不是爱情，正如多拉所说"说实话，我最爱的是她，向来如此"①。与恒久的亲情相比，炙热而短暂的爱情已显得微不足道，多拉深有感触地说"但我想，激情也不过如此，因为如果没有诺拉，人生就不值得活了。这才是姐妹亲情"②。而前一刻还是自己的情人的"钢琴师"此刻正与别人在花园里交媾。相应的是，诺拉被佩瑞格林叔叔从火灾中救出后，首先想到的也是姐姐多拉。卡特认为，亲情是比爱情远远重要的情感。

　　柏拉图说，爱在本性上是永远缺乏的，因而永远也达不到神那样的完全的自足，所以，就人作为人而不是神才会爱而言，人也永远贫乏因而永远可以有获益。在《会饮篇》中，一个来自曼蒂尼亚的女人"第俄提玛"（Diotima）说，小爱神，即"爱"，是富有神波罗斯（Poros）与贫乏神珀尼亚（Penia）的儿子，所以他生就一方面像他的母亲那样贫乏，一方面像他的父亲那样永远追求美与善。因此，"爱"在本性上是中性的，既不善也不美，它永远贫乏，又永远在追求美与善。"爱"就是我们身上的人—神，是我们与神之间的精灵。它在我们身上存在，是为着充当我们和神之间的翻译者，把神的意旨传达给我们，把宇宙的空缺填起；同时也为诱引着我们永远去追求美与善的

---

① Angela Carter, *Wise Children*, London：Vintage Press, 1992, p. 102.
② Ibid., p. 104.

第四章
"友爱"法则与新式爱情伦理

事物,去补足我们的永远不能达到完全自足的贫乏。① 从爱情的本性上看,爱情永远匮乏,人类会穷尽一生不停歇地寻找爱情。尽管爱情是变化的,但是对爱情不断地追求则是不变的,也正是因为爱情的"变化"的特性,才导致人对爱不断追求的本性。

二

其实,以上是对爱情的纯粹哲学解读,但是生活世界的爱情观同纯粹的爱情是截然不同的,世俗生活中的爱情观是经过政治浸染的产物,折射出社会的镜像,具有映射功能。

按照上述这个思路,我们可以深刻地认识到爱情作为变量的这一本质,因此任何以婚姻来固化爱情的企图便是徒劳的,我们需要认清,爱情与婚姻是一对充满悖论的矛盾体。那么婚姻产生的根源是什么?在现实中婚姻是如何与爱情紧密相连的?作为现代人我们应当如何对待婚姻?只有厘清卡特的婚姻观和爱情观,才能理解《明智的孩子》的主题,建立非婚姻制、非血缘制的新式亲缘家庭的深层意蕴。下面带着这三个问题,我们先从婚姻的成因入手。

最初人类中的各族人民在神的时代中有两大伦理习俗:一是婚姻;二是杀人为牺牲来祭祀天神的习俗。② 第二种习俗被现代人认为是最野蛮的和最残酷的,是迷信的狂热,早已被废除。而第一种习俗婚姻还延续至今。到了现代,婚姻制的终身制早已被废除,婚姻早已不是终生的结合,但可以不断的结合,妻子也早已不必住在公婆家。但婚姻制一直保留和延续了下来,婚姻是人们尤其是女性在社会上活

---

① 参见〔古希腊〕柏拉图《会饮篇》,王晓朝译,左岸文化出版社2007年版,第202—205页。

② 最古的腓尼基人Syrians,即叙利亚人,每逢战争、饥荒和瘟疫等大难临头之时,国王们就牺牲亲生子女去平息天怒。连最博学和最聪慧的希腊、罗马民族里,父亲们都有权舍自己的出脱娘胎的子女。转引自 Giambattista Vico, *The New Science of Giambattista Vico*, trans from the 3rd edition (1744) Thomas Goddard Bergin and Max Harold Fisch, Ithaca: Cornell University Press, 1948, pp.152—160。

动的身份,一个不结婚的人是没有身份的人,被社会所排斥。谁能说此制度中不包含"用人作牺牲"这样的伦理习俗同样的野蛮和残酷呢?后者牺牲了人的肉体生命,所以令人感到野蛮,殊不知,前者同样野蛮,因为它牺牲了女性的精神生命。

在维科的《新科学》中,婚姻习俗的出现源于人类的羞耻之心而具备的伦理德行。被称为"巨人们"的原始祖先,出于对天帝同时具有的一种敬仰和一种致命的恐怖,约束住了自己的野兽般的淫欲。于是,情况就发生了这样的变化:每个男人把一个女人拖到他的岩洞里,让她留在那里和他结成终身伴侣。因此,人间的爱情的动作是人们带着羞耻心在遮掩和隐藏下进行的。婚礼就是以这种方式引入的,它是一种贞洁的肉体结合,在对某个神的畏惧之下来完成的,它的来源就是天神意旨。① 一言以蔽之,婚姻和婚后嫁夫随夫的习俗,皆出自父权制社会对女性的强行压迫,女性在此被剥夺了行为权力和行为能力。

在人类的历史中,强制性异性婚姻制是被权力渗透的文化,曾用来禁止乱伦,到了现代,异性婚姻制用于本国保护文化的纯洁性。亚里士多德在《政治学》中记述,厄里特人鼓励男女分房居住,并放纵男子间的同性行为,是为了少生育子女以便节省粮食。② 在列维·斯特劳斯的理论中,乱伦禁忌的功能是通过强制性异族通婚来维系"宗族"的统一性,也就是通过强制性异性恋来表达乱伦禁忌,并维护这个意义模糊的"宗族"。但是在 1999—2000 年当欧洲处于疆界开放、新移民涌入的情况下时,异性制婚姻为国家的文化统一起到了意识形态的作用,它保护了本国文化的纯洁不受威胁,因此异性恋婚姻制是

---

① Giambattista Vico, *The New Science of Giambattista Vico*, trans from the 3rd edition (1744) Thomas Goddard Bergin and Max Harold Fisch, Ithaca: Cornell University Press, 1948, p. 153, 504—506.

② 参见[古希腊]亚里士多德《政治学》,1272a22—23。

同文化复制联系在一起的,通过强制性的异性恋家庭制度来保护文化史欧洲种族主义新形势的延伸。① 皮埃尔·克拉斯特(Pierre Clastres)认为:"文化本身不是个独立的概念,而必须被视为从根本上就浸透了权力关系。"② 可见异性恋婚姻制不能被简化为一种文化根基,而是充斥着权力,它"并不反映某种已有的结构,而只能被理解为一种被实施的实践"③。

婚姻还是女性得以扩大社会活动舞台的渠道,是另一种形式的社会交往方式。如同鲍德里亚把物品和财富的调节流通比喻为女性流通的一样,二者的基本功能都是保障某种特定的沟通。

总之,异性制婚姻最初是神赋予人类的最初的羞耻心而形成的伦理习俗,如今婚姻同羞耻心已没有太大的关系,而成为一种权力的实施,是与国家权力的渗透、女性的社会交往方式等相关的习俗。

由此可见,婚姻的社会存在不是为了保障个人的爱情。那么人们为何认为婚姻是源自自身的需要的呢?除了上述历史和社会的成因,人的本性也促使了婚姻的存在。因此,人的本性是促使婚姻的存在的第二个原因,这是一个自然原因。但婚姻与爱情存在永远无法调和的矛盾。

克尔凯郭尔在他的《或此或彼》中对爱情本质和婚姻的产生进行了透彻的分析。克尔凯郭尔认为,恋爱是一种在感性选择模式中直接的爱,恋人双方都深信他们的关系本身永远不会被改变。④ 但是,这个恋爱中的永恒时刻在时间中无法维持自身,而爱情的本质是去爱对方。因此当热恋的双方的激情开始消失时,他们开始努力去维持或是挽救他们的爱情,并发现困难不断涌现。恋人所遇到的困境来源于热

---

① Cf.: Judith Butler, *Undoing Gender*, London: Routledge, 2004, p.126.
② [法]皮埃尔·克拉斯特:《反对国家的社会:政治人类学论文》及《暴力考古》,转引自[美]朱迪斯·巴特勒:《消解性别》,郭劼译,上海三联书店2009年版,第127页。
③ 同上。
④ 参见 Soren Kierkegard, *Either/Or*, trans. Howard V. & Edna H., Princeton: Princeton University Press, 1987, p.21。

恋中他们在感性选择模式中对绝对不变的选择的要求。这是一种直接性的选择,是完全忽视多样性的选择。随后爱情退却的困境才使他们看到了其他选项。实际上,只要人们开始在困境中挣扎,他们就已经开始在意识中进行反思了。于是,婚姻成了这个反思的选项。通过婚姻,把爱情而来的关系——这个感性永恒时刻,人生存中追求永恒性的经历,可以更长久地维持下来。然而,作为一个选项,反思需要考虑更多的因素。于是,那些和爱情无关的因素也进入了考虑的范围,甚至成为决定婚姻的重要因素。比如金钱、地位等。① 《明智的孩子》中,梅尔基奥尔与黛西结婚时考虑的是掌握美国好莱坞梦工厂,实现他雄霸全球的野心。② 这样一来,在反思中,爱情和婚姻会因为完全外在的因素而彼此毫不相关,与爱情无关的因素则可以成为一桩婚姻的决定性因素,那么,我们就不禁要怀疑婚姻的纯洁性,而质问:究竟是根据什么来决定一桩婚姻?③ 因爱情而决定的婚姻,在婚姻这一想法产生的同时爱情也将随之远去,即使这个目的如克尔凯郭尔所说是伦理选择是善的、是为了人类最终的福祉,也无法改变婚姻是爱情的困境这一不变的事实,二者的尴尬关系不可逆转。

　　由此可见,爱情是一种情感选择模式,它无法长久地维持自身,而婚姻是人们的生存选择模式,两者只有爱情这个起因作为其最初的交集,而以后二者的交集越来越少,直到其他因素完全占据婚姻这个集合,与爱情毫不相关。婚姻是依赖婚后两人的亲情、责任和理智或伦理道德来维持的,爱情在婚后只是成为回忆。因此,在民主和文明的社会中,婚姻应当成为人们的自由意志的需要,是个人的选择,社会不应当对个人强制执行,婚姻制或非婚姻制生活是本应归属于个人

---

① Soren Kierkegard, *Either/Or*, trans. Howard V. & Edna H., Princeton: Princeton University Press, 1987, p.21.
② Angela Carter, *Wise Children*, London: Vintage Press, 1992, p.148.
③ 参见谢文郁《自由与生存》,上海人民出版社2007年版,第237—238页。

的自由权力，社会无权干涉。对于婚姻的任何外力的实施都是违反人之本性的。

纵观上述婚姻与爱情无关的关系，动摇了婚姻的神圣性和必须性，瓦解了婚姻制家庭构建的根基。那么家庭的构建应当以什么为根基呢？既然婚姻制家庭不能靠爱情来维持，那么家庭应当靠什么来维持，并保持家的幸福呢？卡特把解决策略纳入亲情的视域中去。

第四节 卡特的爱情伦理与"友爱"法则

在《明智的孩子》（*Wise Children*）中，无论对于人与人之间亲情的褒扬，还是对黛西·达克和诺拉因沉迷于肉体的欲望而导致的不幸下场，安吉拉·卡特都是以轻松、戏谑的笔法描述出来的，而没有给读者以丝毫的沉重之感。这就是卡特所擅长的喜剧手法，通过狂欢式的人物、情节和场面的描写，以看似不经意的风趣、快乐的方式，把不同人物的价值观选择及结果同时呈现给读者，激发读者去做出判断。正如卡罗尔·麦古克在评价卡特小说时所提出的论断：卡特是个喜剧演员，一般而言表现得很欢乐，但其暗喻的风格却蕴含着深刻的反思。她总是像前辈（比如简·奥斯汀）那样，以愉悦的方式来表达她的全部说教。她常常客观地描写人物形象来激起读者的道德参与，让他们去判断或评价由主题所呈现的各种选择或者多种价值观。[①]从中我们不难看出卡特本人的价值立场，即一方面贬斥肉体欲望的宣泄；另一方面，努力建构一种以精神维度为基础的爱情伦理和"友爱"法则。

---

① Carol McGuirk，"Drabble to Carter：Fiction by Women，1962—1992". In John Richetti，John Bender，Deirdre David，et al.，eds. *The Columbia history of the British novel*，Beijing：Foreign Language Teaching and Research Press，2005，p. 964.

一

在《明智的孩子》中,卡特首先是以调侃的笔调向读者呈现后现代境况中人与人之间的欲望关系,赋予众多人物以纵欲狂欢的行为方式,他们在两性交往中呈现出来的是主动进攻、感性肉欲、狂欢杂交的样貌。在这戏谑的笔调中透露出作家对享乐纵欲的质疑和贬抑,以及对后现代伦理观的重估。

卡特的描写看上去都是中性的:"布里斯顿已经变化了很多。如今即使你在自家花园里恣意玩三 P 也没人会眨一下眼皮。只有隔壁戴耳环的男人可能会插嘴问一句:'保险套够用吗?'"① 然而,小说通过对两次影视人"狂欢"派对的极端、露骨的性狂欢描述,颠覆和否定了冲破"性"禁忌后肆无忌惮的状态。第一次聚会是钱斯姐妹作为舞女享有盛名之时参加父亲梅尔基奥尔的宴会——琳德园第十二夜化装舞会,这场舞会也是一场"抵挡不住自然情欲诱惑"的"奢靡狂欢会"②,在一个时间——晚上,一个场所——琳德园,男男女女在火灾之夜的露天地里狂欢杂交,"在积雪的玫瑰园里的拱形藤蔓架下"的猛力"鸡奸";男扮女装的绅士用口交的方式取悦另一位绅士;"头号风流红娘以女上男下的体位拼命扭动",而在下位的男士"不是别人正是此刻无疑已成前情人的""男高音"③。第二次聚会是多年后梅尔基奥尔家族跨越大西洋来到美国,参加美国的奢靡狂欢会。这个狂欢会云集了美国好莱坞和英国莎剧剧组等影视界的男女影星,此次聚会规模更加宏大,来自不同国家的人相聚在同一空间,在众星居住的充满奇幻的英国古风的奢华宾馆——雅顿森林(Forest of Arden)

---

① Angela Carter, *Wise Children*, London: Vintage Press, 1992, p. 27.
② Ibid., p. 103.
③ Ibid..

里，他们"开茶会""打板球""玩多P性交"①。在这个时空重叠、热火朝天的空间里，充满酒精和情欲相互纠缠的乐趣，各色人等在此不断相遇、相吸、杂交，尽情享乐纵欲。

对这种狂欢杂交的场面，卡特用暗喻的手法给予了否定："来宾像在一场化装舞会上，突然全下了地狱。这是一个冰冷刺人的夜，星星尖锐得像长长的刺针。"② 的确，这种仅仅建立在肉体快乐基础上的爱欲，是缺少人性的动物行为的反应。亚里士多德说，性爱往往是极端的友爱，只能对某一个人产生。强烈的友爱也同样只能对少数人产生。③《明智的孩子》中的杂交狂欢显然不是出于纯粹的爱情，而是"欲"。"欲"追求的只是快乐和感性，如柏拉图所说，"欲"是不肯受理性驯服的，"欲"会拉着"爱"跑向背离理性的方向，背离"智"。"欲"妨碍灵魂的积极活动，它使灵魂沉溺于肉体所触觉的快乐中去，而不去追求与灵魂一样更美更善的事物。④也就是说，肉体的快乐与灵魂的美善是截然对立的。维柯（Vico）亦认为，"野兽是自己情欲的奴隶，而人处在中间水平，同自己的情欲做斗争，而英雄却凭意志去控制自己的情欲，因此英雄的本性是处在人与神之间的"⑤。显然，维柯也将情欲视为人的低级情感。在这一意义上，卡特的立场显然具有向欧洲传统价值立场回归的倾向。

二

卡特在布里斯托大学念书时主修中世纪文学，同时对古希腊以来的哲学与艺术有着浓厚的兴趣，这也是她建构其爱情伦理体系的

---

① Angela Carter, *Wise Children*, London: Vintage Press, 1992, p. 128.
② Ibid., p. 103.
③ Aristotle, *Nicomachean Ethics*, trans. Terence Irwin, 2nd ed.. Indianapolis: Hackett Publishing Company, Inc. 1999, 1158a12.
④ Ibid., 1175b25—32.
⑤ Vico, G., *The New Science of Giambattista*, trans. Thomas Goddard Bergin and Max Harold Fisch, London: Cornell University Press, 1968, p. 515.

思想基础。

关于情爱，柏拉图认为"爱神"有两种：诗人们的贵族爱神（Eros）很恰当地被想象为生着翅膀、蒙住眼睛，而平民爱神却被想象为既没有翅膀，又没有被蒙住眼睛。这样就得出两种爱情：神性的和兽性的。前者看不见感性事物或情欲，后者却专注在感性事物或情欲上；前者凭翅膀高飞去观照理性事物，后者没有翅膀，就落回到感性事物上去。①而人的本性决定了人的爱情介于神性的爱和兽性的爱这两种特性之间。《明智的孩子》中人物的享乐纵欲行为显然具有贫民爱神的特征，它最终只能跌落到感性世界的谷底中去。那么，在这两种"爱神"的存在状态中，人应当如何选择呢？西方的思想家们曾给出过明确的答案。斯宾诺莎将这两种状态区分为"身体"和"心灵"的二元，他认为："身体不能决定心灵，使它思想；心灵也不能决定身体，使它动或静。"②因为凡是决定心灵使其思想的，必是一个思想的样式，而不是广延的样式，换言之，即不是身体。任何发生在身体方面的，必定不是构成某种思想的样式的东西，易言之，凡发生在身体方面的，必不能起源于心灵，而心灵乃是思想的一个样式。③"身体不依赖于意志的运动。"④由此观之，狂欢纵欲属于身体行为范畴，而身体的快乐无法引导我们经由道德的途径达到幸福，或者说达到精神的自由，而引导我们达到自由的只能是心灵。康德（Kant）则认为，只有站在智思的世界，我们才是自由的。由此可见，非智思的情爱是欲望本能的结果，是有限制的选择，与意志自由无关。是身体的，不是心灵的。因此，这种生存选择就其结果而言，不是由意志和理性所决

---

① Vico, G., *The New Science of Giambattista*, trans. Thomas Goddard Bergin and Max Harold Fisch. London: Cornell University Press, 1968, p.515.
② ［荷］斯宾诺莎：《伦理学》，贺麟译，商务印书馆1981年版，第99页。
③ 同上书，第100页。
④ 同上书，第104页。

第四章 "友爱"法则与新式爱情伦理

定的，是一种非自由的生存。①

从《明智的孩子》中两个核心人物黛西和诺拉的感情屡遭失败的结局来看，卡特借助传统的生存价值观，否定了后现代基于肉欲享乐的爱情观。小说中，有夫之妇、女星黛西完全被肉体欲望所控制，在她看来婚外通奸"不是啥罪"②。一开始她对佩瑞格林展开进攻，随后又爱上有妇之夫梅尔基奥尔，并与后者闪婚成为其第二任夫人，新婚不久又很快离婚，导致梅尔基奥尔的事业下滑，濒临破产。很明显，卡特通过这种是否"错"与"罪"的反讽口吻，暗示读者她本人的否定性立场。同样，通过诺拉这一形象，卡特对"速食"爱情再度予以讥讽。诺拉"总是随心所欲，把自己的心到处乱丢，好像那是用过的公交车票。她要么为爱神魂颠倒，要么就是为情心碎"③。为了"充满热情地认识人生"，她选择的开始的方式竟然是跟"一个充满酒气的已婚男子"靠在寒冷的巷尾墙壁上做爱，而且偷尝禁果之后的诺拉带着"满足的微笑如同吃过奶油的猫"④。她恋爱无数次，对情爱一次次热烈投入又一次次地退却。卡特对这种自我享乐性和爱情对象的频繁更换的描述达到了一种极为夸张的程度，表达了她对"自我享乐性"的基本否定立场。妹妹诺拉随着情爱的升温与降温更换了无数男朋友："诺拉再度坠入情网——激情似火，然后冷却；再度坠入情网，激情似火，然后冷却；然后再度——那一年我都数不清她几次坠入情网了。"⑤ 更具讽刺意味的是姐妹俩因相貌相同而令人难以分辨，姐姐多拉竟多次爱上妹妹诺拉的男朋友，并在征得妹妹的允许下，凭借与妹妹相同的容貌，先后与妹妹的多位男友约会、媾合。后现代新的道德规范的编织正是消费社会的权威所提倡和需要的道德规范，它使人

---

① 谢文郁：《自由与生存》，上海人民出版社 2007 年版，第 245 页。
② Angela Carter, *Wise Children*, London: Vintage Press, 1992, p. 139.
③ Ibid., p. 80.
④ Ibid., p. 81.
⑤ Ibid., p. 92.

们身不由己地进入了爱情速食的时代,人们的心态变得越来越不能等待、不能忍受、不能坚持、不能迁就一段情爱。不合适、不快乐的爱情迅即被淘汰、被更换、被舍弃,从而使主体获得更多的选择机会,后现代社会最不缺少的就是选择的机会和消费的对象;而被享受的爱情也同时促使爱情本身的解体和消亡,于是主体重新进行下一轮选择,寻找下一段新的情爱。诺拉与多拉享受了一辈子的性爱,曾有过数不清的追求者,但她们到了 75 岁的高龄还未曾结婚,这就是当下爱情速食的写照。

卡特除了描写这种速食爱情,还有完全无视传统伦理的性爱行为。小说中的养父佩瑞格林叔叔就是这种动物式性爱的代表人物——一种后现代的非道德意识形态的产儿,在他那里找不到"准则"二字,他的行为充满了荒谬,甚至已看不到其行为的动机:早年诱奸了年仅 13 岁的侄女多拉,年过百岁还与 75 岁的侄女交合。在此期间他与哥哥梅尔基奥尔的第一任夫人通奸生下两个女儿,后来又与梅尔基奥尔的第三任夫人通奸生下一对双胞胎儿子。由此,卡特把后现代社会中的肉欲之爱描写到极致,本着这种兽性的爱,诺拉、黛西和佩瑞格林等人物在择友时,以对方以能否给自己带来"快乐"作为其交友标准而不是出于理性判断。这些受快乐和欲望支配的人物最终都没有得到爱情。卡特以此告诉读者,人应当控制住兽性之欲望,而不能任其支配人的神性或理性,这些人物身上折射出卡特对享乐纵欲的质疑和贬抑。亚里士多德认为,年轻人之间凭着感情追求快乐,很容易相爱,爱主要是受感情(对方令人愉悦)的驱使,以快乐为基础。这种以快乐为基础的性爱关系,以快乐为目的,游戏性爱,当快乐退去,情爱即随之而消失。[①]

当然,卡特也会借助人物之口来表明她本人的看法。在小说中,

---

① Aristotle, *Nicomachean Ethics*, trans. Terence Irwin. — 2nd ed., Indianapolis: Hackett Publishing Company, Inc., 1999, 1156a32—b4.

第四章 "友爱"法则与新式爱情伦理

年老的多拉内心充满对年轻时感官享乐的质疑和悔恨,她说:"我这才明白过去我始终无法体会的东西。因为那时我还年轻,我想要稍纵即逝的感觉,想要那转瞬的一刻,只为活在光彩夺目的那一刻,那里有沸腾的血液和掌声。抓住这一天。吃掉到手的桃子。明天永不再来。但是,哦没错,明天确实会再来,而且我可以告诉你,它一来就会该死地拖好久。"[1]这句话的言外之意是,仅仅追求当下一刻的纵情享乐,带来的却是明天无尽的悔恨和痛苦。小说中呈现给读者形形色色的性爱:同性恋易装者之间的鸡奸、兄妹乱伦、叔侄乱伦、叔嫂通奸、年龄差距三十岁的婚姻、性怪癖者、水性杨花者,等等,卡特用轻松、欢乐的笔触描绘了一场场性杂交的盛宴。其结论是,这种肉欲的满足并不能构成幸福,与最大的福祉相去甚远。这恰恰印证了梅特里的话:"官能的快乐如果不善加节制,便要丧失它的全部活力,不再成为快乐。"[2]

托马斯·莫尔(Thomas More)在《乌托邦》(*Utopia*)中指出,如果有人主张饮食可口这种享乐构成他的幸福,"他就势必承认只有过这样的生活,不断饥渴,不断吃喝,不断发痒,不断用指甲挠,那才算非常幸福。谁不知这样的生活是可厌而悲惨的呢?那些快乐是最低级的、最不纯的,因为伴随这种快乐的绝不能没有痛苦作为其对立物。……而且两者不均衡,痛苦较强烈而且更持久。痛苦产生于快乐之前,直到快乐和它一同消失它才结束"[3]。以此类推,纵欲享乐也类似于饮食可口等类似的感官之享受,它以产生性饥渴(或感性的不快乐)之痛苦为先,并不断饥渴,这样的生活也是可厌而悲惨的,痛苦总是多于快乐,属于最低级的、最不纯的快乐。除此之外,乌托邦人还对快乐"定出这样的限制:不因小快乐而妨碍大快乐,不因快乐而

---

[1] Angela Carter, *Wise Children*, London: Vintage Press, 1992, p.125.
[2] [法]拉·梅特里:《人是机器》,顾寿观译,商务印书馆2007年版,第4页。
[3] [英]托马斯·莫尔:《乌托邦》,戴镏龄译,商务印书馆1982年版,第80页。

引起痛苦后果。而且，低级快乐一定带来痛苦后果"①。这正如柏拉图将爱分为"天上的"和"凡间的"爱，后者"所眷恋的是肉体而不是灵魂"，"它只选择愚蠢的对象，因为它只贪图达到目的，不管达到目的的方式美丑。因此，怀着这种爱情的人苟且从事，不管好坏"②。《明智的孩子》正是以其后现代笔法诠释了在传统伦理审视下的现实人际关系，否定了基于肉欲的情爱关系。那么，人类如何摆脱这种低级状态呢？其实这才是卡特小说的主旨所在，那就是通过建立一种"友爱"的亲情关系，从而将人类引向真正的自由与幸福。

三

卡特以戏谑的笔法展现了后现代境况下的所谓情爱关系，由此表明，人类最美好的关系并不是所谓爱情，而是基于灵魂沟通和性情相合的"友爱"，这就是卡特的"友爱"法则。

欧洲的"友爱"伦理最早是由古希腊亚里士多德提出来的。亚里士多德在《尼各马科伦理学》(Nicomachean Ethics)的第2卷第7章第一次提到"友爱"，他说："在日常生活的愉悦性方面，我们称那种让人愉悦得适度的人是友爱的（friendly），这种适度的品质也就是友爱（friendliness）。"③ 在后来的第8、9卷中亚里士多德详尽地阐释了"友爱"（friendship），他开篇指出"友爱"是一种"德行"（virtue），是生活中最必需的东西。④ 随后在第8卷的第12章中阐释了"家庭中的友爱（Friendships in Families）"，他指出，"家庭的友爱有许多种，但都是从父母同子女的友爱派生而来"，因为父母爱子女，是"把他

---

① ［英］托马斯·莫尔：《乌托邦》，戴镏龄译，商务印书馆1982年版，第81页。
② ［古希腊］柏拉图：《会饮篇》，王太庆译，商务印书馆2013年版，第17页。
③ Aristotle, *Nicomachean Ethics*, trans. Terence Irwin. — 2nd ed., Indianapolis: Hackett Publishing Company, Inc., 1999, 1108a28—29.
④ Ibid., 1155a4—5.

第四章
"友爱"法则与新式爱情伦理

们当作自身的一部分"①。并随后详尽阐释了父母与子女之间的爱、兄弟之间的爱,以及夫妻之间的爱。②因此,亚里士多德的"友爱"不同于现在的"友谊",它的内涵非常广,指除去情爱或爱情之外的人类所有的亲缘之情,如亲子之爱、夫妻之爱、兄弟姐妹之情、亲属之情,等等。卡特用她特有的喜剧手法试图重建亚里士多德的友爱乌托邦,不过在她的笔下,这种"友爱"法则体现为一种新式家庭伦理观。

卡特的这种伦理观的形成有一个重要的原因,这就是她个人独特的生命体验。卡特1972年结束了第一段婚姻,1977年37岁的卡特与19岁的马克·皮尔斯再婚,并在不惑之年生下儿子,承担一位母亲的哺育、抚养之劳苦,这段意外而又难得的为人之母的经历,使卡特对血缘与非血缘的亲缘之爱之间的张力有了更加敏锐的体察。卡特在《蜜糖爸爸》(*Sugar Daddy*)一文中曾谈到她和父亲的关系,说她和父亲之间有一个"奇怪的深渊,这条深渊把最近的亲缘关系分离开来",因此,"我在理论上反对'血缘关系'这种观念"③。然而,儿子带给她的爱又是一种基于血缘的关系。这使得她开始思考,其实真正的爱与血缘并没有必然联系。血缘既可以带来爱,也可以带来恨。如亚里士多德所言,爱的始基来自对他人"自身"之爱(as the beloved is who he is),而不是他人能向我们提供好处或快乐等偶然性因素(incidental)④。因此,亚里士多德把"友爱"分为三种类型,分别是有用的朋友、快乐的朋友、有德行的朋友,其中只有第三种类型的友

---

① Aristotle, *Nicomachean Ethics*, trans. Terence Irwin. —2nd ed., Indianapolis: Hackett Publishing Company, Inc., 1999, 1161b17—19.
② Ibid., 1161b20—1162a34.
③ Angela Carter, "Sugar Daddy", *Shaking A Leg*, London: Chatto & Windus, 1997, p. 28.
④ Aristotle, *Nicomachean Ethics*, trans. Terence Irwin. —2nd ed., Indianapolis: Hackett Publishing Company, Inc., 1999, 1156a16—18.

· 151 ·

爱最为持久，而前两种都不稳定而容易消失。① 易言之，友爱因自身之故而发生，并不是来自他人之外的"血缘关系"的命令。也如西塞罗所说，"除了在纯粹'友爱'本身中去寻找'友爱'外根本别无他途"②。《明智的孩子》体现了多样化的"友爱"关系，包括夫妻、（养）父女、（养）母女、姐妹以及各种亲朋关系，在这些关系中，有血缘关系，也有非血缘关系，但他们之间的爱恨情仇都与血缘和各种法律关系毫不相干。在卡特看来，即使建立家庭，最重要的也是人与人之间的"亲缘"，抑或"友爱"关系，而非血缘关系。也就是说，卡特为人之母的经历，非但没有强化她对血缘关系的肯定，相反，却促使她进一步思考人与人之间基于纯粹友爱的关系。这正像西塞罗所说的："从广义上来讲，友爱的产生先于血缘关系（kinship），善意（good-will）会从血缘关系那里被拿走；因为当'善意'被拿走时，友爱就不存在了，尽管血缘关系还维持着。"③ 而卡特的理解则是，婚姻制家庭中的血缘关系只是人们头脑中所幻想的浪漫、甜蜜的神话，实际上却成为阻碍人们建立新式家庭模式的屏障。

在《明智的孩子》里的"友爱"关系中，作者刻意描写了非血缘的母女关系和父女关系。养母——"外婆"收养了钱斯姐妹这对私生双胞胎，待她们亲如生母。她"抱着我们。唱摇篮曲给我们听，喂我们东西吃。她是我们的防空洞，我们的娱乐节目，我们的乳房"④。"外婆"死后不仅把房子留给钱斯姐妹，而且"把一切都留给了我们，我们一切都欠她的，并且我们越老越像她。真是后天战胜先天啊"⑤……养

---

① Aristotle, *Nicomachean Ethics*, trans. Terence Irwin. —2nd ed., Indianapolis: Hackett Publishing Company, Inc., 1999, 156a7—14.
② Cicero, *On Moral Ends*, Julia Annas, ed., Raphael Woolf, trans. Cambridge: Cambridge University Press, 2004, p. 87.
③ Cicero, *Cicero De Amicitia (On Friendship) and Scipio's Dream*, Marcus Tullius, ed., Andrew P. Peabody, trans. Boston: Little, Brown, and Co., 1887, p. 15.
④ Angela Carter, *Wise Children*, London: Vintage Press, 1992, p. 29.
⑤ Ibid., p. 28.

第四章
"友爱"法则与新式爱情伦理

父——佩瑞格林叔叔待她们比生父还好,而她们也深爱着佩瑞格林,"他对我们比一个父亲所做的还要好得多,更不用说还担负着我们绝大部分的开支。我知道我应当用一个比叫他叔叔更近的称呼"①。他"是尽职责的父亲,作为甜心爸爸他更是双倍的好"②。钱斯姐妹的生父梅尔基奥尔抛弃了她们,但她们对没有血缘关系的"轮椅"——梅尔基奥尔的第一任前妻 A 夫人(Lady A),却"很有感情"③,带她出去购物、呼吸新鲜空气,把她推到电视前看她最喜爱的广告,待她如同照顾"老小孩"。钱斯姐妹没有自己的亲生子女,但干女儿蒂芬妮(Tiffany)却是她们的"心肝宝贝""小亲亲"④。由此可见,小说以钱斯姐妹为中心,搭建起了一个非血缘的"友爱"空间,作者力图以此证明,通过在对方身上体现自己生命意义的友爱伦理战胜了由血缘关系缔结的"先天性"和法律义务。

此外,血缘既然不是友爱的必要条件,则在血缘关系之内产生的隔膜与冲突,同样可以通过友爱伦理的渗透而得以化解。所以,小说为此设计了梅尔基奥尔的百岁宴会,让过去曾一度破裂乃至充满仇恨的血缘关系——夫妻、母女、父女、兄弟等,在这个宴会上通过语言的交锋得以重新整合,化解前嫌。当年梅尔基奥尔为了渴求名声抛弃了前妻 A 夫人,而 A 夫人年轻时因孤单寂寞与梅尔基奥尔的弟弟佩瑞格林私通,并生下两个女儿。最终在百岁生日宴上,佩瑞格林主动向哥哥道歉,这对从小就性格不合而形同陌路的兄弟,终于彼此原谅了对方。小说还写到了破裂的血缘母女关系的复合:萨斯基亚姐妹最终与四十年未见的母亲"轮椅"和解。她们先前偷走 A 夫人的钱,把她赶出了自己的家,几十年来都不曾问津更别提照顾轮椅上的生身之

---

① Angela Carter, *Wise Children*, London: Vintage Press, 1992, p. 17.
② Ibid., p. 34.
③ Ibid., p. 7.
④ Ibid., p. 8.

母，而此时在父亲的百岁生日宴上，两个女儿"每个人抓着 A 夫人裙子的一角，亲吻着，求她原谅她们，既往不咎，等等。接下来是情绪激动的母女和好的场面"①。同样还有血缘父女之情的修复。钱斯姐妹从最初的童年时代就想得到梅尔基奥尔的父爱，但父亲却从未承认她们，同样是在这次生日宴会上，双胞胎姐妹与亲生父亲公开相认，获得了她们盼望一生的父爱。

四

与一般文学作品对爱情的赞颂所不同的是，卡特认为温情脉脉的亲情是永恒的、不可或缺的情感，亲情给人温暖、安宁与祥和的感觉。她认为亲情虽然没有爱情那么炙热，但它的伟大远远胜过爱情，它是人们更应当珍惜的情感。而现实中的爱情不是永恒的，它是一种无法被固化的、永远处于变化中的存在方式。追逐爱情是人的本性，是人际关系中的一种极端化表现，它使人的情感进入非理智控制的激越状态，从而具有强大的破坏性。在传统的文学样式中，爱情的这种实质往往被修饰和遮蔽，而在卡特的后现代笔法之下，爱情的本质被"祛蔽"，它的非友爱性得到淋漓尽致的彰显。历史学家劳伦斯·斯通（Lawrence Stone）认为，西方在 16 世纪以前，家庭本质上是一种压制性机构，婚姻不是情感寄托的核心。所谓浪漫爱情只盛行于彬彬有礼的上流社会圈子中，它与婚姻和家庭之间不存在什么关联。在小说中，卡特通过卡恩太太（Mrs. Khan）对爱情不计代价的盲目追求的描写，揭示了爱情不仅与婚姻无关，更为重要的是，它还会使人沦入非人的状态。已离异的年老的卡恩太太对前夫穷追猛打，做"风衣"跟踪人，打骚扰电话，大费周折地做现代的医学整容术，把自己年老的容貌变成卡恩要迎娶的年轻新娘诺拉的样子。卡恩太太的生活旨趣

---

① Angela Carter, *Wise Children*, London: Vintage Press, 1992, p. 216.

第四章
"友爱"法则与新式爱情伦理

完全被爱情所操控,成为爱情的奴隶,完全丧失了人的尊严。正如黑格尔在谈到德国剧作家兼诗人克莱斯特(Kleist)的浪漫主义剧作《海尔布隆市的克钦姑娘》(*Käthchen of Heilbronn*)时说的,爱情"成为生活中唯一重要的或至高无上的事,不仅要抛弃一切,和心爱的人逃到一个沙漠里去,使自己和世界隔绝,而且还走到做爱情的奴隶,为它而牺牲一切人类尊严的极端——这当然不美"[①]。

不可否认,爱情是人类不可缺少的情感,但是从本体论来讲,苏格拉底说,爱情是透过对象的各种表象,发现"美本身"[②],对于柏拉图来说真正爱情的本质特征是"与真理发生关系"[③],爱情使爱者感受到美、艺术和真理,这是属灵魂的。但是我们同时也要认识到,在一般意义上爱情关系是凡俗的,表现出一种疯狂与执着,是"凶猛的爱恋"[④]。不仅如此,凡俗的爱情还是个变量,这个变化不可逆转,对爱情周而复始的追逐是人类无法逃脱的宿命。正如亚里士多德所喻指的圆柱人一样,先民们最初都是圆柱形的,有前后两面,无所不能,后来作为惩罚,人被神劈成了两半,于是成为现在的只有一面的样子,因此不完善的人穷其一生都在苦苦追寻自己的另一半。只有神,即完美的存在才不会处于缺失和追寻自己另一半的状态,因为神本身就是完美的。后现代主义理论家福柯在《性经验史》第五章"真正的爱情"中,通过《会饮篇》《佩德罗篇》《法律篇》总结了柏拉图的"性爱论",指人必须通过了解欲望的真正本质来让性爱达到真理,也就是说,人应当通过自我控制来确保恰当地使用快感,分配快感,来确保对各种快感的节制。[⑤]由此福柯认为,古希腊哲学是"作为澄清一种

[①] [德]黑格尔:《美学》第2卷,朱光潜译,商务印书馆1996年版,第330页。
[②] [法]福柯:《性经验史》,佘碧平译,上海人民出版社2005年版,第278页。
[③] 同上书,第279页。
[④] [古希腊]柏拉图:《裴洞篇》,王太庆译,商务印书馆2013年版,第36页。
[⑤] [法]福柯:《性经验史》,佘碧平译,上海人民出版社2005年版,第282页。

把个体塑造成道德行为主体的自我关系的形式的'伦理'史"①。

而卡特是站在后现代境况中回望亚里士多德的立场,刻意描写了爱情对"友爱"关系的破坏性功能,表达了"亲情"才是最稳定不变的情感,也是最密切的社会关系的建构性理念。她的这种理念同样也契合了古罗马时代西塞罗的伦理观。西塞罗把各种道德责任分出主次,"首先是国家和父母,其次是儿女和家人,最后是亲戚",这一系列的血缘关系是人应负的道德责任,但"性情相合、志趣相投而结成的那种友谊是人间最美好的关系"②。"当两个人理想和兴趣相同时,他们自然会像爱自己一样地去爱对方,结果是几个人融为一体。"③这是对古希腊伦理观的一种继承,二者都是卡特本人建构其友爱伦理体系的文化基础。

小说中,诺拉与多拉两姐妹一生都没有找到真正的爱情归宿,但彼此之间却保持了志趣相投的姐妹"友爱",形成了一种超越恋人关系的美好亲情,而这种"友爱"亲情经历了大火的历练。在梅尔基奥尔的一场超大型试演会上发生了火灾,此前,多拉爱上了一名"钢琴师",甚至想过可以为他去死,尽管这个男人错把她当成妹妹诺拉。但是在火灾突发之时,在濒临死亡的那一刻,多拉最先想到的不是恋人"钢琴师",而是妹妹诺拉。她像疯了似地在大火现场混乱的人群中着魔一般寻找妹妹,寻找她丢失的肢体,她身上最重要的一部分,可先前她在与恋人的火热激情中竟完全只顾自己而没考虑到妹妹,虽然她身上仍有恋人刚刚留下的吻痕,但她明白那只不过是激情而已,很快就会消失,而"如果没有诺拉,就不值得活了。这才是姐妹亲

---

① [法]福柯:《性经验史》,余碧平译,上海人民出版社2005年版,第287页。
② [古罗马]西塞罗:《论老年 论友谊 论责任》,徐奕春译,商务印书馆2003年版,第115—117页。
③ 同上书,第116页。

情"①,"说实话,我最爱的是她,向来如此"②。与恒久的亲情相比,炙热的爱情是那么的短暂,前一刻还与自己如胶似漆的恋人"钢琴师",此刻却在花园里与别人交欢。与多拉相应的是,妹妹诺拉被佩瑞格林叔叔从火灾中救出后,首先想到的也是姐姐多拉。如前所述,在爱情方面,诺拉是一个彻头彻尾的失败者,她所交往的男友多得已无法计算,"她先是激情似火,然后冷却撤退;总是忽而燃烧,忽而冷却"③。然而,她却收获了姐妹"友爱",这是比爱情更为重要、更为稳固的情感,它可以延续一生;而爱情则与之相反,总是短暂而变化,谁也不能永远使它长久,除非它向"友爱"进行转化。正如福柯所说:"从爱情关系(注定要消失的)向一种友谊或友爱关系(philia)的可能转变不仅在道德上有必要,而且在社会上有用,有关这方面的问题就被提了出来。'友爱'被冠以不同于爱情的关系,它有时出自爱情关系,人们也希望它出自爱情关系。它是持久的,只与生命一起终结……"④

综上所述,古希腊"友爱"理念成为卡特诉诸改善社会的一剂良药。从卡特的"友爱"法则不难看到,最美好的人类情感是温情脉脉的亲情而非令人心绪跌宕起伏的爱情。卡特的"友爱"观是对自文艺复兴以来现代社会人伦关系的再思考,这种传统人伦关系是靠规范的社会关系来维持的,比如血缘关系、具有社会责任的结合关系(夫妻、职场关系等);但在历史发展过程中,这些关系都被物质利益及私欲所控制,血缘关系在传统文化语境中被认为是人际关系的天然纽带,但在人类文化的发展过程中,却有越来越多的物质条件附加在血缘关系之上,而由夫妻所建构的家庭空间、由职场关系所建构的交往

---

① Angela Carter, *Wise Children*, London: Vintage Press, 1992, p. 104.
② Ibid., p. 102.
③ Ibid., p. 81.
④ [法]福柯:《性经验史》,余碧平译,上海人民出版社 2005 年版,第 250 页。

空间都逐渐演变为利益和欲望追逐的"名利场"。因此，卡特试图建构一种超越血缘伦理、超越法律责任关系的共同生存空间，在这个空间之中，"友爱"是至高无上的原则。因此，在她的笔下，最美好的人际关系并不以血缘、法律责任为前提，而是基于同情与关爱的"友爱"，以这种"友爱"而非血缘为根基所建构起来的新式家庭模式，成为一种充满活力的"共同体"，显示了一种人性化伦理观的诉求，这是对后现代伦理观的重估和对新伦理观重建的探寻。而在卡特的心目中，这也许不仅是一个理想的乌托邦，而且在现实社会中已经具备清晰的可行性。

第五章

人性的自然法则：非婚姻制亲缘家庭观

前文谈到，后现代政治的游戏化爱情观动摇了婚姻制家庭的根基；同时，爱情的种种特性说明婚姻并不能使爱情持存，那么婚姻制家庭是无法靠爱情来维持的，这也动摇了婚姻制家庭的基础。一位酷儿理论家曾说："传统的家庭价值不会持续到下个世纪，随着人的寿命的增加，我不相信人们能保持50年的一夫一妻制婚姻生活。"[①] 那么未来社会的人们将如何建立家庭？从欧洲文化史来看，婚姻制早已饱受诟病。而后现代的新伦理观——正义性道德和商谈式法制理论，建构了新式亲缘家庭存在的伦理根基，卡特正是在这种新伦理观之视域里发出了构筑一种新式亲缘家庭的吁求。新式家庭可以是非婚姻制的、包容性的，在自愿的基础上建立的开放式家庭。它具有正义性道德和商谈式法制伦理，它是对人性和自然法则的尊重，它具有现代社会的合法性依据，是真正的友爱，即具有德性的友爱，而不是空幻的乌托邦。

---

① Grant, L. "Sexing the Millennium", in *A Political History of the Sexual Revolution*, London: Harper Collins Publishers, 1993, p. 267.

第一节　欧洲文化史上的婚姻制家庭观

卡特的未来家庭模式的特点是废除把家庭建立在单一异性婚姻制根基上的霸权，把非血缘的"友爱"关系纳入家庭中来。在西方直到20世纪的第二次世界大战之前，婚姻制度一直受基督教传统的影响很深。追溯历史上众多的婚恋自由观，不难看出主张废除婚姻制家庭的观点古已有之。

首先，柏拉图在《理想国》(The Republic) 中提出废除家庭，在护国者阶层中实行妻子和子女共有。这种制度在现实中很难存在，也是不可取的。柏拉图对所有那些可能反对他在其想象的共和国中建立共妻制的人所提出的唯一解释是："须知'有用的则美，有害的则丑'这句话现在是名言，将来也是名言。"① 显然，柏拉图从公共效用的基础上来谈论婚姻制的废除，从另一个侧面来看也反映了婚姻制难以自身克服的弊端。后来，亚里士多德在《政治学》第二卷反驳了柏拉图在《理想国》里有关家庭组织应被废除的提议。他相信这一提议是不切实际的，而且也不能带来城邦的团结。它对德行培养方面也没有好处。人类因为两个原因而关怀事物并对它们拥有感情："它自己的事物，并且是珍贵的东西。"② 其次，托马斯·莫尔于1516年在《乌托邦》中也不主张废除家庭，莫尔主张"在乌托邦，由亲属关系结成的家庭是社会生产的基本单位。如果家庭不存在，整个社会就要瓦解"③。由亚里士多德和莫尔的观点，我们可以肯定"家庭"是不能废除的。此后不断有思想先驱提出废除婚姻制的观点。需要注意的是，

---

① [古希腊] 柏拉图：《理想国》，郭斌和、张竹明译，商务印书馆1986年版，第190页。
② [古希腊] 亚里士多德：《政治学》，吴寿彭译，商务印书馆2009年版，1262b19—21。
③ [英] 托马斯·莫尔：《乌托邦》，戴镏龄译，商务印书馆1982年版，第8页。

第五章
人性的自然法则：非婚姻制亲缘家庭观

废除婚姻制并不是完全意义上的废除家庭，尤其是在卡特的视域下，家庭与婚姻制已经不像过去那样是几乎等同的概念。

其次，自18世纪末起英国的威廉·葛德文、诗人雪莱等思想的先驱都著述表达了"爱情自由观"和反对婚姻制度的态度，都主张废除婚姻制。威廉·葛德文于1793—1798年在《论政治正义及其对道德和幸福的影响》一文中指出，婚姻制度已变成一种欺骗制度，婚姻是所有权的问题，而一个人是不应该成为另一个人的所有物的。[①] 葛德文认为，婚姻就是用"人为的制度禁止两个人遵从自己的思想的指导"，所以婚姻乃是"最恶劣的垄断"。葛德文坚信应当"废除现行的婚姻制度"。受葛德文的影响，雪莱严厉地攻击了强制的婚姻制度，指出爱情的本质在于自由，而保证永远只爱一个人与保证永远只能信仰一种宗教一样，都是不合情理的。所谓"忠贞"，若是脱离了它所能给予的幸福，它本身则无"美德"可言。两性关系只有在它能给双方带来幸福时才是神圣的，一旦弊多于利，两性间的这种关系便自然而然解除了，这种分离丝毫没有什么不道德的地方。雪莱得出结论："再没有一种制度，比婚姻制度更与人类的幸福抵触不相容的了。""取消了婚姻制度，势必使两性关系得到适宜和自然的安排。"[②] 歌德的超时代的自由爱情观在其1809年的《亲和力》中得以体现，这是唯一一部自觉地要力图表现出对现行的婚姻制度否定的作品。随后，施莱格尔在《卢勤德》中把矛头指向了被强制在一起生活的虚伪的婚姻。还有，法国的乔治·桑（George Sand）在《雅克》中反对婚姻制度，她指出婚姻是古往今来最可憎的制度之一。如果人类在正义和理性的轨道上前进一步的话，这个制度就会被废除，那时将代之以一种更合乎人性的、其神圣性并不因此而减少的结合……桑的基本思想是，当爱情已经不在时，如果还想设法保存感性的皮相，这乃是爱情

---

① 参见余凤高《西方性观念的变迁》，湖南文艺出版社2004年版，第68页。
② 余凤高：《西方性观念的变迁》，湖南文艺出版社2004年版，第39页。

关系中的不道德行为，她还预言一种更人道的关系将代替婚姻关系来繁衍后代。瑞典阿尔姆克维斯特在《这就行了》中表达了，真正的爱情不需要通过婚礼的奉献，相反，婚姻的仪式正好说明了婚姻的虚假性质，因为它构成并强化了虚伪的联盟。他主张用小说中主人公商定的婚姻关系来取代现存社会的婚姻制度。其论文《欧洲不满的基础》指出欧洲社会不协调的最主要基础在于人们在婚姻上的同床异梦。

再次，杜威（John Dewey）的研究者詹姆斯·坎贝尔（James Champell）在谈到异性一夫一妻制时也指出了婚姻制作为习俗的难以更改性，尽管它遇到了当代的困难而应当被更改。坎贝尔认为，杜威十分强调"习惯"对人的塑造，他认为"习惯""支配着我们，而不是我们在支配着它们。它们驱动着我们，它们控制着我们"[1]。我们习俗的神圣化阻抑了可能的评价。结果，我们经常发现如果不抛弃我们视之为自己一部分的东西，我们就不能改变我们的习俗。在我们的传统使我们成其所是这个意识上来说，若要改变它们就会使我们成为别的东西。所以，我们生活在冲突之中，无法做出适应。例如，我们是这样的人，无视当代的现实情况而捍卫异性一夫一妻制为正确的婚姻形式。我们坚持着我们往昔岁月中被神圣化了的成分，因为抛弃它们就是抛弃我们自己。[2]

最后，福柯倡导同性制婚姻家庭。福柯提到"反性"（anti-sex）现象，一种新的生活方式。福柯认为同性恋也是一种生活方式。在古希腊，并没有"同性恋"这个词，但同性恋现象与异性恋现象同时存在，希腊人并没有大惊小怪。福柯说同性恋与异性恋应当有同等的权利，这两种"恋"之间并没有"差别"，只是快乐的生活方式不一

---

[1] ［美］詹姆斯·坎贝尔：《杜威的共同体观念》，［美］拉里·西科曼主编《阅读杜威——为后现代做的阐释》，徐陶等译，北京大学出版社2010年版，第34页。
[2] 参见［美］詹姆斯·坎贝尔《杜威的共同体观念》，［美］拉里·西科曼主编《阅读杜威——为后现代做的阐释》，徐陶等译，北京大学出版社2010年版，第45页。

样。① 以法律来说，根据普罗塔库的记载，梭伦法中有公民方可以有宠爱的少男，希腊的上层社会把这种行为视为特权。② 古希腊男子之间盛行的同性爱风习最初可能与成年男子训练与教育成为新公民的青少年的制度安排有关。③

可见婚姻制与爱情问题是两个不可调和的张力，而卡特的新式亲缘家庭观念从历史上看则是一种整合性的发展。卡特不主张废除家庭，这一点同亚里士多德和托马斯·莫尔对家庭的强调一样，她在《明智的孩子》中借叙述人多拉之口说出了家庭存在的必要性和不可替代性，它是人的最终归属。但是与莫尔不同的是，卡特主张家庭与婚姻无关，不必建立在婚姻制的血缘关系基础上，在家庭中血缘并不是构筑家庭的必要和基本条件。易言之，家庭建构的必要条件不是生理上的血缘关系，而是友爱的情感因素，因此建立在生理血缘关系之上的家庭并不是家庭构筑的必要条件。与近代思想家的唯爱情论的观点不同，卡特认为爱情不一定在家庭内部，家庭内部存在的往往是亲情、友爱、责任。那种幻想以爱情贯彻如一的家庭，会以爱情一次次冷却和家庭一次次瓦解而告终，使人始终处在精神漂泊的状态。这样的家庭不仅找不到归属，反而会产生家庭的悲剧。与以往婚姻家庭的观点不同，卡特提出了独特的观点：家庭不必建立在婚姻制之上，但必须建立在友爱抑或类似的亲情之上，家庭成员不必由异性组成，而可以由同性和她们之间的友爱而不是情爱而组成，在同性之间的非婚姻制的家庭（也就是非同性恋家庭）中，家庭成员永远不会因情爱而使彼此的心灵受到伤害，这种建立在亚里士多德的"友爱"基础上的家庭是最幸福、最稳定的家庭结构。

---

① 参见［法］福柯《性史》，张廷深译，上海科学技术文献出版社1989年版，第68页。
② 参见廖申白《亚里士多德友爱论研究》，北京师范大学出版社2009年版，第33页。
③ 参见［法］福柯《性史》，张廷深译，上海科学技术文献出版社1989年版，第31页。

非婚姻制家庭的建立是时代发展的必然趋势。令人欣慰的是，法国是第一个实践的国家。在法国，"公民结合契约"（PACS）作为婚姻之外的可选方式的提议，说明了一方面国家权力允许公民寻求避免单一依赖婚姻制；另一方面，国家权力试图保障公民其他关系形式的合法纽带。尽管在涉及生殖和领养问题时，这种方式面对着一种限制，但是法国的民主在全球领先是一种进步。

一直以来，异性恋是构成亲缘关系的根基，也就是亲缘关系总是以一种异性恋关系呈现出来。巴特勒认为，"我们必须把视异性恋为基础的假设解读为权力运作的一部分"，从而考察这个基础的调用是如何建立在政权和民族国家的某种幻想之上的，考察关于性的关系在文化传承及复制时所起到的重要作用，而且"儿童这个角色在文化的复制中已经成了一个被性化的场所"。儿童成为保持异性恋亲缘关系的首先要考虑的重要因素。巴特勒继续说道："异性恋保障了文化的繁衍，而父系结构保障了文化以整体的形式繁衍，使其身份可以通过时间而得以复制。"[①] 由此观之，异性恋的婚姻制不是自然化的产物，而是国家政权为了承传父系结构的文化的一个社会权力产物。保护异性恋是出于文化的保护。因此，在人类学领域，亲缘关系虽然仍是一种复杂的文化现象，但已不再被视为文化的基础。随着离散文化、全球政治经济动态，或是生物技术和生物医学领域内的变化，艾瑞克·法辛认为，如果谁把婚姻和亲缘联系起来作为"象征秩序"，谁就是对作为霸权制度的婚姻的历史性崩溃所做的一种补偿性反应。人类学家富兰克林和麦金农在《亲缘关系研究的新方向：对一个核心概念的重新回顾》中认为，亲缘关系"不再被构想为立足于一种单一固定的'自然'关系概念，而是被视为一种有自觉意识的、多重碎片的组装"。也就是说，亲缘关系变为一种有意义的个体自由意志的行为，

---

① Judith Bulter, *Undoing Gender*, London: Routledge Press, 2004, pp. 128—129.

"没有实存（being），只有行为（doing）"。不难看出，亲缘关系在全球化的后现代社会中迅速地失去了自己的专指性。比如在国际领养和人工授精的新条例下，不少新"家庭"的结合关系不是以生物为基础的，这样各种亲缘关系（以前的"亲缘关系"仅指"血缘关系基础上的亲缘关系"）就来到了边界地带，而需要重新构想友爱的定义。"这些都导致了传统亲缘关系的'崩溃'，不仅从定义上颠覆了生物关系及性关系的中心地位，而且赋予了'性'一个远离亲缘关系的空间，使得我们可以在婚姻框架之外来思考持久纽带，因而扩展了亲缘关系。"① 卡特对亲缘家庭的建立的构想写于1991年，对于后起的后现代的人类学家和哲学理论家的性别研究新理论的构建，无疑具有开拓性和启发性意义。

如何选择新的亲缘关系成为一个丰富人际关系的问题。福柯对选择的缺乏提出了抗议，他指出："我们生活在一个制度相当匮乏的关系世界。社会和制度限制了人际关系的可能性，因为一个具有丰富的人际关系的世界管理起来太过复杂……在这个世界中，人际关系的可能性极为稀少，极为简单，极为可怜。当然，存在着一些基本的婚姻关系和家庭关系，但是还有多少其他关系应当存在啊……"福柯极为赞同古代将男性之间的友谊制度化的社交方法。而卡特的亲缘家庭类似于女性之间的友谊制度化的社交方法。福柯认为："我们应当使现有的由法律加以制度化的人际关系多元化……应当试着去想象和创造一个新的人际关系权利，它允许一切可能的关系类型的存在，不受贫困的人际关系制度的阻碍，拘束或禁止。"② 这一倡议与意大利女权主义集体"米兰妇女书店集团"所寻求的自我选择的酷儿实践相得益彰。该实践极为关注集体道德和政治的自我建构问题，它意味着发明自我是一种必要的实践，发明自我是一种酷儿文化的实践，那就是发明一种自由，一种不必协

---

① Judith Bulter, *Undoing Gender*, London: Routledge Press, 2004, p.131.
② Ibid..

调的人际关系方式，妇女从来没有享受过这种自由和这种人际关系方式。[1]"我们所面对的事物还没有名字，它是一部正在成型的妇女谱系学……"[2]这种新的社会身份和个人身份的构建过程颇似卡特的非婚姻制的亲缘家庭中的女性关系。米兰妇女书店集团探索并逐渐形成多种多样的实践设计，用于处理其成员之间的差异，尤其是权力和财富方面的差异，以帮助那些在经济地位和社会权力上有差异的女人们建立关系。德·劳丽蒂斯说明了女人之间"信任"实践的做法：一个女人将自己的信任象征性地授予另一个女人，后者因而成为她的向导或参照点或象征性调停人。两个女人都投入这一关系，充分承认她们之间可能存在的差异，包括阶层或社会地位、年龄、教育程度、职业地位、收入等方面的差异。[3]米兰妇女书店集体认为差异是一个存在的原则，她们的目标不是简单地消除差异或强制实行平等，而是创造对付差异的办法，她们完整地保留成员之间现存的社会差异，要求创造新的生活方式，新的生存艺术。[4]《明智的孩子》中的非血缘的家庭成员的阶级和经济差异很大，但各成员之间不仅保留了差异而且生活得十分融洽。

第二节　《明智的孩子》中的非婚姻制家庭观

根据社会学的统计数字，全球大城市的离婚率居高不下。在游戏化爱情观的意识形态下，婚姻制已经名存实亡，这也成为一个令人迷

---

[1] 参见［美］戴维·哈波林主编，［美］葛尔·罗宾等著：《米歇尔·福柯的酷儿政治》，载李银河译《酷儿理论》，文化艺术出版社 2003 年版，第 215 页。
[2] Teresa de Lauretis, "The Essence of the Triangle", p. 14.
[3] Ibid., p. 16.
[4] 参见［美］戴维·哈波林主编，［美］葛尔·罗宾等著：《米歇尔·福柯的酷儿政治》，载李银河译《酷儿理论》，文化艺术出版社 2003 年版，第 217 页。

惘的社会问题。在现代社会中,婚姻制中的亲缘关系是否还能承载它在前现代社会中的作用呢?令人遗憾的是,"亲缘间的联系通常是紧张与冲突的焦点。但是,无论包含了多少冲突并引起了多少焦虑,亲缘关系仍然是人们可以依赖的普遍性纽带,凭此人们才能在时—空领域内构建起行动。更有甚者,亲缘关系的确还经常提供一种稳固的温暖或亲密的关系网络,它持续地存在于时间—空间之中。总体来说,亲缘关系所提供的,是一系列可信赖的社会关系网络,它们既在原则上也在实践上建构起了组织信任关系的中介。但是,不同的是,它们再也不是高度组织化的跨越时—空的社会纽带的载体了。尽管事实上在某些地域性环境下亲缘网络仍然还是实质性的权利与义务的中心,上述这一论点的力度仍然是无可争辩的"[1]。

那么,既然旧有的亲缘关系已经不再是后现代社会纽带的载体,替代它的新载体是什么呢?在卡特看来,什么才是"救世的替代形式"[2]?实际上,卡特一直在探求一种新伦理观。为了理解卡特的新伦理观,达到对文化和文学理论的最终诉求,即完成一种更民主、更理想的主客体关系的设想,我们需要首先了解一下一种全球化和新的伦理观之间的关系,这就是"世界主义"。康德在1796年发表的《试论永久和平——一个哲学任务所在》(*Toward Perpetual Peace*:*A Philosophical Project*)一文现在已被广泛看成是用国际法来约束全球各政体思想的前身。当然,"世界主义"还可以指群体对狭隘的主体位置和政治归属的一种超越,近10年来成为文化批评的充满争议的热点,而卡特在此之前已经对此问题有了自己的思索,她的新伦理观诉求就是要容纳、囊括和构建一种非婚姻制、非血缘的新式亲缘关

---

[1] [英]吉登斯:《现代性的后果》,黄平、刘东、田禾译,译林出版社2011年版,第89—95页。

[2] Mike Featherstone, *Undoing Culture——Globalization*, *Postmodernism and Identity*, London: Sage Publications Ldt., 1995, p.54.

系家庭到旧的家庭关系中来。

对于新伦理观的探讨，卡特是在后现代中寻找的，她对于后现代充满了包容，对后现代中的积极因素给予了肯定。"后现代性带来的并非全是消极的东西，它打破了我们固有的单一思维模式，时代对问题的思考变得复杂起来，对价值标准的追求也突破了简单的非此即彼模式的局限。有一种积极的关系概念，这一概念恢复了针对差异本身的观念的适当张力"[①]，产生了具有独创的思维和感觉形式的新的变体，它让那些过去曾压抑的他异因素走出来，昭彰他异，否定统一意识形态的神话。

下面将从伦理学的视域来分析关于处世哲学即伦理学具有非同寻常的意义，正如列维纳斯所说，如果哲学不是建基在伦理学上，而是建立在存在论上，那么它就只能是一种狂妄自负的唯我论。因为哲学虽然是研究存在的学问，但存在是神秘，是他者，而不是实体，因而不能归入本体论，只能从伦理学意义上的爱来接近它。[②] 在哈贝马斯伦理学框架内，由伦理观和道德观的合理性整合为一体而形成的"正义性道德"是卡特的新式家庭关系建立的伦理基础，它是对话伦理学的扩展应用。而商谈式法治理论，则是新式家庭模式下建立的新的法治理论。

一　新式家庭模式建立的基础——正义性道德

在《明智的孩子》中，小说人物的后现代伦理观和道德观形成了强大的张力，二者出现了很大的裂痕。那就是，在人物的意识形态中，以游戏化的爱情观为代表的伦理观肆意吞噬着后现代人的道德和

[①] ［英］迈克·费瑟斯通：《消费文化与后现代主义》，刘精明译，译林出版社2000年版，第68页。

[②] 参见牟宗三《存在轮的形变和超越的面孔》，杨大春主编《列维纳斯的世纪或他者的命运》，中国人民大学出版社2008年版，第108页。

第五章
人性的自然法则:非婚姻制亲缘家庭观

灵魂,这种伦理观显然是丑陋的,但是卡特并没有完全否定和抛弃这种后现代伦理观,而与此同时,在后现代社会,自由权力的扩大化导致每个人都拥有不同的道德性自我,这种伦理观与道德观之间的张力难以形成一个统一的道德框架。

"伦理"这个术语来自希腊语,而"道德"来自拉丁语,这两个词都与风俗观念相关,保罗·利科(Paul Ricoeur)告诉我们"前者被界定为好,后者被视为义务"①。利科保留"伦理这个术语是为了一种完美生活",而用道德这个术语是想将完美的生活与体现某种普遍性诉求和某种强制效果的标准结合起来。因此伦理被界定为一种规范行为、试图实现自身价值的方式,而道德是外源的——属于义务范畴,伦理是内生的——属于个人意愿范畴。于是,伦理是一种原则,是后现代性的一种象征,道德是体现现代性的象征。②毋庸置疑,伦理观和道德观是不同的,前者体现了主体如何求善,如何得到最大的幸福;而后者在于社会如何最大限度地尊重每个个体的身份,如何保护同等社会中的每个个体,无论个体因环境和教育的差异具有多么悬殊的伦理观,他们在最民主社会中应当得到最大化的尊重和平等的权利。如同哈贝马斯所认为的,现代性道德的标志为,它不是从这个或那个局部性共同体出发的,而是从世界共同体出发的。③哈贝马斯说,道德立场有别于具体的伦理立场,后者拘泥于文化上的惯常性,源出于个人教育过程的解释视角做了理想化限定与调整。④"道德观点……

---

① Paul Ricoeur, *Oneself As Another*, trans. Kathleen Blamey, Chicago: the University of Chicago Press, 1992, p. 200.
② 参见[法]吉尔·利波维茨基、埃利亚特·胡《永恒的奢侈——从圣物岁月到品牌时代》,谢强译,中国人民大学出版社 2007 年版,第 151 页。
③ Cf.: Jürgen Habermas, *Erlauterungen zur Diskursethik*, Frankfurt/M. 1991, S. 151.
④ Ibid., S. 156.

169

不仅表露了特定文化、特定社会阶层的价值取向,而且具有普遍性价值。"① "以色列哲学家阿维斯哈·马加利特(Avishai Margalit)在其著作《正当社会》(*The Decent Society*)中提出了这样的道德构想,他没有认定所有人均接受的最低限度的一致性,或所有人都可作为出发点的某种普遍性基本原则,而是认为将人联系起来的,是人有可能受到屈辱。② 同样,哈贝马斯认为,任何道德都被修改得适于尊重个人在共同体中的身份。因此,一种普适性道德必须做到同等保护社会中的每一个个体。后期的哈贝马斯认为:"私法主体的主体性行动自由与国家公民的公共性自律彼此成全对方。"③ 只有当人"作为国家公民恰当地运用自己的政治自律时"④,主体行动与追求伦理之善的努力才会得到保障。⑤ 然而,如果每一个人都要自行塑造道德性自我,社会便丧失了伦理性塑造力量,这便是黑格尔所说的"伦理悲剧"⑥。

由此观之,道德问题只能用正义观点来解决,因为只有"正义的判断具有清晰可辨的形式性结构"⑦。哈贝马斯认为:"要有某种共同的道德框架,即一定程度上的'道德依据',以便人们设定自身的道德优先性。这就是正义性道德,它是不可或缺的基础。"⑧ 这样,哈贝马斯把伦理观和道德观合理性的整合为一体,这就是"正义性道德"。

---

① Cf.: Jürgen Habermas, *Erlauterungen zur Diskursethik*, Frankfurt/M. 1991, S. 185.

② [德]德特勒夫·霍尔斯特:《哈贝马斯》,鲁路译,中国人民大学出版社 2010 年版,第 104 页。

③ Jürgen Habermas, *Die Einbeziehung des*, *Anderen. Studien zur politischen Theorie*, Frankfurt/ M. 1996, S. 298.

④ Ibid., S. 302.

⑤ [德]德特勒夫·霍尔斯特:《哈贝马斯》,鲁路译,中国人民大学出版社 2010 年版,第 115 页。

⑥ 同上书,第 116 页。

⑦ Seyla Benhabib, *Selbst im Kontext*, *Kommunikative Ethik im Spannungsfeld von Feminismus*, *Kommunismus und Postmoderne*, Frankfurt/M. 1995, S. 81.

⑧ [德]德特勒夫·霍尔斯:《哈贝马斯》,鲁路译,中国人民大学出版社 2010 年版,第 127 页。

第五章
人性的自然法则：非婚姻制亲缘家庭观

而这种"正义性道德"正是卡特的新式家庭关系建立的伦理基础。

二 新家庭模式建立的法制构想——商谈式法治理论

只有在一种新的法治理论——商谈式法治理论下，新家庭模式才能真正建立起来。依哈贝马斯看，在彻底的民主制中，法治规范为论证性奠定基础，并像克劳斯·贡特尔所揭示的那样，在应用性话语中得到阐释。[①] 因而法治商谈理论就在规范性法治理论与客观性法治理论之间起到中介作用。哈贝马斯的要求是取消规范性思想（理想）与客观性思想（现实）之间的张力。"国家存在的合理性主要并不在于保护同等的主体权益，而在于确保内部意见形成过程与意志形成过程，以便自由而平等的公民在究竟何种目标与规范是大家的共同利益所在的问题上取得一致。这样，共和国公民要做的，就不限于一个人自身的利益为取向。"[②] 而是表达一种主体共享的生活形式，表达既定的利益状况和从实用角度选择的目标。[③] 哈贝马斯断言，当今的现实要求有一种新的法制理论，不再从范导性理念意义上的抽象法制原则出发，而必须充分重视法制现实。而重视法制现实，就要灵活制定与运用规范，来应付法制现实的变化。[④]

而商谈式法治理论是哈贝马斯对话伦理学基本原则的扩展应用。这种对话伦理学实质上是哈贝马斯交往行为理论在社会实践领域的一种扩展，生活世界则是说者与听者所交会的先验境域和规范意义的奠基之源，哈贝马斯的基本旨趣即是为了重构规范的正当性根基，而"正当性"根基的确立应当诉诸"道德话语"和"理性辩论"。而《明

---

① Cf.: Jürgen Habermas, *Faktizität und Geltung*, frankfurt/M. 1992, S. 266.
② Ibid., S. 329.
③ 参见［德］哈贝马斯《在事实与规范之间：关于法律和民主法治国的商谈理论》，童世骏译，生活·读书·新知三联书店 2003 年版，第 186 页。
④ 参见［德］德特勒夫·霍尔斯《哈贝马斯》，鲁路译，中国人民大学出版社 2010 年版，第 111 页。

智的孩子》结尾的宴会可以说是这种理论的情景化尝试与模拟。对于像梅尔基奥尔这样拥有三任夫人及其各自子女的大家庭,他们之间的恩怨是通过"道德话语"的相互辩论的"对话"而达成共识与和解的,遵循着重构规范的"正当性"根基。为此哈贝马斯把人们相互交谈和互动作为他的出发点,力图证明对某种未被扭曲的交往的期待乃是交往行为的,也就是说以达成以理解为目的的行为的可能性条件。这关乎人类自由而有尊严地存在的可能性。[①]

在梅尔基奥尔的百岁生日宴会上,家族的所有人都到齐了,包括钱斯大家庭的所有人,无论他们是私生的还是非私生的、前任的还是现任的、血缘的还是非血缘的,在宴会上,家族所有的秘密:萨斯基亚对父亲的怨恨,姐妹俩对 A 夫人的陷害与抛弃,梅尔基奥尔的两任夫人与其兄弟佩瑞格林通奸而生下的四个孩子,以及梅尔基奥尔的私生女钱斯姐妹等都在人物的对话中揭示出来。萨斯基亚和 A 夫人都当着众人分别说出了久藏心中的对父亲和对丈夫的积怨,佩瑞格林向梅尔基奥尔以及每个人公开道歉,萨斯基亚与妹妹哀求母亲的原谅等,这些都在话语中进行,随着对话的进一步发展,这些怨恨被宣泄、被包容,最后取得了在场相关人的谅解,这场对话的宴会成为感人肺腑的大和解。父女的恩怨、母女的恩怨、夫妻的夙怨及兄弟的仇怨都化解开了,钱斯姐妹也公开认父了。通过这种理性的对话,最终"所有人的愿望都实现了,我们坐在那里,眉开眼笑"[②]。这种具有语言性、程序性、包容性和多维性的交往理性展示了哈贝马斯所说的一种规范的"正当性",唯有综合、统一这些特点才能消除人们各自对客观世界、社会世界和主观世界的偏执所带来的片面性。在社会交往和合作

[①] 参见 [德] 罗尔夫·魏格豪斯《法兰克福学派:历史、理论及政治影响》(下册),孟登迎、赵文、刘凯译,上海人民出版社 2010 年版,第 838 页。

[②] [德] 哈贝马斯:《在事实与规范之间:关于法律和民主法治国的商谈理论》,童世骏译,生活·读书·新知三联书店 2003 年版,第 186 页。

第五章
人性的自然法则：非婚姻制亲缘家庭观

的过程中，每个行为这在进行商谈、质疑、辩解、反驳和各抒己见时，都有平等的发言权，都不受权力的限制和金钱的约束，其诸多愿望和权利都会得到充分的尊重。这种关涉不同言谈者之间的对话关系是种复合体，具有多维性，立足于人们日常的交往实践中。

再进一步，卡特的新式亲缘家庭制要想成为一种制度化的法律规范，就要在这种对话商谈原则的基础上进行。哈贝马斯把对话理论原则扩展为论证一切社会规范，包括法律规范和确立民主规范模式的普遍原则。法律规范也是在论证话语中获得其有效性并在实践话语中得到运用。换言之，法律规范要获得其自身的普遍有效性，如同道德规范一样，需要进行充分的对话论辩，并要得到所有相关者的赞同方有可能。在《明智的孩子》中，新式亲缘家庭的建立正是在话语基础上得到所有相关者的赞同，完全符合法律规范所遵循的平等的实质性本质。而在经验的、实用的和伦理的层面，交往理性可以协调不同成员利益及需要的平衡。在哈贝马斯看来，"需要法律调节的问题所提出的不仅仅是道德的问题，也涉及经验的、实用的和伦理的方面，以及涉及那些有可能进行妥协的不同利益之间的公平平衡的问题"[①]。新式亲缘家庭是在理想的话语情境下所达成的共识，这就是哈贝马斯所说的法律的"正当性"（而不是纯粹的"合法律性"）；"正当性"的获得必须要导入"对话的原则"："只有所有可能受影响的人作为理性对话过程中的参考并能够同意的那些行为规范才是有效的。"[②] 这样对话伦理学的核心原则就必须在法律的指定过程中得到不折不扣的贯彻，法律的指定需要诉诸生活世界中的人们的交往与对话方可实现。

在多元的社会中，规范之为规范有两个基本判据，一是要合乎理性的原则；二是要得到所有相关者的同意。"交往行为的主体始终在

[①] ［德］哈贝马斯：《在事实与规范之间：关于法律和民主法治国的商谈理论》，童世骏译，生活·读书·新知三联书店 2003 年版，第 189 页。

[②] 同上书，第 112 页。

生活世界视域内达成共识。他们的生活世界是由诸多背景观念构成的,这些背景观念或多或少存在着不同,但永远不会存在什么疑难。这样一种生活世界背景是明确参与者设定其处境的源泉。"① 在《明智的孩子》中,多元式新式家庭的构建正是遵循着上述两个基本判据上建立起来的,如本节前半部分所述,它合乎理性的原则,再就是钱斯大家庭的每个成员的加入都得到所有相关者的同意。无论是佩瑞格林叔叔,还是A夫人,还是干女儿蒂芬妮等人的加入,都是本人自愿并得到其他家庭成员的认可。他/她们来自不同的社会阶层,有出生于富裕家庭的高贵血统,有无家可归的流浪儿以及她们的孩子,她们的生活世界是由诸多背景观念构成的,但这些都不妨碍她们结合在一起,因为她们有一个共同的特点就是现在一无所有,而且渴望一个温暖家庭的归属。

第三节 "非婚姻制亲缘关系家庭"中的德行友爱

西方有的学者认为这种"新式亲缘家庭"令人费解,难以捉摸,而把这种"新式家庭"当作是狂欢后的"副产品"。如凯特·韦伯(Kate Webb)认为,卡特的新式亲缘家庭是狂欢所招致的空幻的乌托邦。②

实际上,"新式亲缘家庭"不仅非常重要,而且如前文所论证的,它是小说的主题,是卡特爱情观和家庭伦理观的展现。卡特的新式亲

---

① [德]哈贝马斯:《交往行为理论:行为合理性与社会合理化》(第一卷),曹卫东译,上海人民出版社2005年版,第69页。
② Cf.: Kate Webb, "Seriously Funny: Wise Children", in Lorna Sage, ed., *Flesh and the Mirror: Essays on the Art of Angela Carter*, London: Virago Press, 2007, pp. 308—314.

缘家庭并不是"空幻的乌托邦",而是具有实现的可能性、必然性和时代性。"非婚姻制的亲缘家庭"是以人性和自然法则所维系的家庭,是以真正的"友爱",即德行友爱所维系的家庭。

一 新型的家庭乌托邦

> 难道我和婴儿之间就不允许有别的选择吗?我难道不能学会因婴儿本身而爱他吗,反之亦然。①
> 被束缚的爱;同时,会产生怎样的怨恨……这就是生活。这就是地狱。②
>
> ——安吉拉·卡特

卡特认为,亲情重于爱情,而在亲情中友爱重于血缘。当人与人之间失去友爱和亲情时,血缘关系就成了我们的一种负担与束缚,而摒弃血缘关系的负重,是人类向自由和文明迈出的又一步。现有亲缘关系总是以一种异性恋关系呈现出来,殊不知这是一种权力运作的产物。而且现有的婚姻制度限制了人际关系的种种可能性,我们应当使现有的法律加以制度化的人际关系多元化。并且在后现代消费社会,个人主义发展到极致并与国家官僚体制产生深刻矛盾,只有引入利他主义的意识形态,比如新式亲缘家庭伦理,构建一种新型家庭"乌托邦",才能解决二者之间的矛盾。

西方评论家认为,卡特作为一位具有敏锐洞察力的艺术家,其思想有些超越了我们的时代。后现代的西方思想不断地为人们打破令人熟视无睹的各种思想和意识形态的枷锁,有主张摒弃父权统治的女性主义,有祛除殖民主义思想霸权的后殖民主义,有发现受制于政治和

---

① Angela Cater, "Notes from a Maternity Ward", in *Shaking A Leg*, London: Chatto & Windus, 1997, p. 29.
② Ibid., pp. 16—23.

经济无意识统治的西方马克思主义思想,还有抵制异性恋霸权的酷儿理论,除去这些还有什么无形的、惯常的思想霸权存在,而我们丝毫没有觉察出来?而这就是卡特所提出的血缘的枷锁。

卡特非常重视亲情,甚于爱情,而在亲情中卡特重视友爱而轻血缘关系。卡特在《明智的孩子》中提醒人们挣脱单纯建立在婚姻制和血缘关系基础上、丧失友爱的血缘枷锁,卡特说,这种枷锁离我们最近,每天就在我们的生活之中,它常常给我们带来情感的困扰,悲剧常常在我们身边上演。学者萨拉·甘布尔认为,"对卡特来说,'血缘关系'与其说是意味着情感的依恋不如说是意味着限制:与自主的决定相比,她对爱产生于生物重要性有一种与生俱来的怀疑"[1]。卡特在生下儿子后不无感慨地说:"被束缚的爱;同时,会产生怎样的怨恨……他注定要爱我们,至少在刚开始的重要阶段,因为我们是他的父母。同理我们也一样。这就是生活。这就是地狱。"[2] 很多时候,当友爱和亲情不在时,血缘关系就成了我们的一种负担,摒弃血缘关系的重负,让我们在生活的舞台上轻松演出,这是人类向自由和文明迈出的又一步。正像"消费系统并非建立在对需求和享受的迫切要求之上,而是建立在某种符号(物品/符号)和区分的编码之上",法国当代著名思想家和社会学家鲍德里亚(Jean Baudrillard, 1929—2007)同样认为:"亲缘系统并非建立在对血缘和血统关系、对某种天然条件的迫切要求之上,而是建立在某种任意的分类命令之上。"[3] 卡特崇尚亲情,但是她同时又认为亲情不是建立在血缘基础之上,亲情的牢固根基不是血缘关系,而是亚里士多德所说的交往中的"友爱"。

---

[1] Sarah Gamble, *Angela Carter: A Literary Life*, New York: Palgrave Macmillan, 2009, p. 178.

[2] Angela Carter, "Notes from a Maternity Ward", in *Shaking A Leg*, London: Chatto & Windus, 1983, pp. 16—23.

[3] [法] 让·鲍德里亚:《消费社会》,刘成富、全志钢译,南京大学出版社2008年版,第61页。

当然，卡特并不排除生母与子女生活在一起的家庭，母子之情更是我们无法舍弃的和割断的神赋的亲情，尤其是子女未成年之时。如果有人认为传统家庭的建立起到不可替代的塑造子女伦理德性的作用，对此我将以亚里士多德的观点加以回应。与孔子的观点不同，亚里士多德认为家庭虽然重要，可子女对父母之爱和父母对子女之爱都不构成德行伦理学的基础。"孝爱"在亚里士多德的习惯化这里，基础在于人的理性。伦理的习惯化的培养更是一件城邦的而非家庭的事情①，虽然这同儒家重家庭轻城邦的思想正好相反，但笔者认为随着时代的发展亚里士多德的观点更为正确。同时亚里士多德认为家庭只有在城邦无法提供德性教育的首要责任时才能给予协助②，"如果这种共同的制度遭到忽略，每个人就似乎应当关心提高他自己的孩子与朋友的德行"③。"更重要的是，城邦而非家庭才使我们能更好地完成我们作为政治动物的功能。家庭是城邦产生过程中的一个阶段，而城邦是我们社会本性实现的目的"④。可见在培育子女的德行方面，传统的家庭并不是无可替代的，父亲并不是家庭关系的必须，社会的制度和法律可以替代家庭内部的子女教育。"一个人不是在健全的法律下成长的，就很难使他接受正确的德行。"⑤ 亚里士多德认为，法律意在激发人性之善，并促使其生活得更好。法律通过"要求一些行为和禁止一些行为"⑥ 来规范一个德性之举。城邦应以这样的方式使自身转变为一个教育机构。⑦

---

① Jiyuan Yu, *The Ethics of Confucius and Aristotle: Mirrors of Virtue*, London: Routledge Press, 2007, pp. 129—130.
② Ibid., p. 130.
③ Aristotle, *Nicomachean Ethics*, 1999, 1180a30—31.
④ Jiyuan Yu, *The Ethics of Confucius and Aristotle: Mirrors of Virtue*, London: Routledge Press, 2007, p. 130.
⑤ Aristotle, *Nicomachean Ethics*, 1999, 1179b32—33.
⑥ Ibid., 1129b24.
⑦ Jiyuan Yu, *The Ethics of Confucius and Aristotle: Mirrors of Virtue*, London: Routledge Press, 2007, p. 131.

亲缘关系家庭的建立是未来消费社会的必然发展趋势。在后现代的消费社会中个人主义发展到极致并与国家官僚体制产生深刻的矛盾,只有引入利他主义的意识形态才能解决这一矛盾,并增进社会的团结。加尔布雷思说,个体为工业系统服务的方式是消费它的产品。"今天把个体当作不可替代的需要的领域,就是个体作为消费者的领域。"就这样个体的权力不再像过去那样受到他人权力的限制,利他主义退缩到再也无力建立即使是最小的社会团体。① 后现代社会状态下的政治和市民社会的深刻矛盾就在此处:该系统被迫越来越多地生产出消费者的个人主义,以至于它自己同时受到束缚、变得越来越难以控制。这个矛盾只有通过利他主义意识形态的某种附加才能得以解决。但由于利他主义本身也官僚化了,通过再分配、赠予等关于人际关系的慈善宣传来进行"社会润滑",所以它只能对后者进行平衡。② 此官僚化的利他主义是无法从根本上摆脱利己主义的,而通过非婚姻制的新式亲缘家庭关系,这种建立在美学基础上的真正的友爱和亲情才能解决个人主义与国家官僚体制之间的矛盾,增进社会的和谐和团结,成为一种新型的家庭"乌托邦"。

　　实际上,莫尔意义上的"乌托邦"其实质是反人性的,其理性的规定会致使公民的感性为了维持其自身的存在,而奋起反抗乌托邦所规定的理性,最终导致乌托邦的理念无法实施而只能沦为空想。因此莫尔的"乌托邦"在现实中是无法存在的。但与历史上的乌托邦的概念所不同的是,新式亲缘家庭是以人性和自然法则为基础,以真正的友爱,即德行的友爱所维系的家庭,是新型的家庭乌托邦,在现实中具有最大化实现的可能性。

　　"乌托邦"是"完美""理想",更是"空想""不可能实现"的代名词,《简明不列颠百科全书》对"乌托邦"的定义是:"一种理想国

---

① Teresa de Lauretis, "The Essence of the Triangle", p. 66.
② Ibid. , p. 67.

家，居民生活在看起来完美无缺的环境中。""非婚姻制的亲缘关系家庭"因其缺少婚姻制作为基础，即使当代人也认为这样的家庭是不可能实现的，是卡特的一厢情愿，那种没有男性压迫的、充满友爱的和谐家庭关系只可能是完美的空想，是"乌托邦"。但是这样的观点没有认识到"非婚姻制的亲缘关系家庭"与"乌托邦"具有的本质不同，"乌托邦"的无法实现在于它的反人性，而"非血缘家庭"恰恰符合了人性，它不仅不是空想，而且具备了实现的一切可能性。

关于"乌托邦"的概念始于历史上乌托邦的小说，最早的雏形见于柏拉图的《理想国》，它奠定了乌托邦的基本概念，深刻地影响了莫尔等后人，但是关于乌托邦政治设计的完整具体形态则始于托马斯·莫尔于1516年用拉丁文写成的《乌托邦》(*Utopia*)。这部小说标志着西方近代乌托邦小说的兴起，继莫尔、康帕内拉（《太阳城》，1601）、安德里亚（《基督城》，1619）等人的西方文学史上著名的"古典乌托邦三部曲"之后，17世纪西方文坛出现了相当规模的乌托邦小说。由于托马斯·莫尔被世人公认为西欧第一位伟大的空想社会主义者，"乌托邦"的概念始于他的小说《乌托邦》，并引发了后人四五百年来对"乌托邦"价值的不断探讨，因此下文将以莫尔的"乌托邦"为讨论的框架。

"福柯指出，现代政治的要点是不再解放主体，而是拷问生产和维护'主体'的管制机制。"[①] 因此，如果我们拷问一下乌托邦的管理机制就出现一个很严重的问题，那就是：按理性组织起来的国家（乌托邦）与潜在的理性个别主体（乌托邦人）之间的悖谬。

首先，我们说，莫尔意义上的乌托邦的实质是"反人性"的。原因在于，乌托邦以集体利益取代个人利益，导致公民个人利益的丧失。比如乌托邦要求公民一律穿相同质地和款式的衣服等，但是正如

[①] Judith Butler, *The Psychic Life of Power: Theories in Subjection*, Stanford: the Leland Stanford Junior University, 1997, p. 31.

边沁所说，集体利益不过是个人利益的总和而已。"团体是一个空头实体，是由那些被认为是构成其成员的个体人们组成的。那么，团体的利益是什么呢？几个组成它的成员的利益而已。"① 而乌托邦以组成其团体的成员的利益代替了全民的个人利益，导致个人利益的丧失，团体利益和个人利益的脱节，个人利益在团体意义面前被抹杀了。"当我们考察乌托邦的政策带来的功力时，我们需要考虑这个政策对所有受到影响的个体的功利。正如功利主义者所认为的，只要任何一个人的福利状态受到某个行动的影响，那么这就构成了评价该行动的道德上相关的因素。排斥某些类型的个体福祉是偏见和不公正。"② 乌托邦以团体的利益排斥了其成员个体的利益，是对个体福祉的偏见和不公正。边沁说："功利指的是任何对象中的某种属性，对于其利益在被考虑的一方而言……如果该方是一般而言的团体，那么幸福就是团体的幸福；如果是一个个人，那么幸福就是该个人的幸福。"③ 由此可见，为了达到乌托邦最大的社会利益，在乌托邦中生活的被规定考虑的是乌托邦团体的幸福，而非个人的幸福，个人的重要利益被牺牲掉了。此种伦理学中后果主义的做法是让"善"在逻辑上优先于"正确"，而我们应当用"正确"优先于"善"的"义务论"来确定行为的道德价值。"义务论"主张，一个行动是对还是错，不需要参照任何实质性的关于价值或善的看法。将"善"最大化不是唯一的根本性的道德要求，许多时候，拒绝为最好的后果去行动，不仅是允许的，甚至是应该的。④ 因此，拒绝为最好的后果去行动，拒绝为建立乌托邦——这个人类最理性最理想的国家去行动，是应该的。

---

① Jeremy Bentham, *An Introduction to the Principles of Morals and Legislation*, J. H. Burns & H. L. A. Hart, eds., London: The Athlone Press, 1970, p. 12.
② 程炼：《伦理学导论》，北京大学出版社 2009 年版，第 148 页。
③ Jeremy Bentham, *An Introduction to the Principles of Morals and Legislation*, J. H. Burns & H. L. A. Hart, eds., London: The Athlone Press, 1970, pp. 11—12.
④ Jeremy Bentham, *An Introduction to the Principles of Morals and Legislation*, J. H. Burns & H. L. A. Hart, eds., London: The Athlone Press, 1970, pp. 11—12.

第五章
人性的自然法则:非婚姻制亲缘家庭观

其次,乌托邦的理想政策在道德上是无法辩护的,正如功利主义的正义观在道德上是无法得到辩护的一样。因为功利主义的总功利最大化原则忽略了人们之间的分离性,即他们是各自独立的道德个体,拥有以他们的人格为基础的道德地位。罗尔斯(Rawls)在《正义论》(*A Theory of Justice*)中捍卫的一个核心思想是,"每个人都具有一种建立在正义基础上的不可侵犯性,它甚至是整个社会的福利都不能凌驾其上的"[①]。同样,乌托邦的每位公民的人权和个人生活具有不可侵犯性,甚至整个乌托邦的福利都不能凌驾于其之上。正如美国当代伦理学家大卫·布仁克(David Brink)所阐发的,追求或实现欺压他人的目标并不是人类生活的内在价值的一部分。只关心一个维度上的价值最大化,对于个人尺度上的分配是不敏感的。[②]

这种多元主义的功利主义体现出对个体人格的尊重。同理,整个乌托邦只关心理想社会的最大化的实现,奉行这一个维度上的准则,对于乌托邦人民的个人尺度上的自我实现不敏感,这正是乌托邦对个人的麻木和残酷。因此,我们在追求理想国家的建立时,在追求理想国家共同利益最大化时,必须接受某种制约,国家利益的最大化不是道德考量的全部要素。不管一套规则产生多么理想的结果,规则本身就具有内在的道德价值,规则必须是正确的,与这套规则所产生的最大化的利益计算无关。正如伦理学中的义务论者所认为的:"我们在追求利益的最大化时必须接受某种制约,换言之,无论是个人利益还是共同利益的最大化都不是道德考虑的全部因素,一个行动的道德价值不是完全由它的后果所具有的性质来决定的。行为本身就是具有内在的道德价值的,不管它们有什么可能的后果。换言之,一个行为在道德上正确与否,在于它是否符合某种义务或规则的限制,而跟这个

[①] 程炼:《伦理学导论》,北京大学出版社2009年版,第162页。
[②] Cf.: David Brink, *Moral Realism and the Foundations of Ethics*, New York: Cambridge University Press, 1989, p.68.

行为的收益计算无关。"① 这样,以建立乌托邦的名义而要求所有公民的思想、言行与生活符合同一标准和规则,在任何情况下都是错的,因为它只衡量其后果。同时乌托邦的建立也违反了康德的道德原则的核心——绝对命令(categorical imperatives),这是目的,即是手段的逻辑推理,人自身就是目的,不能被当作工具或手段来使用。试图建立一个人为的理想社会本身就是错误的,乌托邦的实现是在利用乌托邦人的理性生命,是把人当作手段,没有把人当作目的来看待,就是侵犯了乌托邦人的尊严。因此,一个霸权主义的国家和一个乌托邦式的国家,从道德角度讲,它们是一回事。这类似于康德最著名的人性表述(The Formula of Humanity):"永远不要把人性,无论是你自己的人格中的还是另一个人格中的,只是当作工具,而要同时当作一个目的。"康德认为人性所特有的理性特点是具有自主性、理解世界和规划生活的能力以及追求各自目标的能力。任何以理想社会为目的的越俎代庖的统治,就是对人性的否定,无论这个目的有多么光辉。

按照康德在《纯粹理性批判》(*Critique of Pure Reason*)所写的,人性的光辉来自于每个人能为自己做出选择,自己按道德的法则来行事,而不是由别人或任何组织、国家以哪怕是神圣的名义来替自己规定自己的行为。而托马斯·莫尔的乌托邦恰恰在于它以乌托邦国家的名义,而且是神圣的名义——为了国民之幸福,剥夺了国中之人的自由意志和理性的选择,这也是乌托邦的暴力性和无人性所在。乌托邦这个看似由理性组织的国家,却是以国家的理性取代了个人的理性,导致个体的选择权的丧失,同时导致人的理性和人性的丧失。这就是国家的理性与个别主体非理性之间的悖谬。

再次,乌托邦剥夺了个体的理性(智思),也就是剥夺了个体的自由。正如 17 世纪荷兰的伟大哲学家斯宾诺莎所言:"凡是仅仅由自

---

① Charles Fried, *Right and Wrong*, Massachusetts: Harvard University Press, 1979, p. 166.

身本性的必然性而存在、其行为仅仅由它自身决定的东西叫作自由（libera）。反之，凡一物的存在及其行为均按一定的方式为他物所决定，便叫作必然（necessaria）或受制（coata）。"① 在康德看来，人是理性的存在者，实践理性的运作体现在行动者能够做出自己的决定、设立自己的目标、用理性指导自己的行动，这是他们的内在价值即尊严的标志。乌托邦人无权做出自己的决定，他们的实践理性能力和行动被理想国家取代了，从而丧失了人作为理性之人的尊严。西方学者哈耶克在他的《通往奴役之路》提出，乌托邦是"通往奴役之路"，其实质是以国家专制权力剥夺个人选择的自由。以赛亚·柏林在《自由论》中认为"乌托邦"以集体自由的名义压制个人自由。卡尔·波普尔在他的《开放社会及其敌人》中运用科学哲学的方法，对柏拉图的"理想国"提出质疑，认为乌托邦因其无法证伪，所以是违背人类常识的，乌托邦工程必然导致集权主义。库玛认为反乌托邦是内生于乌托邦的，因此乌托邦带来希望的同时，也不可避免地造就了黑暗。②

按照卢梭的观点，若主体服从的乃非个性化的法律，其结果就是奴役；任何个人都无权命令另一个个体。因此国家规定的幸福不等于个人的幸福，即便是这个目标达到了。个体的幸福道路是不能被他物所规定的，个体存在的价值和存在的意义在于个体的自由意志的选择，任何权威的替代个体的选择都是剥夺人的自由的，都是不符合人性的。乌托邦人的统一行动不是建立在寻求自己利益的基础上的，而是为了谋求所有人的利益或乌托邦的利益，因此乌托邦的个别主体只会越来越软弱无能，丧失主体性，而不会愈来愈具有德性。比如乌托邦认识到人口数量的控制有利于乌托邦的发展，于是采取人口数多的

---

① Baruch de Spinoza, *Ethic*, Trans. W. H. White, Oxford: Oxford University Press, 1927, p. 2.

② 参见潘一禾《西方文学中的政治》，浙江大学出版社2006年版，第68—69页。

家族迁移至新土地的政策①,但却忽略了被迫迁走的移民对亲人、土地和国家的情感问题。在罗尔斯理论框架下——自由的职业选择和人的自由迁移的地位状况——这两种自由作为基本自由被看待,并且受到宪法的保护。② 女人涂脂抹粉的打扮被乌托邦规定为是不光彩的,乌托邦人的衣服都被规定为同一质地和同一样式、同一颜色,乌托邦人在食堂集体进餐等,这一系列为了乌托邦的利益而无视甚至严重损害个体意志的规定比比皆是,乌托邦人不能寻求自己的利益,所有的行为都是为乌托邦服务,这样乌托邦人最终会越来越丧失自己的主动性、自己的德行而变得软弱无能。

最后,这种建立在理性基础上的乌托邦是抽象的和形式的,没有人类的关系、性格和情欲等一般现实生活的具体内容来充实,它和丰富多彩的人类现实生活处于对立的地位。③ 道德生活陷于形式主义和古板的因袭,变得呆板、枯竭,人生变得灰暗,没有希望和生机。

综上所述,乌托邦的理性管理不应国家化,不应强行推广为一种全民的共同意志,不论它的初衷是否以人的幸福的名义或目的,而应当让每个主体按理性决定自己的命运和前途。正如福柯所言,制度这一无限扩大了的表达方式,具有精神导向或政治舆论导向的机构,它的目的只有一个,就是强制向人们灌输一种"不正确"的说话方式,让人们慢慢丧失其他说话方式的能力。这种社会制度的精神职能是排除精神异己,压制创造性,它的工具就是那套规定事情有意义或真假的规则。④ 乌托邦正是以不可更变的精神向导向人们强行灌输一系列规定和规则,个体成为没有说话能力的实现理想国之工具。

---

① [英] 托马斯·莫尔:《乌托邦》,戴镏龄译,商务印书馆1982年版,第68页。
② 参见 [德] 罗伯特·阿列克西(Robert Alexy)《法:作为理性的制度化》,雷磊编译,中国法制出版社2012年版,第272—274页。
③ 参见 [德] 黑格尔《美学》,朱光潜译,商务印书馆2006年版,第338页。
④ 参见 [法] 米歇尔·福柯《词与物》,莫伟民译,上海三联书店2001年版,第68页。

而与之不同的是，亚里士多德伦理学的目的就是考虑如何修炼才能让每个个体达到伦理的至善的状态，人的修炼有进步、升华或倒退等一系列过程，但我们要尊重这个过程，而不能被制度所规定。乌托邦是正义的，但不道德；它是伦理的，但不是人性的；它是规范的，但不是客观的。正如斯宾诺莎所言，"每一个自在的事物莫不努力保持其存在"。"没有东西具有自己毁灭自己或自己取消自己的存在之理。反之，一切事物莫不反抗足以取消其存在的东西。因此凡物只要它能够，并且只要它是自在的，便莫不努力保持其存在。"[①] 就笔者看来，理性与感性并存于同一主体之中，它们是神赋存在的，而且需要个人对它们互相协调，从而达到平衡与和谐。正如正确与错误也是并存的一样，如果乌托邦只让人们做理性正确之事，为了预防错误之事的发生，而禁止乌托邦人做感性之事，那么人的神赋的感性则会为了保持其自身的存在而奋起反抗理性，导致乌托邦的理念无法实施而最终只能沦为空想。

二 以人性的自然法则维系的家庭

"亲缘家庭"是否是无法实现的空想，是一种虚幻的乌托邦？如上所论述，我们知道"反人性"是乌托邦无法实现的根本原因，从而导致美梦落空。然而，"亲缘家庭"却不是乌托邦，因为"亲缘家庭"的现实性与可行性正是在于它的极大的人性化，是理性个别主体的自由意志的真正实现。"亲缘家庭"包含了母子，但又不以血缘关系来规制家庭的组织方式，它很重视家庭中必备的亲情、友情，而这些情感只能由具有个人意志的主体发出进行自愿组合，任何他人和他物都无法宰制和替代个别主体来发号施令。在这里人性自身熠熠闪光，永远不排除异己，兼容并蓄，永远开放。正如康德所言："自主性自由

---

① ［荷］斯宾诺莎：《伦理学》，贺麟译，商务印书馆1981年版，第105—106页。

概念是人类生存的出发点。"①

或许一些固执于自己的道德原则的人认为"亲缘家庭"的建立是荒谬的。但是，正如休谟所言："不可能想象任何一个人类被造物竟能认真地相信，一切性格和行动都一样有资格获得每一个人的好感和尊重。"毋庸置疑，"大自然在人与人之间所安置的差异是如此巨大，而且这种差异还在为教育、榜样和习惯进一步地扩大"②。因此，建立一种虽然不被所有人接受，但是却保证大多数的人有资格获得平等的权利却是必要的。无论历史是狂骤的还是平静的，人类的文明和进步总是取决于社会宽容度的逐渐增大和个人自由权利的一步步扩大，而不是缩小。因为，伦理成为一条能动的原则，不断地规定着我们的德行的这种最终裁决，"这种最终裁决依赖于大自然所普遍赋予整个人类的某种内在的感官或感受"③。尤维纳利斯④（Juvenal）发现人类广博能力的主要好处是，它使我们的仁爱亦更广博，并给予我们以比低等被造物所享有的更多的扩展我们仁慈影响的机会。

基于人性的意志而自愿组合的家庭是对人性的充分信任与尊重。人的道德感源于自然，源于人天赋的害怕或恐惧。人性的光辉是自然的法则赋予人类的，不可磨灭。"只要健康允许，神志清明的时候，我们总分辨得出正直、人道、道德的人和既不人道、又不道德、又不诚实的人。"⑤ 由想象作用而产生的一种内在的感觉，这种感觉不是别的，只是一种害怕或恐惧，但却是一种对于整个的种属和个体都很有意的害怕或恐惧。人只要一回忆到自己所犯过的罪行便能感到内心撕裂的痛苦，这种心灵的悔恨羞恶之感不是源自偶然，也不是来自上

---

① 谢文郁：《自由与生存》，上海人民出版社2007年版，第168页。
② [英]休谟：《道德原则研究》，曾晓平译，商务印书馆2000年版，第21页。
③ 同上书，第24页。
④ 约60—127年，古罗马讽刺诗人，流传后世的主要有讽刺诗16篇。
⑤ [法]拉·梅特里：《人是机器》，顾寿观译，商务印书馆2007年版，第44页。

第五章
人性的自然法则：非婚姻制亲缘家庭观

帝，而是自然法则。① 因此是自然引发了人内心的羞恶之感——良知，引导我们经由快乐的道德途径走向幸福。② 正如休谟在《人性论》中所阐明的，道德不是理性的对象，而是激情和情感的对象。道德不可能导源于理性，只能导源于情感。相应地，道德性亦即善和恶不是作为事实的任何性质，而是主体自身基于快乐和不快乐的感受而产生的那种知觉，这种知觉是主体受刺激而自生的，类似于洛克所说的"第二性质"③。而快乐和不快乐的感受得以发生的源泉和原则就是对社会有用、对自己有用、令他人愉快或令个人愉快这四者。④ 休谟认为，同情是人心天然具有的一种情感，其本质是一种与他人的同胞感⑤或者毋宁说是作为我们人的本性的"人性"或"人道"⑥。休谟主张"人道"是道德的原始动机，借助于"同情"来建立其道德基础，这同拉·梅特里所言，人的道德引发自身心灵的悔恨羞恶的自然法则有异曲同工之妙。同情"把社会性的自然情感和认为设计的有用性或公共效用同每一个人的快乐和不快乐的感受相联系而引发出快乐或不快的情感，由此而使它们获得作为社会性的德行的价值，并使单个人与单个人之间、单个人与社会之间达到沟通、和谐和秩序具有一个可靠地基础"⑦。新式亲缘家庭正是建立在人与人之间的"同情"之基础上，小说中双胞胎姐妹的大家庭的成员无一不是建立在同情之基础上。作为房东的"外婆"收留并养育了自幼丧母的钱斯姐妹；钱斯姐妹不计前嫌，收留在意外事故中双腿瘫痪、丧失一切财产的继母；她们还收

---

① [英]休谟：《道德原则研究》，曾晓平译，商务印书馆2000年版，第50页。
② 同上书，第52页。
③ 参见[英]大卫·休谟《人性论》，关文运译，邓之骧校，商务印书馆1980年版，第469页。
④ 同上书，第590—591页。
⑤ David Hume, *An Enquiry Concerning the Intellectuallity of the Human and the Principles of Morals*, L. A. Selby-Bigge, ed., Oxford: Clarendon, 1902, pp. 219, 260.
⑥ Ibid., p. 219.
⑦ [英]休谟：《道德原则研究·导言》，曾晓平译，商务印书馆2000年版，第11—12页。

留"衣衫褴褛"的流浪儿"阿欣"① 等。

德行的唯一目的是使人幸福和快乐②，在于让广博的人道或仁爱融化偏狭的自私而使人类社会达到和平、秩序和幸福。③"亲缘家庭"正是建立在广博的人道和仁爱中，而规避爱情的排他性，使我们的生活真正达到快乐和幸福。它使单个人与单个人之间、单个人与社会之间的关系都处于融洽和谐之中。

三 以德行友爱维系的家庭

卢梭心目中理想市民的美德是对其他市民的热爱，市民美德是以移情想象为基础而体验到的相互同情。伊格尔顿称这种想象的被激发，即这种同情心奠定了社会关系的基础，它是人类团结的源泉。如果资产阶级放任个体陷于孤独的自律，那就只有通过这种想象性的交流或相互同情的统一性，个体才能被紧密地结合起来。④

伊格尔顿认为："审美是资产阶级利己主义的天敌……审美是社会关系的丰富而全新概念的形象，成为一切邪恶的利益的天敌。"⑤ 卡特在《明智的孩子》中主张同情心、情感、亲情的认同，这就避免了个体在分裂的后现代社会中的过度自由化、分裂化而带来的孤独。所以，市民只有自主地放弃"恶劣的"个人主义，通过这种"普遍意志"，他就达到与整体的善的同一，同时保留了自己独特的个性。在普通与特殊的这种融合中，人们和睦共处但无损于自己独特的个性，个体才能被紧密地结合起来。⑥ 建立在同情、友爱基础上的非婚姻制

---

① Angela Carter, *Wise Children*, London: Vintage Press, 1992, p. 35.
② David Hume, *An Enquiry Concerning the Intellectuallity of the Human and the Principles of Morals*, L. A. Selby-Bigge, ed., Oxford: Clarendon, 1902, pp. 219, 279.
③ Ibid., pp. 274—277.
④ 参见［英］伊格尔顿《美学意识形态》，王杰译，广西师范大学出版社1998年版，第28页。
⑤ 同上书，第49页。
⑥ ［英］伊格尔顿:《美学意识形态》，王杰译，广西师范大学出版社1998年版，第13页。

的亲缘家庭正是这种关系的体现，是具有德行的真正的友爱。

亚里士多德认为，友爱自身属于德性的范围，友爱的基本问题是实行。友爱是我们在任何时候都需要的。友爱对于幸福是必要的。人是政治的动物，天生要过共同的生活。所以，幸福的生活也必定离不开朋友的共同生活。幸福是我们友爱的目的，幸福的性质就是活动，幸福就在于活动，而活动都是有一个过程的。活动是人运用生命的功能的过程，而生命就在于它的功能得到运用。人的生命的功能就在于活动。[①]

现代西方人把家庭关系看作是与友爱不同的关系，古希腊人把家庭关系也视为友爱，"在希腊人看来，友爱的所有形式都可以在家庭之中找到其原理"。多拉的"新式亲缘家庭"包含了很多古希腊形式的友爱，家庭外的性爱、母子间的慈爱、姐妹爱、姐妹与其他成员之间的友爱，总之，兼容了最多形式的爱。"希腊人说'爱……'必定是带着某种感情的，意指与所爱带着感情地共同相处。"[②] 不是那种无行动的感情或旁观者式的欣赏，而是为所爱的人或事物所做的事情，汉语的"爱……"则无此意指。多拉的"非血亲家庭"成员是互爱的，她们不仅爱彼此，更重要的在于付出和实施她们爱的责任。

传统婚姻制家庭中的诸友爱是不平等的，夫妇的不平等，父子的不平等。而伙伴的友爱则是平等的和相似的友爱。多拉的"新式亲缘家庭"中的成员们相互尊重，相互在德行上欣赏，并因此而相互对对方怀有亲密的情感。这种友爱的特征是德行的，是善的友爱和平等的友爱。

对希腊人来说，只有同类的人才能由友爱联系在一起。[③] 而且每个自由公民都具有平等的政治地位，以实现和维护多数人的治理。"非血亲家庭"正是同类人在友爱基础上的自主相聚，而非婚姻制的

[①] 参见廖申白《亚里士多德友爱论研究》，北京师范大学出版社2009年版，第232—234页。

[②] 同上书，第30页。

[③] 参见［法］让-皮埃尔·韦尔南《希腊思想的起源》，秦海鹰译，生活·读书·新知三联书店，第47页。

新式亲缘家庭的合法化正是让更多的公民享有平等的政治地位和更多权利的体现。

卡特小说的题目"明智的孩子"来自一句英国谚语:"明智的孩子认得爹。"每个孩子都有追寻生命之根的诉求,而父亲是孩子的生命之根,所以孩子神赋的天性是爱爹。但这种血缘之爱与发生在交往中的友爱,即亲缘关系的爱,是两回事。二者可以重合,血缘关系之中有友爱或亲情,但也可以不重合,血缘关系之间不友爱,没有亲缘关系,即血缘关系的成员之间在交往中彼此不能融洽。这种情况在日常生活中屡见不鲜,正如卡特所说,血亲之间的悲剧每天都在上演。反之,再看父亲对孩子的血缘之爱。父亲爱孩子是因为父亲"制造"了孩子,是天赋于制造者的血缘之爱,但是家庭的幸福离不开友爱关系的建立,而友爱如亚里士多德所言是发生在"交往"中的,而并非由血缘关系来决定。所以,从以上两条父子线来看,血缘关系都不等同于亲缘关系,亲缘关系的建立不必也不应当依据血缘关系,而更应当依据交往中的友爱关系。正如亚里士多德所说,家庭中的友爱必不可少。

因此家庭不必只依靠血缘,没有血缘关系的亲缘或友爱也可以组建成幸福的家庭。纵览人类历史、文明发展的长河,人类社会越文明,人们就会有越多的"自由",比如女性自由的扩大,同性恋婚姻的合法化等。无论这个"真情"是多么令人不可思议,哪怕它违反人们生活的常规、社会的常态。因此,新式亲缘家庭的建立是人们自由的又一次扩大,是社会文明的又一次进步。它尤其是社会中被人遗忘的弱势群体和边缘群体的归宿,他们有权利拥有社会承认的合法的"亲缘之家"。

第六章

《明智的孩子》的"反逻各斯"形式品格

"反逻各斯"的文化结构和批判精神的价值体系，在很大程度上规定并影响着《明智的孩子》这一文本的文化品格及其诗学形式。因此，西方文化中"反逻各斯中心主义"结构的基本特征是对立悖反，那么《明智的孩子》的形式品格则表现在"对立"结构的逆转。以庄谐特征为例，谐摹是通俗对神圣的贬低，具有语言上的颠覆作用；优雅与粗俗语言的并置，具有扼杀和再生之意；"笑"具有新老再生和转化之作用；对立结构的逆转形成动态的、颠覆性的建构过程。此外，虚幻性特征赋予一切稳定性结构以未完成的开放性世界观原则；人物的"意象主义"特征、颠倒和假扮的艺术形式属于更大的"对立"系统，把看似封闭性、稳定性的系统彻底翻转。

第一节　古典庄谐体

庄谐体离不开狂欢文学，"狂欢文化"是建立在历史基础上的隐喻，体现了一种看待世界的特殊方式，那就是把通常分离的元素并置在一起："狂欢把神圣与亵渎、崇高与卑下、伟大与渺小、智慧与愚蠢集合、统一、结合、合并在一起。"① 这就是庄谐体。

这种古典庄谐体最初出现在阿里斯托芬的喜剧中，在现代已失传，较少出现在传统文学中，要谈论卡特的《明智的孩子》就不能离开阿里斯托芬的谐剧。巴赫金是庄谐特征的发现者和阐释者，他通过分析小说提出了"不确定性"这一庄谐特征。关于"不确定性"并非后现代主义的专利，可追溯到文艺复兴时期的拉伯雷，直至古希腊古典时期的阿里斯托芬。可见后现代主义其实是阿里斯托芬谐剧世界观在后世一种变形的延续，尽管内容不尽相同，但精神却是相契合的。

要谈到庄谐文学就离不开狂欢体这一概念。巴赫金阐释了狂欢体的两个最为重要的方面，这同样也包括小说的所有特征：第一是自发性特征，这与相对固定不变的日常生活结构相反；第二是对法律和禁忌的暂时搁置，后者构成了狂欢节之外的生活。"狂欢世界处于日常生活的讽刺对立面，创造出了一个给颠覆和自由让位的矛盾形象秩序，而这种秩序反过来又给传统秩序带来了生机。"② 狂欢体的这一方面，连同这种创造出一种可以想象得出的，与既定秩序不同的情形的

---

① Mikhail Bakhtin, *Problems in Dostoevsky's Poetics*, Caryl Emerson, ed. and trans., Minneapolis, 1984, p. 123.
② Charies Platter, *Aristophanes and the Carnival of Genres*, Baltimore: the Johns Hopkins University Press, 2007, p. 10.

第六章 《明智的孩子》的"反逻各斯"形式品格

能力,被称为庄谐体(serio-comic genres)。庄谐体不是狂欢体中独立的分支,而是所有狂欢文学的定义性特征。

卡特的庄谐体作为她的世界观,贯穿到整个《明智的孩子》文本中去,贯穿到反大英帝国中心主义、反撒切尔国家主义强权和反血缘家庭伦理观的结构中去,这样庄谐体在《明智的孩子》中已不仅仅是部分的、暂时的、单纯文学技巧的运用,而是带有阿里斯托芬世界观的性质。在1993年出版的卡特的最后一部短篇小说集《美国鬼魂和旧世界奇观》中,卡特也表达了上述观点,她认为狂欢的本质同节日、愚人节的本质一样都是转瞬即逝的,它可以释放张力但不会重建秩序。[①]

由此可见,狂欢是手段,但不是卡特的最终目的,这不同于巴赫金的"狂欢"。正如在上文中克莱尔·汉森所认为的,如果只看到"狂欢"就会一叶障目。因此卡特仅仅把狂欢体作为一种反逻各斯的工具,也就是说卡特所推崇的不是"狂欢"的目的,"狂欢"既不是《明智的孩子》的主题和内容,也不是卡特的世界观或者她所提倡的精神,而这种目的是通过同样具有狂欢化的阿里斯托芬的庄谐体体现出来的。

既然卡特的世界观或者她所提倡的精神是通过同样具有狂欢化的阿里斯托芬的庄谐体体现出来的,那么显然,卡特的作品具有狂欢特征,但她自己为什么不承认这一点呢?卡特在与好友洛纳·塞奇的交谈中,指出当她发现许多学者宣称她的作品同巴赫金的"狂欢"定义相符,卡特说她也是在此时才读到了巴赫金。但是卡特不认为巴赫金是权威,甚至怀疑"狂欢化"的流行,她认为"狂欢"应当停止了。从卡特对研究者对她的误读的所作的回应中可以看出,学界所认定的"狂欢"是巴赫金的狂欢,是作为目的和内容的"狂欢",这当然让卡特不置可否。因为她自认为其文体是直接继承了古希腊庄谐体的影响而形成的。古希腊

---

① Cf.: Angela Carter, *American Ghosts and Old World Wonders*, London: Chatto & Windus, 1993, p.109.

庄谐体是逻各斯消解时代的产物,卡特对这种文体的继承同样体现了她在后现代语境中解构逻各斯中心的意图。

《明智的孩子》作为一部庄谐文学具有五个特征,那就是谐摹、粗俗与神圣语言、新老接替的怪诞躯体形象、强对比与矛盾组合,以及人物双声。

一 谐摹——通俗对神圣的谐摹

在艺术手法上,阿里斯托芬和卡特都是运用谐摹来打破"逻各斯"。

谐摹(pastiche),即笑中的戏仿,是一种"戏中戏"。它是通俗对神圣文本或悲剧的贬低化互文,从而祛神圣化,是互文的方式之一,这种互文性(intertextuality)是庄谐体的关键性策略,在许多方面是狂欢化文学的唯一最重要的方面。与后现代的戏仿(parody)所不同的是,谐摹是对高雅或抒情文体的整体滑稽模仿,而戏仿仅仅是某一特别段落。"戏仿或许有戏剧或者文学的批判价值,但是不会高于任何谐摹作品的价值——后者是抒情诗富有创作性的生发地。"[1]

这种谐摹在古希腊喜剧中随处可见,但在后来的喜剧中,却烟消云散了。谐摹具有语言上的颠覆作用,它将经典和神圣的东西和人物形象贬低化、世俗化了。"当一种题材宣称自己具有优越于其他题材的地位,当一种话语把其他话语视为次要时,戏仿就会出现,对抗神圣或者官方话语的霸权,瓦解它自古以来的不可撼动的言说能力,以恢复它的对立面,即那些未被社会或经济阶层所定义的,仍旧缺乏政治忠诚的,但只是就'他性'(alterity)而言——一个反对的声音,无论它是个人的、政治的,还是社会的。"[2]

---

[1] Jeffrey Henderson, *Yale Classical Studies*, Volume XXVI: Essays in Interpretation, New York: Cambridge University Press, 1980, p. 108.

[2] Charies Platter, *Aristophanes and the Carnival of Genres*. Baltimore: the Johns Hopkins University Press, 2007, p. 9.

第六章 《明智的孩子》的"反逻各斯"形式品格

谐摹这种方式在许多方面颠覆了悲剧和史诗的特点："'独立于过去'的神、半神半人,以及英雄在此处,在戏仿中,甚至更多在滑稽作品中……被贬低化、被呈现在一个与同时代的生活平等的层面上。"① 通过这种方式,在这种狂欢化话语中,史诗和悲剧的遥远的历史距离被拉近或者消除了。这种历史距离的消失伴随着等级制的消亡。这绝大部分归功于"笑"的作用,笑"摧毁了面对一个对象的恐惧与虔诚"②。这是"离心化"或者"去中心化"(centrifugal or de-centralizing),我们面对的将是话语系统的无限丰富性和无休止的变化。古雅典的旧喜剧(Athenian old comedy)可以最清晰地追溯到阿里斯托芬,深深回荡于巴赫金的狂欢化文学与小说的特征中。③

如果说阿里斯托芬喜剧谐摹悲剧和史诗等经典和神圣的文本的话,那么随着时代的变迁,20世纪末期的卡特则谐摹经典的莎翁戏剧和古罗马的英雄——圣徒乔治。

首先,《明智的孩子》通过哈泽德家族,来谐摹作为高雅文化的莎士比亚戏剧。凯特·韦布说,哈泽德家族是一个父权机构,但父亲角色不是从上帝那里获得权威,而是从莎士比亚,后者在英国文化的霸权中无所不能。哈泽德家族因饰演莎翁剧中的皇室成员而被披上一层皇家的光环,成为国宝,同时也是英国殖民野心的代理人。以父亲角色向全球传播莎剧,以售出莎士比亚的宗教和英国的价值观。④ 然而,在文本中,哈泽德家族的光环逐渐消失,一步步走向衰落,直到

---

① Mikhai Bakhtin, *The Dialogic Imagination: Four Essays*, ed. Michael Holquist, tans. Caryl Emerson and Michael Holquist, Austin: University of Texas Press, 1981, p. 261.

② Ibid..

③ Charies Platter, *Aristophanes and the Carnival of Genres*, Baltimore: the Johns Hopkins University Press, 2007, pp. 22—23.

④ Kate Webb, "Seriously Funny: Wise Children", in Lorna Sage, ed., *Flesh and the Mirror: Essays on the Art of Angela Carter*, London: Virago Press, 1994, p. 290—291.

最后被美国的好莱坞吞并而从此一蹶不振,象征神圣的"王冠"失去了它往日的光环。卡特对莎士比亚有一个非常明确的认识,她认为莎士比亚戏剧与高雅文化不符,莎翁应当被当作一位大众作家来对待。莎士比亚戏剧是文艺复兴时代的一个镜像,莎士比亚戏剧中的人物是理性主义动物和"唯理论"的持有者。正如卢那查尔斯基所说,莎士比亚对理性主义持赞赏的态度。这与反对逻各斯的谐剧的世界观明显不符,卡特以"哈泽德王朝"的衰落隐喻莎士比亚戏剧的命运,在这个谐摹的过程中,哈泽德家族将莎士比亚戏剧所代表的英国文化和上层社会贬低化了,打破了其神圣性和稳定性。还有,以哈泽德家族从英国去美国好莱坞的发展的失败历程,谐摹英国政治地位败北于美国的历史现状。

其次,小说还通过对哑剧演员乔治来谐摹古罗马的圣徒乔治,体现了对英帝国衰落的讽刺。古罗马时代战功赫赫的英雄——圣徒乔治,统治海洋,而今世俗化为滑稽演员乔治,他只能把雄心勃勃妄图统治世界的版图画在自己裸露的肉体上,昔日的圣徒的崇高意义被世俗化和贬低化了。正如甘布尔所说,《明智的孩子》无情地剖析了英帝国的分崩离析[1]。英国文化与政治的衰败在喜剧人物、哑剧演员"帅乔治"(Gorgeous George)的表演里得到进一步强化。当乔治在舞台上脱光了衣服,展示他全身刻有一幅完整的全世界地图文身的时候,他成为帝国主义精神的最直接的体现,也是爱国主义的体现。[2]他的私处被一条由英国国旗制成的丁字裤掩盖着,未被掩盖的是沿着股沟处消失的福兰克群岛,[3] 在这里,代表着英国收复雄心的福兰克群岛却在股沟处消失了,这是卡特粗俗幽默的趣味。正如凯特·韦布

---

[1] Sarah Gamble, *Angela Carter: A Literary Life*, New York: Palgrave Macmillan, 2009, p. 185.
[2] Angela Carter, *Wise Children*, London: Vintage Press, 1992, p. 67.
[3] Ibid..

所说："与昔日屡获成功，统治海洋的圣乔治（Saint George）[①] 不同，'帅乔治'只代表了征服的'观念'，隐喻了今日的英国受挫于海洋中的一个小岛。'帅乔治'是一位活隐喻，一个懦弱的镜像。乔治向我们展示了一个帝国的陨落：曾称霸世界，而现在的英国人只能有一个空间可以掌控，那就是：他自己的身体。"如同英帝国的陨落一样，"帅乔治"后来饰演最底层的角色，到最后沦落为一个沿街的乞讨者。[②]"乔治"成为一个反英雄的、被贬低的形象。

阿里斯托芬谐剧也运用了相似的谐摹技巧。首先，他通过对悲剧谐摹，来达到对悲剧中精神向度的颠覆，从而将对史诗的反动进行到底。阿里斯托芬的《群蛙》（*The Frogs*）和《地母节妇女》（*The Thesmophoriazusae*）充满了大量的对于悲剧的谐摹，悲剧中的情节和人物形象被贬低化、世俗化。在《阿卡奈人》（*The Acharneis*）中对悲剧诗人欧里庇得斯的《忒勒福斯》（*Telephus*）的谐摹中，让悲剧诗人欧里庇得斯出场，强调他衣衫的褴褛，并给予指责："你写作，大可以脚踏实地，却偏要两脚凌空！难怪你在戏里创造出那么多瘸子！"阿里斯托芬反对欧里庇得斯在悲剧中所强调一种"惟智主义"新倾向，因为它排斥对于生活世界的关注，创造了一个希腊悲剧的新传统。[③] 尼采认为，这个悲剧的新传统与埃斯库罗斯、索福克勒斯的悲剧旧传统相异。同样，阿里斯托芬也以此来指责苏格拉底：

你最好别和苏格拉底坐在一起，喋喋不休。

放弃诗歌，放弃任何

高雅的悲剧艺术。

[①] 罗马皇帝戴克里先（Diocletian，284—305 年在位）的御林军，十字军东征时为基督教殉道的罗马战士。

[②] See Kate Webb, "Seriously Funny: Wise Children", in Lorna Sage, ed., *Flesh and the Mirror: Essays on the Art of Angela Carter*, London: Virago Press, 1994, p. 294.

[③] 参见陈国强《反讽及其理性——阿里斯托芬诗学研究》，巴蜀书社 2009 年版，第 164—167 页。

你这样在故作深沉的诗句里

和没有意义的对话中

浪费时间，真是再清楚不过的蠢行为。（《群蛙》1492—1499）

最后，阿里斯托芬对悲剧的谐摹，在一定意义上，就是对古希腊神话的谐摹，因为悲剧的素材更多来源于神话。《阿卡奈人》（425），将战争的起因说成是因为三个妓女，是对特洛伊战争起源于三个女神的谐摹。在《阿卡奈人》中，从阿菲忒俄斯（Amphitheus）与传令官（Herald）的对话可以看到，阿菲忒俄斯这个凡人，竟把自己说成是神，还乱排神与人的家谱，说自己是神吕喀诺斯（Lucinus）的儿子，而吕喀诺斯显然是一个被编造出来的神，没有任何史料证明该神存在过。他还说他的祖母是淮娜瑞忒（Phaneretē），但据中世纪的学者考证，淮娜瑞忒是苏格拉底母亲的名字。[①] 其实，无论在《荷马史诗》、赫西俄德的《神谱》，还是悲剧中，每个英雄人物和神的家谱都是一件十分慎重的事情，而阿菲忒俄斯在这里对悲剧和史诗中神圣家谱进行谐摹，对抗神圣话语的权威，瓦解它天赋的言说能力，而言说"他者"，以打破其神圣性、稳定性和完成性。

这样，卡特在一个不太喜欢谐谑的时代，复活了阿里斯托芬的喜剧精神，通过对莎士比亚戏剧文化和圣徒的谐摹，表达了她反叛英帝国文化的"逻各斯"和英帝国政治霸权的独特思想。

二 粗俗用语与诗性语言

卡特的《明智的孩子》写作具有"反—类化"的倾向（anti-genetic orientation）。她有意使用优雅的文学语汇与最粗俗的污言秽语、

[①] Aristophanes. *The Eleven Comedies*, New York: Liveright Publishing Corp., 1943, p. 89.

方言土语融合在一起，使读者从语言自身感受到纷繁万状的生活原生态和价值观念多向度的世界。在《奇怪的房间》（*The Curious Room*）的绪论中，苏珊娜·克拉普（Susannah Clapp）写道：卡特作品的艺术特点是辞藻奢华、兼具政治性与怪诞性、极其复杂而又博学多才。她是一位视纨绔和社会主义者并行不悖的出色的作家的作品，她的用词既深远又朴实；她的表达方式变化于深奥与趣闻之间。①

文本中粗俗与正义的话语并行不悖，既有像"激情也不过如此，因为若没有诺拉，人生便不值得活了。这才是姐妹之情"②等正能量价值观的建设性话语；也有《英格兰玫瑰》（*Rose of England*）的优美词句，"如此尊贵的花儿，无与伦比"③。而同时，通过躯体用语表现出来的贬低化体系随处可见，"性"在卡特这里不仅没有丝毫羞耻感，反而被大肆宣扬。文本中体毛、光裸、乳房、阉割④、交媾、鸡奸、脱裤子、私处、股沟处、鼓动的胸肌、赤裸、奶子、大玩三P（stage a three-point orgy）⑤、"奢靡狂欢"、多P杂交（have group sex）⑥、屁股（bum）⑦等这些下半身语汇出现频繁。躯体的描述也处处可见，比如钱斯姐妹给佩瑞格林叔叔跳黑屁股舞："我们跳'黑屁股'给他看；我们好喜欢'黑屁股'，那是他送给我们的一张唱片，里面有《雷尼老妈的大黑屁股》（*Ma Rainey's Big Black Bottom*）。"⑧有男人们撒尿的场面："另一群身穿小丑服装的歌舞群男人没香槟可用，便解开裤裆贡献自己的液体，略尽绵薄帮助东撒瑟郡消防队的好

---

① Angela Carter，*The Curious Room*，London：Chatto & Windus，1996，p. vii.
② Angela Carter，*Wise Children*，London：Vintage Press，1992，p. 104.
③ Ibid.，p. 66.
④ Ibid.，pp. 3—4.
⑤ Ibid.，p. 27.
⑥ Ibid.，p. 128.
⑦ Ibid.，p. 67.
⑧ Ibid.，p. 68.

男儿。"① 还有更露骨的火灾之夜露天地里狂欢杂交场面："我眼角瞄见，积雪的玫瑰园里的拱形藤蔓架下，科利奥兰纳正扎实地鸡奸班戈的鬼魂；日晷旁，一位扮成克丽欧佩特拉的绅士用嘴取悦另一位扮成托比爵士的绅士。不只如此……头号风流红娘以女上男下的体位拼命扭动。"②

在卡特的笔下，欲望的对象是没有边界的，是真正的杂烩：小说中有同性恋易装者之间的鸡奸、兄妹乱伦、叔侄乱伦、叔嫂通奸、年龄差距30岁的婚姻、性怪癖者、水性杨花者等，卡特用轻松、欢乐的笔触描绘了一场场性杂交的盛宴。在这些粗俗语中，人物的言语与动作充斥着躯体下半身的地形形象，如交媾、屁股、股沟等占统治地位，此谓丑角地形学，是一种独特的文艺躯体学，具有躯体颠覆的价值内涵，是"逆向的等级""颠倒的世界""正面的否定"（巴赫金语）。它往往将形象降格：从精神降到肉体，从人体上部降到人体下部，使形象变成怪诞的和双重意义的。

再来看滑稽演员乔治的躯体性表演：乔治全身是一幅完整的世界地图，头为北极，脚为南极。他鼓起右臂的二头肌……动作是，脱裤子……他的长裤里还有一条非常宽裕的丁字裤……是英国国旗……爱国地九十度转向时也能看见一路往他股沟延伸的福兰克群岛。③ 在巴赫金的丑角理论中，丑角天然地站到了平民大众一面，通过笑和引发笑来战胜恐惧与严肃。在这一过程中，丑角天然地"具有快感原则的积极肯定的性质，战胜了自己的恐惧，并且在传播非官方的真理中发挥作用，由此在公众之间创造一个乐融融的和睦局面"④。乔治以身体的展示向我们传达了大英帝国妄图控制对殖民地的勃勃野心，但是在

---

① Angela Carter, *Wise Children*, London: Vintage Press, 1992, p. 144.
② Ibid., pp. 3—4.
③ Ibid., p. 67.
④ ［德］汉斯·罗伯特·耀斯：《审美经验与文学解释学》，顾建光等译，上海译文出版社1997年版，第297页。

下半身躯体所引发的爆笑中，官方的严肃立场迅速瓦解，乔治的滑稽形象直接摧毁了大英帝国称霸世界的傲气，他以躯体激发了观众的快感，在这种露天的笑声中，官与民之间的等级差别被抹平，帝国的战略成为民众调侃的对象。丑角让民众得到了空前的自由和兴奋，丑角本身是人与人交往的最融洽、最欢乐的面具，人们赋予了他无所畏惧的内涵。在丑角的狂欢世界中，没有等级差距，人与人亲昵地交往，畅所欲言，丑角的笑和丑角引发的是无所畏惧的笑，是有着丰富内涵的笑，代表着个体与集体在和谐一致的自由基础上的极度欢乐。

躯体语言，即丑角地形学的目的在于反抗官方的语言，也是寻找"自我"。福柯强调"性"对"自我"的意义。他认为，在权力话语的压制下，人在根本意义上失去了"自我"的存在。反抗压制肉体的最终目的在于"拥有自我"。在巴赫金的躯体维度上，"性"在集体的躯体欲望中，一方面是反抗官方压制的一种手段，同时又是人们象征生命延续、与宇宙融合的情感符号。人们通过关乎性的活动引发欢笑，在欢笑中，一切虚假的东西被消解掉，一切有利于建构集体躯体的因素被强化。这种躯体因素是古希腊喜剧所特有的元素，与悲剧和史诗有着鲜明的差异，早在古希腊，当史诗与戏剧并列而置的时候，西方艺术就朝着精神和身体这两个方向展现了。史诗是"精神表达"，而戏剧则是"身体表达"，是对史诗的整体反动。但悲剧与其说是"身体的"，不如说更是"精神的"。[①] 悲剧所提倡的精神之维是通过悲剧人物身体的毁灭来达成的，正如黑格尔所认为的，悲剧以人物肉体的牺牲来否定由人物所带来的某种伦理力量的片面性。因此，悲剧中的身体已不具有尊贵的地位，身体常常成为罪恶之源，取而代之的是精神、伦理之维。

然而，身体真的如此无足轻重吗？关于身体，胡塞尔认为，人对

[①] 参见陈国强《反讽及其理性——阿里斯托芬诗学研究》，巴蜀书社2009年版，第133—134页。

世界的认知始于自己的和他人的身体，没有身体就没有生活世界。他认为，当外在世界中一切非自我的部分被除去后，保留下来的一个最基础、最原初的层次，一个与我绝对脱离不了干系的外在世界，就是我们的身体，他说："在这个自然的被本真把握到的躯体中，我就唯一突出地发现了我的身体……"① 在胡塞尔看来，感知世界离不开身体与世界的联系，正是通过生活世界—身体—主体间性—自我这一系列关系，"每一个'我这个人'以及我们大家，作为共同生活于这个世界上的人，正是属于这个世界；这个世界正是由于这种'共同生活'而是我们的世界，是在意识上成为我们存在的有效的世界"②。

值得庆幸的是，喜剧向我们提供了一个完全的身体立场，使"身体"获得了尊贵的地位。喜剧的旨向是"身体性"的，它将"身体"直陈于我们面前，常常借脱裤子、光裸、屁股等谐谑性的身体语言，来打破我们习以为常的精神之维。易言之，悲剧传统中对精神的追求是在缺失了肉体存在的前提下提出来的，有一个"超验世界"的设立，而谐剧通过肉身的强调，指明了精神是根源于（不能独立于）日常生活世界。③

但遗憾的是，这种躯体立场在阿里斯托芬后世的西方文化里基本已经死亡。从阿里斯托芬、米南德、古罗马喜剧、莎士比亚和莫里哀，这种身体立场逐渐被销蚀，最后完全葬送在荒诞剧作家手中，那就是，"头脑胜利了，而身心却死亡了"④。

对这种身心的死亡，福柯曾大喊"人死了"，为被"人"的观念

---

① ［德］胡塞尔：《生活世界现象学》，［德］克劳斯·黑尔德编，倪梁康、张廷国译，上海译文出版社 2002 年版，第 158 页。

② ［德］胡塞尔：《欧洲科学的危机与超越论的现象学》，［德］毕迈尔编，王炳文译，商务印书馆 2001 年版，第 127 页。

③ 参见陈国强《反讽及其理性——阿里斯托芬诗学研究》，巴蜀书社 2009 年版，第 155 页。

④ Erich Segal, *The Death of Comedy*, Cambridge: Harvard University Press, 2001, p. 431.

所否定的"肉体"维度正名。"人之死"不是肉体的死亡，而是作为认识主体与道德主体——"人"的虚假问题的死亡。福柯认为人的观念不是从来就有的，传统理性主义和人道主义所标榜的"人类中心"，以及围绕这一命题而赋予人类的诸如神圣性、绝对性、主体性等本质特征都是建立在盲目的信仰和信念基础之上的。福柯认为在18世纪末以前，人并不存在。"人"的观念是随着现代认知的出现而产生的。福柯反对假以真理—知识名义的权力话语对人的种种改造和压制。这种改造表现在把"灵肉合一"的人改造为去除肉体经验的人的"灵"性存在。人的肉体体验（疯癫、犯罪和性体验）都被传统的权力话语所改造和压抑。就这样，历史对躯体的打压使躯体进入了一个完全的道德领域，强权话语把躯体视作由于人性的缺点而造成的道德过错，称之为兽类。依靠强权，压抑躯体，使人重新回到人的道德之途，"毫不妥协、毫无保留地用肉体强制来实行统治心灵的法律"[1]。福柯认为从古典时代起，人们就把人的躯体作为权力的对象和目标。通过纪律、规范、操练以致监视等规训手段把人改造成驯顺的肉体存在。福柯在揭示了"个体的原初身体经验在知识和规训技巧中的消失"[2]。在福柯看来，伦理与知识结合起来，构筑成限制压抑肉体的科学，使人自我抛弃。在认知快感中，人们"从性真相中获得的特殊享乐替代了性享乐本身"[3]。在这一过程中，知识和伦理话语构建的主体其实非我们本真存在的主体。福柯否定人的存在，是对传统的本体论思维向度的否定，在福柯的批判中，本体、主体等形而上学的不变结构被彻底打破了。

这种"身体立场"，虽沉浸于感官享乐的世俗立场，但它是一种

---

[1] ［法］福柯：《疯癫与文明》，刘北成、杨远婴译，生活·读书·新知三联书店1999年版，第55页。
[2] ［法］福柯：《性史》，张廷深译，上海科学技术文献出版社1989年版，第16—18页。
[3] 同上书，第27页。

与"严肃"相对立的游戏状态，是对规范的破坏，孕育着开放性、未完成性、对话的平等性，是平等身份的全民狂欢。巴赫金认为，躯体的颠覆与建构是双重性的。

这种优雅与粗俗相融、并置的语言也大量出现在阿里斯托芬的谐剧中，他的文体样式和语调可以从高雅的抒情段到淫秽和性的恣意书写。

作为抒情诗人的阿里斯托芬，他的高雅无人能出其右。阿里斯托芬有一种"迷人的，轻快和优雅的风格，是古希腊抒情诗的璀璨的篇章"①。"他的抒情诗可以与品达（Pindar，ca522—ca438）和济慈（Keats，1795—1821）的魂魄比肩"②，"在他的剧本里可以找到，人类天才所能创作的最出色的抒情篇章"③。迈克尔·西尔克（Michael Silk）认为，阿里斯托芬作为一位抒情诗人的最重要的贡献在于，他创作了一种高雅与低俗的创造性结合的语言表达方式。他的作品是一个新的合成物，而不仅仅是一个混合体，这是对传统范式的狠命一击。④ T. S. 艾略特（T. S. Eliot）说："无论我们愿意与否，只有天才能改变我们的表达方式。"迈克尔·西尔克认为："阿里斯托芬作为诗人最大的贡献就是他的现实—奇幻相结合的抒情诗表达。它代表了，确切地说，一种与任何先前的诗歌范式，无论是严肃的还是喜剧式的，所不同的表达方式。"⑤

对于作为古典喜剧家的阿里斯托芬，人们不可避免地认为，"喜剧智性、高雅的文学旨向和罕见的公共精神，以及阿里斯托芬在激进而危险的战争狂热时期借以为合乎理性和和平辩护的大无畏精神，难

---

① Jeffrey Henderson, *Yale Classical Studies*, Volume XXVI: Essays in Interpretation, New York: Cambridge University Press, 1980, p. 99.
② Ibid., *Commentary on Frogs* (1963), xli.
③ P. W. Harsh, *A Handbook of Classical Drama*, Stanford, 1944, 264f.
④ Jeffrey Henderson, *Yale Classical Studies*, Volume XXVI: Essays in Interpretation, New York: Cambridge University Press, 1980, p. 129—130.
⑤ Ibid., p. 151.

以与在大多数喜剧中语言和事件的猥亵相一致，也难以与人物时不时的脏话相一致。"① 威尔·杜兰（Will Durant）说，阿里斯托芬是一个美、智慧与猥亵综合而不可分的混合体。当灵感来临时，他能写出最宁馨纯真的希腊抒情诗，没有人能译出其意境；另一方面，他的趣味低级，每隔一页我们总可以看到交合、腋毛、胯骨间、细毛、拉屎、屁、屁股、乳房、性器官、交媾、鸡奸、手淫等这些字眼。他是古代诗人中最能超越时代距离的一个，因为没有任何事物比猥亵更无时间性。希腊作家中没有人比他更粗俗。但是他希望以攻击不道德来弥补道德。②

然而，依迪丝·汉密尔顿说，阿里斯托芬在描写粗俗、鄙陋时是那么直言不讳、那么大胆，他的剧中没有下流的偷窥者，没有捂着嘴说坏话的人。他用最平常最明白的话毫无羞耻地表达所有的事情，读完他的作品你会觉得粗俗不过是生活中的一部分。建立在原始的自然需要的基础上的生活看上去是粗鄙、俚俗的，但从来也不是肮脏的、腐朽的。他的剧中从来没有堕落、颓废的气息。③ 那时的雅典人，柏拉图笔下的绅士，也同样是观看阿里斯托芬戏剧的观众，他们凡事皆抱现实的态度，不会对任何生活现实进行歪曲。他们认识到人的体魄是异常重要的，几乎同理智和精神一样重要。阿里斯托芬笔下的希腊与柏拉图笔下的希腊，二者合一统一于完整的雅典人。④

在《云》（*The Clouds*）中，阿里斯托芬将雷声与放屁作类比："尊贵的云神啊，我敬畏你们，我也想放个屁来回应你们的雷声，那雷声叫我吓掉魂！"（293—295）"等我进厕所的时候，简直是打雷，

---

① Gilbert Murry, *Aristophanes: A Study*, Oxford: Clarendon Press, 1933, p.1.
② 参见［美］威尔·杜兰《希腊的生活》，载台湾幼狮文化公司译，《世界文明史》（第二卷），东方出版社1998年版，第522—524页。
③ 参见［美］依迪丝·汉密尔顿《希腊精神：西方文明的源泉》，葛海滨译，辽宁教育出版社2003年版，第82—111页。
④ 同上书，第110—111页。

'啪啪啪啪',正像他们那样响。"① (386—392)对于古希腊人来说,雷声意味着与宙斯的联系,但在这里,阿里斯托芬有意在这二者中做一种低俗的联系。在《财神》(Plutus)中,宙斯的祭祀解释,财神能看得见之后,没有一个人进庙祭祀,除了千百个来"方便"的人们(1184)。在这里,神庙被贬低为人们"方便"的地方。总之,高高在上的雷神、云神、庙宇与下部的厕所、屁和"方便"构成了"上"和"下"的躯体地形学意义。

除了躯体怪诞用语,在《明智的孩子》中我们可以到处看到这样一些通俗、口语体的、广场的粗俗语言,这些与人体相关的狂欢式的嬉戏,充满了亵渎与不敬,如:天杀的(bloody,3、128)、该死的(dead,9)、狗屁玩意(poxy,9)、奶子(tits,9)、混蛋(bastard,32)擦屁股(wipe her bum,40)、猥亵(obscene,68)、祸水妞(jail-bait,70)、痔疮(piles,113)、尿尿(wee-wee,114)、臭脚丫(130)、挑动内裤的微笑(136)、脱内裤(137)、尿裤子(199)、"担心自己膀胱的容量"(199)、可恶的畜生(221)。讲到黛西时说,在好莱坞"她一路爬到最高处,途中在每个大于副导官衔的人内裤上都留下了口红印"(115)。结婚之夜,黛西把一百万美钞铺满床,"在钱堆里打滚,就像狗在大便里打滚"(139)。"梅尔基奥尔那可能功效不彰的三角裤里出现明显骚动,预示着大家唱随之乐的婚姻将会有不幸的兆头。"(137)

猥亵语言显然是谐剧的一个重要特征。杰弗瑞·亨德森(Jeffrey Henderson)在《肮脏的缪斯》(The Maculate Muse)的开头一章强调古希腊猥亵语言的全民性、外向型的本质特点与现代观念上的色情描写形成了鲜明的对比,后者意味着个人隐私。② 迈克尔·西尔克在

---

① Tr. based on Starkie and Dickinson.
② Jeffrey Henderson, ed., *The Maculate Muse*: *Obscene Language in Attic Comedy*, Oxford: Oxford Univercity, 1993, p.86.

一篇名为"作为抒情人的阿里斯托芬"（Aristophanes as a Lyric Poet）文章中①指出，阿里斯托芬旧喜剧以其独特的讽刺目的，而与绝大多数希腊抒情诗区分开来。阿里斯托芬表达的特性是口语体（colloquial）和民间因素，是一种大众文化。阿里斯托芬喜剧融合了"大众活力"（popular vigor），当上层社会的举止令人窒息之时，这种大众的活力就是一种与生俱来的力量。

巴赫金认为，这些骂人的脏话——这一言语题材的性质——具有双重性，既有贬低和扼杀之意，又有再生和更新之意。在狂欢节的条件下，它们的本质发生了彻底的变化，具有深刻性、自我完整性、包罗万象性。经过这种改观，骂人话对创造"看待世界的第二种角度"，即诙谐角度，做出了自己的贡献。它集中了遭到禁止和从官方言语交往中被排斥出来的各种言语现象。②这就是巴赫金所指的怪诞现实主义的审美观念，其中的物质—肉体自然元素是深刻的积极因素，这种自然元素在这里完全不是以个人主义的形式展现出来，不属于单个的生物学个体，也完全没有脱离其他生活领域，而是全民的和包罗万象的，并且同一切脱离世界物质—肉体本源的东西相对立，同一切自我隔离和自我封闭相对立，同一切抽象的理想相对立，同一切与世隔绝和无视大地和身体的重要性的自命不凡相对立。总之，是反逻各斯的。

亵渎在"狂欢文化"中有着特殊的地位，指"狂欢的贬低和回到

---

① 迈克尔·西尔克在此文论证了阿里斯托芬并非人们所普遍认为的一位"严肃"抒情诗人，他从基本概念上澄清了这种普遍观念，并重新阐释了阿里斯托芬作为一个抒情诗人的真正成就。他指出，在阿里斯托芬的那些抒情段落中，幽默与不和谐没有丝毫减少的迹象，我们找不到习语、措辞、节奏等严肃抒情诗所固有的各种特性。阿里斯托芬的书写中"没有任何戏仿（parody）的特别段落，而是对高雅抒情诗这一整体的谐摹。而以往的这种倾向于戏仿的解释，唯一重要的原因大概是作品的喜剧氛围。"因为在他的戏剧中，苏格拉底（Socrates）和斯瑞西阿德斯（Strepsiades）都成为可笑的人物。（Jeffrey Henderson, *Yale Classical Studies*, Volume XXVI: *Essays in Interpretation*, New York: Cambridge University Press, 1980, p.108.）

② 参见［苏］巴赫金《拉伯雷的创作于中世纪和文艺复兴时期的民间文化》，夏忠宪译，载钱中文主编《巴赫金全集》（第六卷），河北教育出版社1998年版，第20页。

现实这一整套系统,狂欢的淫秽与大地、身体的再生产力,以及关于神圣文本和言语等的狂欢的戏仿连接起来"。①在巴赫金看来,亵渎作为狂欢的一种否定力量瓦解了日常生活中不平等的因素之间的分割线,质疑之前被抬高的东西。通过神圣与亵渎的结合来直接瓦解神圣——尤其是通过把关注点从灵魂引向身体,这一身体欲望、生殖和衰老之根源。通过这种方式,传统所谓的永恒与纯洁经过与短暂、不洁之物的强力并置共存而被祛除神圣化。于是,官方宗教祭仪的地位,作为人们生活的命令式原则,和作为最后裁判的法庭,在面对宗教仪式和神圣文本等戏仿形式的狂欢笑声时而被削弱、受损。因此,狂欢对等级制的攻击没有就此而停止,社会秩序也同样倒转了,如同由智慧(无论真实还是伪装)而招致的划分,卑贱者以牺牲较优者为代价而被抬高,无知者被尊奉为超过智者的人。

那么这些躯体用语和粗俗用语同阿里斯托芬的艺术世界观的关系是怎样的呢?阿里斯托芬的喜剧艺术世界观与物质—肉体的因素是紧密相连的,这是阿里斯托芬艺术世界观的根源,也是他的喜剧的基础。这里涉及对于物质—肉体因素的观念认识的变化。

在部落社会,在古希腊的宗教信仰中,无论是家庭宗教、胞族宗教、部落宗教、城邦宗教,还是在祖先崇拜和自然崇拜中,生殖崇拜都居于核心地位,对于人的信仰具有奠基意义。生殖崇拜意味着人类的繁衍不绝、世代更替和自然万物的发芽、生长、枯荣复生,而这一切靠的就是生殖,就是大地的生育能力。所以物质—肉体因素是与生殖崇拜相关联的因素,是积极、开放的因素,共同昭示着人类和自然万物的生机勃勃和绵延不绝。但是在阿里斯托芬的时代,在部落社会向开放社会转型的时代,一种新的物质—肉体观念逐渐产生,那就是隔离人体,并注重外部世界的关系。巴赫金认为,这些新标准要求的人体首先是严格完

---

① Mikhail Bakhtin, *Problems in Dostoevsky's Poetics*, Caryl Emerson, ed. and trans., Minneapolis, 1984, p. 123.

成的人体，其次人体是单独的，与其他人体分开的、封闭的。而人体的一切非现成性、生长性的特征都被排除掉了，如人体的所有凸起面都被清除和抹平了，所有的空洞都被堵死。人体的永恒的非现成性被隐藏起来，受孕、怀胎、分娩、弥留通常是不被表现出来的，强调的是人体完成的、独立自在的个体性。表现人体仅限于人体同外部世界的关联，不揭示人体内部的动作和吞噬排泄过程。对个体的人体的表现与生育人民大众的身体无关。① 这样，物质—肉体的因素就失去了世界观的深度和广度，成为私欲的、猥亵的因素。

而阿里斯托芬意识到了这种新的物质—肉体观念的存在，并对其加以指责，这正是阿里斯托芬谐剧世界观所反映的内容，粗俗与躯体用语也相应产生。正如穆勒（Müller）和唐纳森（Donaldson）所言，粗俗言辞的出现，立刻突破了体面的行为方式和道德规范的束缚，这些被看作是古老的狂欢节中粗野的诙谐。②

三　新老接替的怪诞躯体形象

《明智的孩子》有这样几处非同寻常的新老接替的身体描述：参加父亲的百岁生日聚会时，75岁高龄的双胞胎姐妹化妆成15岁的样子，她们看到镜中的自己不觉吃惊"两个滑稽的老女孩，浓妆足有一寸，衣服比人年轻了六十岁，15岁啊，丝袜上满是星星，又短又小的裙子勉强盖住屁股。好一幅戏仿画"③。二人虽然感到打扮过火，可还是忍不住地大笑，笑她们把自己弄成这副模样，尽管如此她们仍大胆招摇跨进宴会厅，即便知道别人受不了看见她们。④ 阿里斯托芬的

---

① 参见［苏］巴赫金《拉伯雷的创作于中世纪和文艺复兴时期的民间文化》，夏忠宪译，钱中文主编《巴赫金全集》（第六卷），河北教育出版社1998年版，第31—35页。
② Gilbert Murry, *Aristophanes: A Study*, Oxford: The Clarendon Press, 1933, p. 1.
③ Angela Carter, *Wise Children*, London: Vintage Press, 1992, p. 274.
④ Ibid., pp. 197—198.

《公民大会妇女》也有老太婆扮嫩并带着怪诞的笑的相似描述。丑老太婆"涂脂抹粉,穿上过节时才穿的番红色长裙,哼着情歌小调,加上煽情的柔声絮语,要把过往的男人猎获。"(878—881)"请在我的怀抱里入睡……同我们成熟的女人一起才是甜蜜……年轻的姑娘如采花之蝶,飞来又飞去,有谁肯为自己的男友锁住一颗心忠诚不渝?"(894—899)这里丑陋与笑(快乐地哼歌)形成了"怪诞"。之所以称之为"怪诞",是因为丑陋的老妇竟然还带着欢快的笑容,"这种不和谐而又奇怪的扮嫩是为了重拾她们已逝青春的魅力,承认即将等待她们的命运"[1]。

这种怪诞的"笑"具有再生、转化、颠覆的作用。"笑"在上古初民时代,有着自发反抗的意味。"笑"本身意味着战胜,而战胜意味着异己的东西变为自己的东西。巴赫金说,"笑摧毁恐怖与虔诚"[2],通过允许权威人物变成被嘲弄的对象,逆转事物的惯常秩序。怪诞的"笑"具有摆脱官方统治秩序的严肃性和转化异己后有所获得的反抗权威和逆转常规的力量。

在现世中,人的老朽无法战胜青春,便以怪诞的虚拟形式来战胜。狂欢的目的是摆脱人类无法抗争的对衰老深深的恐惧。其结果便是在艺术中产生了怪诞可笑的组合。老与少交媾的躯体是在延伸复苏的躯体,躯体的孔眼是融合内外在世界的通道。而这种生生不息、与世界不断融合的躯体是原始初民无所畏惧精神的源泉。

巴赫金认为,在文学艺术领域,表示恐怖、怪异的意蕴受到压抑,而荒唐可笑、稀奇古怪的方面得到了过分强调。这种怪诞的笑具有历史文化渊源。原始初民在对抗自然力的过程中认为,只要表现出

---

[1] Bernard Freydberg, *Philosophy of Comedy*, Bloomington: Indiana University Press, 2008, p. 150.

[2] Mikhai Bakhtin, *The Dialogic Imagination: Four Essay*, ed. Michael Holquist, tans. Caryl Emerson and Michael Holquist. Austin: University of Texas Press, 1981, p. 23.

欢笑，必定会度过危险、得到收获，也只有欢笑才能克服恐惧，战胜自然界中的神秘力量，由此便产生了原始的怪诞艺术。在怪诞形象中，恐怖因素被扭曲成可笑的组合，丑陋的老妇也要露出奇怪的笑容。到了后世，怪诞艺术作为一种虚拟对抗的象征形式，仍具有帮助人们克服内心恐惧的作用。恐怖因素的可笑组合引发出怪诞的笑。巴赫金认为，正是源于这种文化语境的笑，用来打破严肃、克服恐惧的一种狂欢手段，同时由于战胜的东西被胜利者拥有，因而怪诞的笑又有着获得的意味。传统的对笑的理解，大都从纯粹形而上学的角度出发（康德和斯宾塞认为"笑"空无所得），缺乏对笑的历史文化因素的观照。巴赫金从原初狂欢文化的视角，认为这"空无所得"便是最大的所"得"。笑的意义正在于消解一切能有所得的期待和努力，引发严肃与郑重。"笑"就是要消除这种努力和期待的严肃性，这是对严肃性的欢乐地摆脱。①

对平民大众而言，大自然的威胁和统治阶级的统治都是异己的、严肃的，对于统治阶级来说，只有严肃的氛围才能加强被统治者对统治秩序的敬畏感，才能稳固统治秩序。因此，源自狂欢文化的怪诞的笑就具有重要的反抗意义，所以巴赫金说："笑就它的本性来说就具有深刻的非官方性质；笑与任何的现实的官方严肃性相对立，从而造成亲昵的人群。"②"笑"的这种聚合力，是在转化异己的他人为自身的一部分。巴赫金认为，狂欢世界的笑是全民的，包罗万象的，它针对一切事物和人，即整个世界都可以从"笑"的相对性来感受和理解。它既是欢乐兴奋又是冷嘲热讽的、既是埋葬又是再生的双重性的笑。

---

① 参见［苏］巴赫金《文本、对话与人文》，晓河译，钱中文主编《巴赫金全集》（第四卷），河北教育出版社1998年版，第60页。
② ［苏］巴赫金：《文本、对话与人文》，晓河译，钱中文主编《巴赫金全集》（第四卷），河北教育出版社1998年版，第60页。

而这种怪诞形式在今天已经消亡。巴赫金认为："早在十七世纪，某些怪诞形式就开始退化为静止的'特征'和狭隘的题材形式。这种退化与资产阶级世界观所持有的局限性相联系。"① 怪诞形象开始形式化、外在化与面具化，由集体意识的投射转向个体意识。怪诞躯体的双重性弱化甚至丧失，可笑因素失去了肯定再生的成分，而采取了幽默、反讽、讥笑的形式。在这种情况下，躯体形象的吃喝、排泄、交媾、分娩，几乎完全失去了它们的再生、转化意义，变成单纯滑稽可笑、被否定的"低下的日常生活"。为了唤起人们的否定意识，处于弱势的恐怖又往往被夸大成优势力量，并竭力把这种恐惧灌输给读者"恐吓他们"，这样，本来是"自己的世界忽然变成了异己的世界"②，后世的现代主义的文学思潮（表现主义、荒诞主义和黑色幽默）因缺少真正的欢快的"笑"而变成了恐怖、讥讽和严肃，没有了浪漫主义的怪诞。

在《明智的孩子》中，还出现了青春与年老的媾和镜像，75岁的多拉跟100岁的佩瑞格林叔叔交合时，多拉眼中出现年老叔叔年轻时"一头锈红发的年轻飞行员"③的样子，还有多个以往与她交合过的年轻人的躯体形象，有蓝眼睛男孩、钢琴先生等，她还看到了当年13岁豆蔻年华的自己，"绑着绿蝴蝶结"，"眨着眼睛"④。在这里，老年的躯体重叠着一种或者更多种青春的躯体。在《公民大会妇女》中也有青春、美丽与死亡、衰老的对峙，文本写道：女青年（20岁以下）"年轻貌美""青春洋溢的身躯"，而丑老太婆如同"抹了胭脂的僵尸、抹了白粉的棺材，死神就在身边徘徊"，二者形成了强烈的反差。还有，60多岁女人将要有的"葬礼"、她们是"陈腐发霉的衣架"

---

① ［苏］巴赫金：《文本、对话与人文》，晓河译，钱中文主编《巴赫金全集》（第四卷），河北教育出版社1998年版，第62页。
② 同上书，第44—46页。
③ Angela Carter, *Wise Children*, London：Vintage Press, 1992, p. 221.
④ Ibid..

第六章
《明智的孩子》的"反逻各斯"形式品格

（991），将要与她们中的一位交媾的青年要为她们"在婚床上筑起坟包……给自己扎上致哀的黑纱"（1030—1033），还称她们是"两颊深陷像骷髅一般的癞蛤蟆"（1101）。在这里，（即将）交合的双方极具怪诞的躯体形象，一方是将要萎死的丑老太婆的身体，另一方则是充满了青春活力的男（女）青年的身体。这种新老接替的躯体描述，把日常生活中的伦理、规则、老少、美丑的界限大胆地打破了，这种怪诞的组合所产生的喜剧化效果，使人感觉到是一种快活的、几近嬉笑的随心所欲。而这就类似于巴赫金所提出的怪诞（Grotesque）艺术。

"怪诞人体形象的基本倾向之一就在于，要在一个人身上表现两个身体：一个是生育和萎死的身体，另一个是受孕、成胎和待生的身体……特别突出阳具或阴户。在一个人体上总是以这种或那种形式和程度突出另一个新的人体。"[①] 巴赫金的怪诞人体形象虽然最初起源于怀孕的老妇的雕塑形象，但这两处文本描述的变形却具有异曲同工之妙。怪诞躯体富有自发的辩证色彩，因为在怪诞世界里，怪诞躯体同时充满肯定与否定的双重性。这种双重性同样凸显了"转化"意味，这和躯体融合于世界、占有世界，从而转化异己的世界为自己的世界是一致的。巴赫金认为，"在一个人体上总是以这种或那种形式和程度突出另一个新的人体"[②]。这种新与旧、垂死与新生、变形的始与末的辩证更替，需要躯体之外的世界不断融入躯体，躯体中死亡的成分不断回归到世界之中。这种躯体的未完成性和开放性是完全一致的，正是由于躯体的开放性，才可能使躯体处于不断更新的未完成之中，极具庄谐性和颠覆性。

另外，这种新老接替的躯体形象还参与着躯体构建的过程。在《明智的孩子》中，75岁多拉眼中佩瑞格林这位百岁老人不仅变为年

[①] ［苏］巴赫金：《文本、对话与人文》，晓河译，钱中文主编《巴赫金全集》（第四卷），河北教育出版社1998年版，第31页。

[②] 同上。

轻时的他，那个想当年拯救她们的年轻飞行员，而且随后变为多位年轻人的镜像，他们都是她一生中交往的真爱。这些跟她交合过的人有：蓝眼睛男孩、爱尔兰人（Irish）、自由的波兰人（Free Pole）、钢琴先生（Mr. Piano Man），多拉说，"今晚的佩瑞格林不是唯一一个我所爱的人，而是许多面孔、举止和爱抚构成的万花筒。他不是我一生中的至爱，而是我一生所爱的人的总和，是我恋爱生涯的最后谢幕"①。而此刻年老的多拉也仿佛看到自己成为那个扎着绿蝴蝶结的瘦高个儿的女孩。②

　　巴赫金所理解的躯体是我与他人参与建构的躯体，但我的生理局限决定个人的自我无法建构出完整的躯体，只有我与他人彼此相互确证彼此的外在躯体，才能使彼此都构造出内外统一的完整躯体。巴赫金还把躯体的建构放在传统哲学思考的我与世界的关系之中，通过躯体"孔洞"处的物质交换，外在世界被同化到躯体内部，躯体也在这一过程中和外在世界相融合。多拉与他人交合的过程也是她构建完整躯体的过程。

　　在这里，躯体具有价值层面的意义，是一种建设性的融合。按照巴赫金理论，躯体中包含着我与他人的双重因素，我既不同于他人，我与他人又和谐地融合在同一个统一的躯体之中。人的躯体不是先天给定的，而是源于和他人互动中的设定性，这种设定性就是未完成性的原因所在。巴赫金坚持内外躯体构成完整统一躯体的论说。我与他人、我与世界的关系在不断地发展变化之中，也在我们的不断创造之中。只有他人的不断构建，我们才可能逐渐形成完整的躯体体验，而对个人完整躯体的体验需要随时空的变化而不断变化，直到生命结束，他人才能对我的躯体有一个整体的认识把握。③ 目的是建构一个

---

①　Angela Carter, *Wise Children*, London：Vintage Press, 1992, p. 221.
②　Ibid..
③　参见秦勇《巴赫金躯体理论研究》，中国社会科学出版社 2009 年版，第 116 页。

第六章 《明智的孩子》的"反逻各斯"形式品格

更加美好、个体融于集体的当下世界。多拉正是在这种与多个"他人"的互动中建构着自我,见证着她一生的生命轨迹,因此是她"恋爱生涯的最后谢幕"①。

在这个完整躯体的构建过程中,外在躯体的价值由我对他人之"爱"而被建构,使我与他人的区分重新融合。巴赫金认为,我与他人之"爱"的感情意志立场的存在,是"他人"之所以能与"我"和谐统一地建构我的躯体的关键所在。因为某人自己的身体,总是一个内在的躯体,然而他人的躯体总是一个外在的躯体。人无法以爱自己的方式爱他人,因为没有接触他人的内在状态和感情的途径,因此对他人的感受与对自身的感受是完全不同的。② 而只有来自一个人一生的外部的"爱"能给予并塑造这个人的内在躯体。显然,自我的躯体是不能够自足的。通过爱的语言和真心关切的行为,一个人才能意识到自己是重要的而不是"那个内在自我感觉的黑暗混沌"③。

再回到文本中这段描述,如果仅仅是两性的交合,那么多拉与年轻飞行员、蓝眼睛男孩、爱尔兰人、自由的波兰人、钢琴先生这种后现代的压缩时空的组合,可以合成一个统一的"内在肉体"④,但不是外在的融合,不能建构起多拉的"外在躯体",因为在性欲望支配下不可能建构完整的外在躯体。巴赫金认为,通过"移情"我才能与他人融合,即我能以他人的情感意志立场去感受我的外在躯体,从而与他人得以融合,在我移情、融合后,再返回自我,使自我出于他人的外位,只有这样我才能获得超视,而他人也如此获得超视。多拉的移情体现在她的"爱"中,多个年轻人的躯体组合成一个"他人"的镜

---

① Angela Carter, *Wise Children*, London: Vintage Press, 1992, p. 221.
② Mikhail Bakhtin, M., "Author and Hero in Aesthetic Activity", in *Art and Answerability*, trans. Vadim Liapunov and Kenneth Brostrom. ed. Michael Holquist, Austin: University of Texas Press, 1990, p. 47.
③ Ibid., p. 50.
④ [苏]巴赫金:《文学作品的内容、材料与形式问题》,晓河译,钱中文主编《巴赫金全集》(第一卷),河北教育出版社1998年版,第155页。

像之合，就其深度来说是唯一的伦理上的唯我论的综合，正是通过对多个"他人"不同时空的线型移情作用，此刻作为主体的多拉才能置身于超时空的交互确证的关系中，从而达到了完整躯体的构建，成为真正唯一、独立的个体存在。躯体在此时获得了本体的地位，我与他人与世界，都可以在躯体中找到相关的联系。

在这种交融一体的境界中，人与人之间又趋向了团结一体的"巨大躯体"的融合之中。这样，巴赫金所构造的躯体是整个世界的构造，因而是所有人群的集体参与的建设。因此，在"他人"的镜像中，多拉对自己有了一个整体的认识，而这也是整个世界的构造。"单独的身体和物质并非就是自己本身……它们代表着世界的不断生成的物质—肉体整体。"[①] 躯体是自我与他人、自我与物质世界交汇的载体。而这种躯体构建是建立在民众道德取向基础之上的，不同于个体的躯体诉求所体现出来的非道德因素，而是整个人群整体。正是这种大众的诉求才能使所谓"一切有文化的人"（巴赫金语）才能主动追求和人群的接近、融合，才会主动放弃"压迫"这一不平等的等级特权，整个社会才会呈现出高度的融合一致。

在建构躯体的过程中，身心关系是极为重要的维度。从柏拉图、笛卡尔、胡塞尔到萨特的西方哲学传统，都认为灵魂（意识、心灵）和躯体之间存在着本体论意义上的差别。而朱迪·巴特勒（Judith Butler）反对身心的对立分置。通常，在文化上，心灵与男性相联系，身体与女性相关联，这是身心不平等的对峙关系在社会性别上的反映。而在巴特勒看来，身心一体，是无法用想象拉力区分的。话语建构了肉体表面和肉体之内的意识观念，二者都是肉体密切的组成部分，都在建构中成形。躯体是性、性别、欲望（自我）的整体，不可

---

① ［苏］巴赫金：《文学作品的内容、材料与形式问题》，晓河译，钱中文主编《巴赫金全集》（第一卷），河北教育出版社1998年版，第28页。

分离。巴赫金认为,我与外在世界相沟通,是内在躯体的感知和外在世界在外在躯体的作用下融合起来的,我与他人都无法脱离自身的感受来单独抽象地存在。躯体与外在世界的关系也即是"我与他人"及世界的关系。

身体距离的消除还利于不同地位、财富的个体的等级制的消除,以便重新配置到一个有着平等基础的相同的位置。在个体自身,也意味着精神等级制的消解,躯体复归到与灵魂同等位置的地方上去。作为结果,这里的许多效果与肉体以及包括它的多种对立相反的过程有关:消化和排泄,生长与腐烂,出生于死亡。这些也都是非常重要的狂欢主题。巴赫金对身体功能的优越性,身体在怪诞现实主义狂欢传统中的正面价值,做出了详尽的阐释。在狂欢文化传统中,身体功能是转化与重生这个循环过程中的一部分。[1]

巴赫金无论对颠覆还是对建构的理解都是源于生活且体现于生活。"在我与他人的关系上,躯体是二者的融合体。在对待我与世界的关系上,躯体同样是我与世界的交汇体。在这个交汇中,我并不是脱离躯体的单纯心灵的自我,同样,我与世界也不是脱离躯体的单纯心灵和外在独立的世界,二者是作为躯体重要构成因素的我与世界。在这一意义上,我、他人、世界都参与了躯体的建构,完整的躯体必然包含我、他人与世界在内。"[2] 躯体通过其开放性和未完成性的特点与世界保持沟通。巴赫金探讨了民间文化中躯体的孔眼处的内涵,即"世界进入人体或从人体排出去的地方"[3] 即人体的凸凹处,一切跟交媾、吃喝拉撒等交换功能相关联的部位都是躯体与世界进行物质交换的地方,也是世界进入躯体,躯体融入世界的地方。开放的躯体在交

---

[1] Mikhail Bakhtin, *Rabelais and His World*, trans. Hélène Iswolsky, Cambridge: Cambridge University, 1968, p. 19.
[2] 秦勇:《巴赫金躯体理论研究》,中国社会科学出版社 2009 年版,第 18 页。
[3] [苏] 巴赫金:《文学作品的内容、材料与形式问题》,晓河译,钱中文主编《巴赫金全集》(第一卷),河北教育出版社 1998 年版,第 31 页。

换的世界中彼此相互吸纳，没有了分界线，"与世界相混合，与动物相混合，与物质相混合"①。

在巴赫金眼中，躯体是未完成性的，不仅是我与他人对存在的躯体的共同建构是未完成性的，躯体中的物质更新交替也未完成。在新老接替的怪诞躯体形象中，体现了卡特反抗"逻各斯中心主义"的思想。

同样，在《公民大会妇女》（*The Assembly Women*，希腊语拼法为 *Ecclesiazusae*）和《财神》（*Plutus*）中也出现了这种新老接替的躯体性描述，如果说卡特的描述表达了躯体不断构建的一种未完成性的话，那么在阿里斯托芬喜剧中，老婆子争抢俊美男青年想与之交合的丑陋举止，则表达的是爱欲对逻各斯的胜利，也同样具有"反逻各斯"的思想，因此这两种隐喻皆有异曲同工之妙。

《公民大会妇女》第 7 场中有 3 个相貌丑陋的老太婆（Old Women），分别为老妇甲、乙、丙。老妇甲硬与女青年（Young Woman）争抢男青年（Epigenes）。② 老妇乙、丙为了争抢男青年，相互之间谩骂攻击，不管男青年愿不愿意，硬要把男青年拉到自己家里去，"我要把你拖进我的被窝"（1002），"我就是要强迫你"（1008）。

伯纳德·弗瑞德伯格（Bernard Freydberg）认为："没有可以考据的历史能够证明，成年妇女如此直白而又详细地表达她们性本能的需求……因此问题是：她们从哪儿学会了用恶毒的话咒骂，说话时满口脏字？古雅典的女人不会用这种方式来说话……她们是赋予灵感的喜剧式人物，通过沙哑和荒诞搞笑的说话方式逾越并暴露得体话语的有限性和局限性……""阿里斯托芬的老婆子看起来极为渴望接受任

---

① 秦勇：《巴赫金躯体理论研究》，中国社会科学出版社 2009 年版，第 18 页。
② 参见《公民大会妇女》，875—1112。

第六章 《明智的孩子》的"反逻各斯"形式品格

何人，只要他是年轻的便能满足她的渴望。"①"这种看似只是为了搞笑而设置的粗俗的戏谑，经过仔细探究可以看出它被予以哲学意义上的深刻内涵。"② 在《公民大会妇女》中，为了公平起见，按照剧中公民大会上新颁布的"妇女令"（Praxagora's law）规定，凡青年男子欲与青年女子交合者，必须先与老年女子交合。若其拒绝，老年女子可依法采取强制手段迫其入房（1014—1020）。"'妇女令'所规定的这种老妇与男青年的亲近方式，是为了确保所有人获得平等的性快感。"我们看到，篡权的女性保障了丑老婆子们最基本的性快乐的自由，这是逻各斯（logos），但无意之中则冒犯甚至侵害了青年男女的最基本的自由，即爱欲（Erōs）的基本规律。"这结论推进了苏格拉底对第俄提玛逻各斯教诲（Diotima's Logus）的忆述，那就是人们渴望与接近'美'的东西生育，而对于接近丑陋的东西，人和动物则索然寡兴，蜷身退缩。"第俄提玛说，人们都愿把好的东西永远地归为己有。爱情的目的在凭美来孕育生殖，因为通过生殖，凡人的生命才能绵延不朽，而一切生物都有追求不朽的欲望。人的品格越高，越爱不朽。"所有人——无论老少，美丑还是'普通人'——在美丽出现的所有地方，都被美丽所吸引而啧啧称赞。"③ "再来看《公民大会妇女》，我们看到没有人想要一个孩子，无论是心灵的子女还是肉体的子女。每个人所想的就是肉体的欢愉。阿里斯托芬写道：男青年伊壁琴尼（Epigenes）对女青年的渴望，没有半点快乐的算计，或者任何其他的算计。而完全是被美丽所束缚的作用，这种束缚在任何可以交换的经济或者谈判之外。他对丑陋面容的厌恶虽然无法以这种方式来衡量，但是绝对阻碍和埋葬了他的欲望。爱欲不仅战胜了逻各斯，而

---

① Bernard Freydberg, *Philosophy of Comedy*, Bloomington: Indiana University Press, 2008, p. 144.
② Ibid., p. 145.
③ Ibid., pp. 151—152.

· 219 ·

且表明爱欲与逻各斯从本源上无关。……准确地说,爱欲不会被逻各斯所俘获,因为爱欲首先促成了逻各斯的产生。尽管有些不忍去说,但美丽使人过上最理想的生活,丑陋则意味着腐朽与死亡。"[1]

爱欲不仅战胜了逻各斯,建立在理性主义基础上的"妇女令"还暴露了理性与民主之间的更为棘手的关系。在这个"妇女令"上,理性的运用反而戕害了民主,因为它忽略了人的爱欲,这一先于理性,并且是理性由之而产生的东西。这里阿里斯托芬嘲笑古希腊民主制度,质疑缺乏物质—肉体之维的逻各斯和精神伦理。

《财神》(Wealth,希腊语说法为 Ploutos)第5场中一个失去钱财的富老婆子抱怨,自从她失去了钱财,少年也变了心离她而去(959—1096)。这里也是爱欲对逻各斯的胜利,理性在情感下的溃败。当老太婆钱财散尽之时,经不住爱欲考验的少年也就离她而去。

四 强对比与矛盾组合

《明智的孩子》中有各种矛盾体的结合,如《卫报》(Guardian)所说的,小说有合法与非法、"高"与"低"的划界。上层和底层两个家庭的关系有这样的强对比特征:血缘却非亲缘,非血缘却亲缘,亲缘而非血缘,非亲缘的血缘等家庭特点。哈泽德家族三代人的父母和子女是矛盾的组合,充满了合法非血缘,亲缘非血缘;非法的血缘,血缘非亲缘等纷繁复杂和颠倒错位的人物关系。这两个家庭的成员并没有丝毫的血缘关系,不仅钱斯一家是"临时替代家庭",而且尊贵的哈泽德家族表面的合法与血缘的幻象,被深层结构的非法的、私生的、非血缘关系所取代。这样在血缘与亲缘之间也构成了一对矛盾组合体。卡特创作了一种非现实的庄谐化情境,因为现实的家庭往往因为其常态或者偶然因素而不可控,从而导致构想的流产。卡特就

---

[1] Bernard Freydberg, *Philosophy of Comedy*, Bloomington: Indiana University Press, 2008, p. 151.

是在她所创制的这种血缘与亲缘的特殊关系下，对单一血缘制家庭伦理提出了质疑与挑战。上层社会家庭因其私生、乱伦的丑闻，以及相互之间的伤害和仇恨，使上层社会不再神圣；而底层家庭则充满了相互的关爱和亲情，这种视角的转换消除了等级制，具有狂欢化色彩，创造出了一种喜剧的情景和庄谐化效果，使并置的这些不协调因素相对化，这样，来自下层与上层的两个家庭被置于相对而言的相同位置。

在阿里斯托芬的喜剧中，这种强对比的矛盾组合也有很多，比如战争与和平，民主与理性，男人持家与女人参政等。《公民大会妇女》和《财神》中青春与衰老的强对比，老妇与青年媾和的矛盾组合，《云》中强壮的儿子打年迈的父亲，《马蜂》颠倒了父尊子卑的常理，儿子布得吕克勒翁完全充当了家长的角色，而父亲菲罗克勒翁则是被儿子教化、帮助、规劝的对象。这就是阿里斯托芬喜剧精神的矛盾共同体性质和复调性质，每对矛盾体共生相伴，共同言说，形成一种变化的、动态的、开放的模式，是谐剧精神的体现。

五 人物双声

尼采认为，在最初的肃剧中只有酒神狄俄尼索斯一个人物；而在最初的谐剧中，也许有酒神狄俄尼索斯和赫尔墨斯两个人物，这在21世纪才出土的一个纸莎草纸（papyrus）文献中得到了证明：狄俄尼索斯装扮成牧羊人的帕里斯（Paris）王子，评判3个女神谁最美丽，他的本性显示他更倾心于阿佛洛狄忒的性贿赂上。而赫尔墨斯则安排了这次选美活动，并与歌队一起取笑狄俄尼索斯的牧羊人装扮。[①] 也就是说，最初的肃剧中可能只有一个人物，而最初的谐剧中却可能是两种观点相反的人物。在肃剧的"开场"形式中，有一个或两个人

---

① Cf.: Malcolm Heath, *Aristophanes and His Rivals*, Greece and Rome, Vol. xxxvii, No. 2, October 1990, pp. 143—158.

物,但即使是两个人物的"开场",这两个人物之间也具有世界观的单一性或同声性。歌队"进场"虽然由24人组成,但发出的只有一个声音。

而谐剧的"开场"则有固定的形式,由两个人物出场,而且这两个人物之间,在世界观意义上不具有同一性,往往是一庄一谐。一个企图要确立什么,而另一个则将这些似乎要确立的东西击得粉碎。即使是一个人,也可以分别发出两种声音。如巴赫金所说,肃剧具有单声的性质,谐剧具有复调的性质。这种由谐剧的"开场"所揭示的复调的性质,可以说是整个谐剧结构的基础。

在《明智的孩子》中,钱斯姐妹一出场就是双声的,多拉与诺拉两个人物的世界观完全相反,主人公不具备个体性质,而是具备功能性,代表了截然相反的两派的群体性,分别发出两种矛盾的声音,这种双声就构成了世界观的一庄一谐,是喜剧精神的二重性的世界观的体现。一个是"谐",诺拉具有后现代游戏化爱情观,不停地陷入爱情中,不断地失恋,又不断地陷入情网,男友不停地更换;而另一个"庄",多拉则与之相反,是情爱的保守人物,谨慎地对待感情,且坚信爱情与亲情。两个人物截然相反的世界观一直贯穿始终,具有复调精神。

与之相似的是,阿里斯托芬喜剧中的主人公通常一庄一谐地两两出场,在《地母节妇女》中,在地母节的大会上,妇女的声音与涅西罗科斯的声音构成双声,一方声讨欧里庇得斯,而另一方替欧里庇得斯申辩,两方代表两种截然相反的声音。在《云》中,父子二人构成双声,儿子赞同诡辩,而父亲则完全反对诡辩,甚至烧了教授逻辑课程的苏格拉底的讲习所。在《马蜂》中,父子二人也构成双声,儿子禁止父亲作陪审员,把父亲囚禁在家里,而父亲则痴迷于做陪审员,想方设法地要逃出。

第二节 卡特的"虚幻性"

"虚幻性"技巧是以阿里斯托芬为代表的古希腊谐剧（旧喜剧）的艺术特征之一，安吉拉·卡特的后现代主义小说《明智的孩子》中最显著的艺术特征之一就是"虚幻性"，包括意象主义及颠倒与假扮。卡特在后现代语境中复活了古希腊谐剧的"虚幻性"，从古希腊谐剧视界来打破后现代"逻各斯中心主义"的确定性和稳定性，把看似封闭、稳定的系统彻底翻转，并最终建构了一种未完成的、开放的和不断更替的新兴结构。

这种"虚幻性"虽然有乌托邦色彩，但卡特小说与乌托邦小说不同的是，它是一种谐剧形式，乌托邦小说用要建构确定性，而谐剧则是要解构这种确定性，谐剧正是通过这种"非现实化"的圆满结束和其他虚幻的情节来传达其"虚幻性"特质的。

一 谐剧的虚幻性

小说的结尾颇具"虚幻性"：75岁的钱斯姐妹在佩瑞格林叔叔的大衣口袋里，发现了加雷斯（Gareth）的一对3个月大的双胞胎婴儿，她们收养了婴儿，从而使她们做母亲的愿望最终得以实现。国外研究者大都认为这样的结尾不可思议，令人费解，而根本不加以评论。其他的虚幻性情节为小说塑造了一个以女性——钱斯"外婆"为主导的新式家庭，这是一个开放式的、不断容纳外来非血缘的家庭成员大家庭。对于这样一个非婚姻非血缘化的"新式亲缘关系家庭"，评论家把它当作是小说中父亲"百岁生日狂欢会"延续或组成部分，被视为根本无法实现的多余，而把它搁置起来。如凯特·韦布所认为的,"卡特的新式亲缘家庭是狂欢所招致的空幻的乌托邦"①,在此新式亲缘家庭被韦布当作狂欢的"副产品",是小说中多余的设置,根本无法实现。因为最后这句结尾颇具狂欢的意味:在回家路上,她们为婴儿唱歌跳舞,"我们将继续又唱又跳直到我们倒下不能唱为止,对吧,孩子们。唱歌跳舞是件多么开心的事!"② 由此可见,以往的研究局限于巴赫金的狂欢理论,但卡特已否认自己的作品具有巴赫金狂欢性质。③ 因此,这种虚幻性不能仅仅限于狂欢的阐释,而是具有古希腊谐剧的虚幻性特征,它不是拿来实现的一个目标,而是作者世界观的表达方式。其实无论圆满结局还是非血缘的新式家庭的完满构建,这种"圆满性"正是古希腊谐剧所特有的虚幻性技巧,它不仅不应当被忽视掉,而且是卡特用以表达其世界观的最重要的艺术形式之一。

　　谐剧的这种虚幻性是其艺术世界观所提供的,具有酒神精神的未完成性、开放性所制约。笔者认为:这种虚幻性正是揭示自身本质,即不断生长和超越自身界限的因素。它反映的恰恰是一种未完成性的世界观,通过这种情节动摇了既有的、看似稳固的、世界观的圆满的结局,是谐剧批判精神的价值根源,具有反讽的理性,其目的是"反逻各斯主义"。喜剧的"大团圆"的结局揭示出的并非"瞒和骗",而是人类对于血肉生命的尊重。因为与肃剧以"神"或英雄来演绎伦理精神所不同的是,谐剧通过普通人皆大欢喜的世俗生活情节来消解高高在上的秩序、等级、规范、崇高等固定不变的价值观念和伦理精神

---

① Cf.: Kate Webb, "Seriously Funny: Wise Children", in Lorna Sage, ed., *Flesh and the Mirror: Essays on the Art of Angela Carter*, London: Virago Press, 2007, pp. 308—314.

② Angela Carter, *Wise Children*, London: Vintage Press, 1992, p. 232.

③ 卡特在与好友洛纳·塞奇的交谈指出,"狂欢化"是无用的,解决不了任何问题。当她发现许多读者宣称她的作品同巴赫金的定义相符,是"狂欢化"时,也是在此时她很晚才读到了巴赫金,但是卡特不认为巴赫金是权威,甚至怀疑"狂欢化"的流行,她认为"狂欢"应当停止了。

层面，这是卡特对"逻各斯主义"的反叛，卡特正是以圆满结局和完满的新家庭模式来瓦解英国社会的上下层的等级秩序、固定不变的家庭结构和伦理精神。这种完满的结局不仅不多余，反而是卡特反叛"逻各斯"这种反讽理性的哲学世界观的重要体现。

卡特的此部小说同阿里斯托芬谐剧皆有虚幻性特征的相似性。比如，阿里斯托芬的多部谐剧，都具有人物从与之相悖的共同体中脱离出来的虚幻特征。在《阿卡奈人》（*The Acharnians*）中，通过私人签订和平协约来达到和平；在《鸟》（*The Birds*）中，两个雅典人建立"云中鹁鸪国"；《吕西斯忒拉忒》（*Lysistrata*）是所有妇女联合起来对共同体的叛离；在《马蜂》中，儿子布得吕克勒翁则通过"隔离"的方式，将患上"陪审员癖"的父亲菲罗克勒翁关在屋里，并将整个屋子罩上一张大网，以免父亲逃出；《和平》（*Peace*，希腊语为*Eirene*）描述了凡人上天的虚幻，通过凡人"酿酒者"（Trygaeus）骑着屎壳郎飞到天庭去问宙斯为什么发动战争摧毁希腊；而《群蛙》讲述了凡人入地狱的虚幻，狄俄尼索斯到地狱请回悲剧家埃斯库罗斯，试图从文化上来拯救城邦。通过这种虚幻性情节，阿里斯托芬动摇了那些看似完成的、封闭的、稳定的东西，它是阿里斯托芬世界观上的未完成性、开放性以及更替性的显现。易言之，每一部喜剧中的"具体的诡计"（a practical wiliness）虚幻性，正是体现了未完成性和开放性的世界观原则，正是对于思想和世界观领域的一切完成性、稳定性、确定性的反对。[①]阿里斯托芬的严肃性不在于他为雅典城邦提供改进的建议，而在于为希腊世界提供了一种实践理性，提供了一种对待世界和人生的态度。有学者称这种态度为"游戏态度"，指取消超验世界，消解终极关怀，价值来源于日常生活本身。这种喜剧的实

[①] 参见［苏］巴赫金《文本、对话与人文》，晓河译，钱中文主编《巴赫金全集》（第四卷），河北教育出版社1998年版，第2—3页。

践理性，以人的尊严与风度为准绳，其核心是人本主义。①

导致人们认为阿里斯托芬喜剧具有乌托邦性质的原因是，圆满的结局不是拿来实现的一个社会学意义的目标，而只是在开放社会中谐剧批判精神的价值根源。而卡特与之略有不同，卡特的新式非血缘式家庭的构想也是卡特借这种谐剧体的近乎圆满的虚幻形式来大胆提出自己的设想，这种新家庭制对卡特来说具有实体意义，其形而上学的目的则是"反逻各斯中心主义"。而这种设想反过来也是卡特小说是一部古希腊旧喜剧体小说的一个佐证。

二 人物的"意象主义"特征

卡特的"意象主义"是古希腊谐剧特有的一种艺术表现手法，同英美现代派诗歌着重用视觉意象引起联想，表达一瞬间的直觉和思想不是一回事。这个概念是希尔克（Michael Silk）在研究阿里斯托芬人物时提出的。他说，严格来讲，阿里斯托芬并不属于现实主义的传统，与希腊肃剧的典型模式并不相同，大部分都不同于现实主义的模式，因此希尔克建议称之为"意象主义"。因此，我们可以把整个非阿里斯托芬的（non-Aristophanic）传统称为现实主义的传统，也只有在现实主义的传统下，人物的性格才能得到所谓的"发展"。② 而意象主义与现实主义描写人物的写作模式不同，其人物不像现实主义那样按情节的逻辑发展而呈现出一种线性的连续过程，其特征是中断。意象主义人物的行动常常表现得反复无常、出人意料，没有内心感受和观点，而是具有功能作用，使读者联想起现实。

在《明智的孩子》中，人物及其事件如同断线的珠子，通过一个

---

① 参见陈国强《反讽及其理性——阿里斯托芬诗学研究》，巴蜀书社2009年版，第125页。

② 参见［英］希尔克（Michael Silk）《阿里斯托芬的人物》，黄薇薇译，刘小枫、陈少明主编《雅典民主的谐剧》，华夏出版社2008年版，第79、81页。

个"结"联系在一起，不是传统意义上线性的、循序渐进的发展过程，而是一个一个"中断"的连接。小说情节松散并且分散，还时常让读者感到一种突如其来的变化，而情节就是在这种"突变"中"被"进行着，没有一以贯之的逻辑上的因果性和连贯性。这就是意象主义特征。

要了解卡特的意象主义，就要首先回溯到阿里斯托芬谐剧中的人物。在谐剧中，用在意象中的词打断了上下文中术语的连贯性，通过语境的中断使人想起现实，其人物所包含的现实主义的元素、瞬间和场景，被意象主义的元素、瞬间和场景中断了。例如，《云》中的苏格拉底这个人物只是具有夸张的特点，从而构成了一个新理智主义（new intellectualism）的漫画人物，他隐喻了新启蒙。《骑士》中的人民与重要的政客之间的关系，被比喻成老人与奴隶的关系，或者旧与新的关系。在《地母节妇女》中欧里庇得斯也属于这种隐喻类型。比如，他最初不愿意伪装自己，但事实上还是伪装了三次，最后一次扮成了一个老妇人。正如欧里庇得斯的悲剧对戏剧产生了新的、道德上的颠覆作用，他作为一个意象代表了"真的"欧里庇得斯创作的剧本。

同样，《明智的孩子》的很多人物都是这种意象的组合，折射了现实，构成隐喻性。"帅乔治"是个滑稽小丑，隐喻了大英帝国主义的统治霸权，最后小丑沦为乞讨者，象征着英国对殖民地统治霸权的没落。两个高底层家庭就是英国后工业社会现实中高低两个阶层的隐喻。妹妹诺拉这个不断失恋又不断恋爱的人具有夸张性特点，隐喻了后现代社会持有"游戏化"爱情观的人。佩瑞格林叔叔这个"无根"的流浪人更是一个被夸张、被抽象的隐喻人物。黛西被夸张为一个财色交易的"拜金女"。上述人物都具有后现代社会中人的典型特征，几乎可以被看作为隐喻的形象，是典型的意象主义人物。

意象的特征就是要打断上下文，意象主义人物的行动并不连续，他们说话做事都让人出乎意料，这就是意象主义的特征。意象主义描写人物的特征就是中断。阿里斯托芬的作品中人物的性格是根本性的中断，而非偶然的中断。① 阿里斯托芬描写人物的模式具有风格转变和性格倒置的特征。深入研究阿里斯托芬的人，会把他的人物描写与情节构造的中断性联系起来，他的史诗剧有"突转"（jump）和"曲进"（curve）的构造，他称之为"蒙太奇"，单件事情通过"结的展示"连接在一起，以此代替整个"自然"的发展方式。② 而传统戏剧的人物则是"逐步发展"的处理方式与情节的"线形发展"相关。在布莱希特之前，皮兰德娄就预感中断的人物和中断的戏剧形式有关，"幽默家"的人物是"分裂"而"不一致的"，这跟"一切毫无组织的、分散的、变化无常的、离题万里的事情都可能在幽默作品中找到"的观点有关。③

这就不难理解为何阿里斯托芬人物的行为总表现得反复无常，它们都以阿里斯托芬中断的"规则"为前提。首先，人物的描述行为主义化，阿里斯托芬重人物的言行与行为，而回避他们自己的观念和想法。而现实主义的表达方法中，人物感觉灵敏，他们都是按照自己的观念如经历、反应、记忆来行动，他们的行为归因于他们的观念。而意象主义的人物，即虚构的人物，只有我们知晓他们所做的事情以后，才会有经历，只有通过一定的方式，把这些经历公之于众，他们才能引起反应并成为记忆。其次，阿里斯托芬的喜剧人物与人物行动都不以现实主义或逻辑顺序为前提。它只按照自己的逻辑来接受现实主义。意象主义人物的思想意识好似有一个开启和关闭的阀门，强加

---

① Cf.: J. Tailardat, *Les Images d' Aristophanes*, Paris: Seuil Jeunesse, 1965, pp. 103—108.

② Bertolt Brecht, *Schriften zum Theater*, California: Suhrkamp, 1963, pp. ii. 117, vii. 67.

③ 参见［英］希尔克《阿里斯托芬的人物》，黄薇薇译，载刘小枫、陈少明主编《雅典民主的谐剧》，华夏出版社 2008 年版，第 92 页。

在他身上，而不是具有自己的连贯的思想。他好像是隐秘并预先存在的事实，而不像小说中的现实主义人物。

与谐剧的人物相同的是，《明智的孩子》没有对人物的细腻情感、心理的描述，人物的感觉不灵敏，而更多的是写行动，读者看到的大多是人物的经历，而不是他们的思想。读者无法通过人物的内心了解人物，与人物有很大的距离感，人物不像现实主义作品中的人物那样可感可知，有血有肉，而是隔着一层，距离自己很遥远。他们的行为也没有连贯性，常被突发事件所中断。叙述人多拉虽然有时也表白内心的想法，但远远不够，她更多的是叙述事实，读者常常在多拉"突转"的行为中惊讶，但多拉常不做任何解释，很多"突转"让读者出乎意料，而读者只有接受作者的安排，却无法知其所以然。萨斯基亚姐妹跟断交十多年的父亲和好，但至于她们的内心为何及如何转变的，她们内心的想法是什么，卡特并没有任何交代，读者不得而知。佩瑞格林叔叔时而对钱斯姐妹如同生父，是最好的养父，时而离开她们多年去热带雨林做生意、冒险，时而奸淫年幼的多拉，时而与年老的多拉肉体相欢，但卡特不做任何原因上的解释，读者更是无法了解人物的内心，只能看到人物的一个个行为和行为之间的突转和不连贯性。另外，卡特不允许人物有性格发展，而是让人物的性格进行跳跃式变化，具有功能性特征。在意象主义的传统中，角色扮演、假扮有着特殊的意义。功能化在人物身上不断转移，而没有个性化发展。小说的连贯性常被这一个个接连出现的意象打断了。多拉的性观念相对保守，后来偷偷爱上诺拉的多位男友，竟然通过假扮其双胞胎姐妹诺拉与其"公用"这些男友，跟他们约会和交合，最后还跟叔叔发生了乱伦。在这里可以看到，多拉的性格不是发展的，而是性格突变，具有多种功能；身份多变，没有现实主义作品中人物内心发展的循序渐进的过程。卡特对多拉的这种"突变"的原因也不做任何解释。与多拉相比，妹妹诺拉则是个不断追求爱情的纵欲者，不断失恋又不断重新恋爱，但就是这样一个"爱情狂"，后来却意识到只有如同她们姊妹间的"亲情"，才是更值得珍惜的情感。萨斯基亚是具有邪恶功能的人，不断做出害母、乱伦的家族丑事，后来竟然做了180度的转变向母亲认错和解了，卡特不做原因上的任何解释。卡恩先生的前任夫人是个"爱情的奴隶"，她不断跟踪、骚扰前夫的女友诺拉，后来为了前夫而整容，用高科技整形成新娘诺拉的容貌，想在婚礼上取代真正的新娘。最后，婚礼不欢而散，前任夫人果真与卡恩先生复合，"奴隶"变成了"主人"过着快乐的生活。佩瑞格林叔叔具有"流浪者"[①]的功能，他有随时有旅游的冲动，常年漂泊于世界各地，孑然一身，是一位不愿走入婚姻制的"漂泊者"，是钱斯姐妹的慈爱的养父。然而也是许多乱伦的始作俑者者。在生日的狂欢派对上，他竟然被披露是哥哥梅尔基奥尔的多个孩子的亲生父亲。小说中这种跳跃性的突转功能人物还有很多。

阿里斯托芬的意象主义人物也同样会发生突然的改变，其描写模式涉及一种双重原则：不是允许性格发展，而是允许性格倒置或颠倒。人物具有功能化的特点，其功能不断转移。像地母节中的妇女，一会儿丢掉尊严，一会儿又捡起来，这种突然的变化无法用现实主义来解释。涅西罗科斯在《地母节妇女》开始是一个小丑，随着剧情的发展，小丑的功能转向了西叙亚人，成了"轻描淡写"型，在妇女的公民大会上发言，从妇女的角度归纳了她们由欲望引起的罪恶。[②]《地母节妇女》中的妇女形成了一组身份多变的范本。《马蜂》中的歌队一开始是风烛残年的老人，后变成了凶猛可怕的马蜂，结尾时又变成了诚挚的评论员。[③] 这种功能的转移能力是意象主义中断特征的必然

---

① Angela Carter, *Wise Children*, London: Vintage Press, 1992, p.34.
② 参见［英］希尔克《阿里斯托芬的人物》，黄薇薇译，载刘小枫、陈少明主编《雅典民主的谐剧》，华夏出版社2008年版，第81—86页。
③ ［古希腊］阿里斯托芬：《马蜂》，230，403，1450。

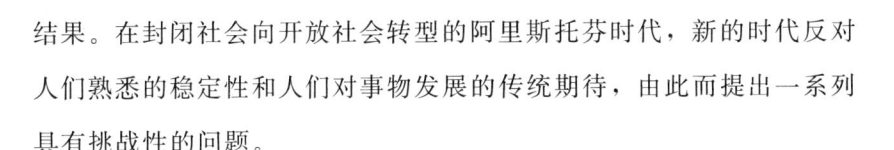

结果。在封闭社会向开放社会转型的阿里斯托芬时代，新的时代反对人们熟悉的稳定性和人们对事物发展的传统期待，由此而提出一系列具有挑战性的问题。

此外，阿里斯托芬的意象主义人物自我颠倒的趋势属于他所有喜剧中更大的颠倒、倒置和对立的模式。《地母节妇女》提供了一个恰当的例子：妇女们从事男人的事业，召开公民大会。一个男人涅西罗科斯特意扮成女人，而另一个男人克勒忒涅斯却习惯于扮成女人，优势性别中的一员被弱势性别逮捕了，但是当他绑架了她们的"婴儿"时，却又倒转回自己的身份。从剧本的行动中，我们可以看到一系列优势性别与弱势性别身份颠倒与对置的场面，正是应和了巴赫金评价中世纪的狂欢节时所说的，"普遍真理和权威的相对性……'把里面翻到外面'的特殊逻辑"①。此外，所有的对置和颠倒都属于更大的根本对立的系统，尤其是用争议性来表达的对立系统，很多剧本就是围绕着这些属于来创造的：男人和女人（《地母节妇女》）、人与神（《鸟》）、和平与战争（《阿卡奈人》、新与旧（《云》）、年轻人与老年人（《马蜂》）。高贵与卑微、严肃与不严肃的对立关系充斥着所有的剧本。② 而这构成了下文的进一步的情节的"颠倒"与人物的"假扮"。

三 "颠倒"与"假扮"

卡特组织情节的结构功能是通过"颠倒"和"假扮"的艺术手法来完成的，二者都是狂欢节的重要行为方式。

"颠倒"是狂欢节中的重要行为方式，通过把看似完成的、封闭

---

① Cf.：M. M. Bakhtin, trans. H. Iswolsky, *Rabelais and his World*, Cambridge, Mass., 1968, p. 11. 关于《地母节妇女》的倒置, Cf.：F. Zeitlin, "Travesties of Gender and Genre in Aristophanes's Thesmophoriazusae", in H. P. Foley, ed., *Reflections of Women in Antiquity*, New York, 1981, pp. 169—217。

② Cf.：O. Taplin, *Fifth-Century Tragedy and Comedy：A Synkrisis*, Berlin：Hubert & Co. GmbH & Co. KG, Gottingen, 1986, p. 106.

的、稳定的东西彻底翻转，从而否定他的本性，与此同时，赋予一切东西以未完成性、开放性和更替性。《明智的孩子》充满了与现实生活相反的颠倒：上层社会家庭却由非血缘关系组成，充满私生、乱伦和仇恨，而社会下层舞女的家庭则充满了温馨的亲情。家庭成员一律都是非婚姻非血缘关系，两个家庭中的血缘与亲缘相互颠倒而结合，构成了血缘非亲缘，亲缘非血缘的结构。"外婆"代替了生活中男性作为一家之长的惯例，成为新式非血缘制家庭的中心。"养育者"可以不是"生育者"是文中反复出现的隐喻，养育者与生育者被颠倒过来。卡特的这种组织情节的结构功能体现了摧毁一切"中心"和权威的"反逻各斯"思想。

在阿里斯托芬的很多喜剧中，情节的虚构性也是通过"颠倒"手法来完成的。阿里斯托芬喜剧所描述的生活状态是现实日常状态的整个颠倒。颠倒在喜剧中不仅仅是艺术手法，而且也是喜剧艺术世界观的内涵之一。在《骑士》（*Knights*）中，两个政客帕佛拉工和腊肠贩阿戈剌克里托斯（Agoracritos）通过与现实相反的"比坏"来竞选。"好在有一个比你更坏的人出现了……论邪恶、论无耻、论诡计，他显然比你强得多。"（322—326）修改本《云》（*Clouds*）中也采用了这种"颠倒"的手法，斯瑞西阿得斯通过诡辩——一种"歪曲的逻辑"赖掉了债务。《财神》也同样采用这种"颠倒"的手法，克瑞密罗斯把财神带到神医那里，将其瞎眼治好。但当瞎眼的财神变为亮眼的财神后，整个生活世界就颠倒过来了。在《财神》中，通过财神从瞎眼到明眼的转变，完成了从一种旧秩序到新秩序的建立，是借财富的分配来谈论正义观念及其在制度上的体现。

阿里斯托芬世界观的本性是开放的、未完成的、更替的，不是封闭的、完成的、稳定的。阿里斯托芬政治观念的标准既非贵族制，亦非民主制，而是"生活世界的欢乐状态"不至于受到影响。如果诉讼影响到了这种欢乐状态，那么他就反对它。在阿里斯托芬时代，"生

第六章
《明智的孩子》的"反逻各斯"形式品格

活世界"是封闭社会向开放社会转型之中，逐渐出现的一个崭新的世界。① 在这个世界中，人们建立起了个人的独立自由并能担负个人责任，"每个人都面临个人决定"②，人们要建立起不同于自然法则的法律准则③。人们摆脱了封闭社会的严格性，即禁忌严格地规定和支配生活的一切方面④，进入一个理性和批判的世界之中。在阿里斯托芬的每一部喜剧中，都要展示这个生活世界的全民性的欢乐状态，并以此结束一部喜剧。如《鸟》（*Birds*）中所描绘的："所以你们就以我们为神吧，我们可以预言季节，春夏秋冬……总在这里给你们子子孙孙福寿康宁青春欢乐，还有鸟奶给你们吃；我们要让你们那么满足，满足得受不了。"⑤

狂欢节中的另一重要行为方式是扮演或假扮。《明智的孩子》中出现了多种方式的假扮，令读者惊奇：性格截然相反的钱斯姐妹二人通过"假扮"对方的容貌来颠倒身份"公用"多位男友数次；钱斯姐妹在卡恩先生的婚礼上，通过"假扮"（多拉冒充诺拉）来颠倒身份，从而演出一场调包新娘的闹剧；年老的前任卡恩夫人用"假扮"的方式——现代的医学整容术，变成卡恩要迎娶的新娘诺拉的样子，卡恩先生的婚礼成了一场"调包新娘和新郎"的闹剧，本应庄重举行的婚礼成为随时可以举行的，新娘、新郎可以随意更换的，又可以被任意取消的，最终不欢而散的闹剧。总之，卡特以"假扮"演绎了后现代游戏化的爱情观，指出了爱情的变化不定、无法控制的本质。

与之相似的是，阿里斯托芬的《地母节妇女》和《公民大会妇女》就是通过这种"假扮"来完成情节的虚构性的。在《地母节妇

---

① 参见陈国强《反讽及其理性——阿里斯托芬诗学研究》，巴蜀书社2009年版，第122页。
② [英] 卡尔·波普尔：《开放社会及其敌人》（第一卷），陆衡译，中国社会科学出版社1999年版，第325页。
③ 同上书，第36—37页。
④ 同上书，第323页。
⑤ 阿里斯托芬：《鸟》，734—736。

女》中，欧里庇得斯从悲剧家阿伽松那里借来女人的行头，将他的亲戚涅西罗科斯装扮成女人，从而让他混进只有妇女才准许参加的地母节庆祭活动，为欧里庇得斯的悲剧进行辩护。与之相反，在《公民大会妇女》（可能在 392 年上演）中，雅典妇女们扮成男人混进只有男人才有资格参加的公民大会，通过投票选举，把管理城邦的权力转移到妇女们的手中，并选举 Praxagora（妇女的领头人）作为执政官。她实施了一个永久的关于经济、社会和性的改革，财产和妇女为公民共同所有，家庭也被取消，享有特权的不是社会等级中的最高阶层，而是最低阶层。通过妇女扮演传统的管理者和照料者的角色，家庭取代了城邦，这样男人们除了穿新衣、吃喝、做爱，就没有其他任何职责了，享受着一种无忧无虑的肉体生活。

阿里斯托芬喜剧所描述的生活状态是现实日常状态的整个颠倒。颠倒在谐剧中不仅仅是艺术手法，而且也是谐剧艺术世界观的内涵之一。在《鸟》中"云中鹁鸪国"也建立了鸟的法律。这三部喜剧都建立了一种新的秩序，通过这些新秩序、新法律的建立，我们看到阿里斯托芬已经清楚地意识到了法律、约定的人为性，从而不再是部落社会的带浓厚神秘主义色彩的禁忌，这就是一种实践理性的意识，尽管这些法律和约定不具有实体意义，仅是唯名论的实践理性。而《地母节妇女》和《群蛙》中所批判的欧里庇得斯悲剧中的新风尚，其实就是个人主义的恶劣化、私欲化。《云》批判了雅典知识界的"惟智主义"倾向，因为这种倾向脱离了"生活世界"福祉，堕落为冷血、机械的诡辩技巧。

这里无论"颠倒"抑或"假扮"，都具有组织情节的结构功能，都体现了谐剧世界观的未完成性、开放性和更替性。所有悲剧性的事件，被阿里斯托芬的谐浪笑傲的精神所消弭，被生活世界的欢乐所同化，被其独特世界观的"反讽理性"所释放。

结　语

在现实中，被采访的卡特给记者印象最深的就是卡特在谈论中犀利的言辞、尖刻的讽刺，时常夹杂肆无忌惮的谩骂。而在笔者看来这与谐剧的形式和精神没什么差别，卡特本身就像一个活着的谐剧。卡特是生活在后现代的一个活的谐剧，其作品跟后现代的语境有着密不可分的关系。而"剽窃"是后现代文体的显著特征，卡特常常反复使用自己早期作品里出现的情节和人物，或者盗用以早期经典小说的情节。[1] 比如，在她的小说《霍夫曼博士的地域欲望机器》(*The Infernal Desire Machines of Dr. Hoffman*) 中，卡特所并置情节线索和人物不仅来自 E. T. A. 霍夫曼（E. T. A. Hoffman）[2] 还有伏尔泰

---

[1] Carol McGuirk, "Drabble to Carter: Fiction by Women, 1962—1992", in *The Columbia History of the British Novel*, eds. John Richetti, John Bender, Deirdre David, Beijing: Foreign Language Teaching and Research Press, 2005, p. 946.

[2] E. T. A. 霍夫曼（1776—1822 年），德国 18 世纪末、19 世纪初的浪漫文学作家，霍夫曼为人所熟知的主要是他的小说，他的作品充满了幻想和冒险的精神。创作于 1816 年的《胡桃夹子》（原名《咬胡桃的小人和鼠王》）是他的代表作。

(Voltaire)、坡（Poe）、博尔赫斯（Borges）、德萨德（de Sade）[①]、斯威夫特（Swift,《格列夫游记》之旅程4），美国科幻小说作家菲利普·迪克（Philip K. Dick）[②]。因此，"借用"历史经典的本身就是一种后现代的风格。

卡特喜欢爱伦·坡，坡的浪漫主义心理分析小说是与狂欢化的特点联系在一起的，这在世界文学史上具有跨时代的意义。与爱伦·坡的浪漫主义怪诞风格不同的是，卡特的《明智的孩子》具有古典谐剧的怪诞风格。除此之外，卡特关注"性"和两性关系。卡特关注伦理、关注美德，探寻人的生存方式，坚信废墟上的重建。在《萨德的女人：文化历史进程》(The Sadeian Woman: An Exercise in Cultural History) 中卡特还谈到大量的性，一反历史上对臭名昭著的萨德的贬斥，卡特反而认为萨德是历史上唯一没有把女性当成生物和机器的男人。

而上述所有卡特的兴趣点皆与谐剧密不可分，正是因为这种庞杂的兴趣，全都可以容纳到谐剧这一个概念之中。

同阿里斯托芬谐剧一样，卡特小说中自始至终笼罩着一股狂欢的氛围。只不过这种狂欢跟后现代的"性"（巴特勒）还有"行为交往"（法兰克福学派的哈贝马斯）"对话"（哈贝马斯和巴赫金）结合在了一起。小说中有很多狂欢广场的场景。比如，乔治在栈桥上的表演，两次嘉年华（Carnival，直译"狂欢"）影视人聚会，调包新娘的婚礼，父亲的百岁生日大聚会，电视节目的演播等都是狂欢广场的场

[①] 一部性虐片，1969年由赛·恩菲尔德（Cy Endfield）、罗杰·科曼（Roger Corman）和戈登·赫斯勒（Gordon Hessler）导演的电影，编剧为理查德·麦瑟森（Richar Matheson）。

[②] 当代北美最著名的畅销书作家之一。生前屡遭退稿，但在他死后，他的稿子却一部接着一部被好莱坞看中，主演都是哈里森·福特（《银翼杀手》）、阿诺·施瓦辛格和莎朗·斯通（《全面回忆》）这样的票房巨星。2002年是他逝世20周年，却有两部根据他的小说改编的影片上映：加里·辛尼斯主演的《冒名顶替》，以及斯皮尔伯格执导、汤姆·克鲁斯主演的《少数派报告》。

结 语

景。这里所有的一切，区别于日常生活。它包括狂欢的时空，越出常规的生活，情节场景的狂欢化等空间的狂欢化。这种场面不可能出现在现实主义作家的小说里，这俨然是一个广场，这个广场具有狂欢广场所特有的逻辑。在巴赫金看来，文学作品中情节上一切可能出现的场所，只要能成为形形色色的人们相聚和交际的地方，诸如大街、小酒馆、澡堂、船上甲板、甚至客厅……都会增添一种狂欢广场的意味。而狂欢节中的换装、化妆仪式植入卡特的文本时，则升级版为现代的"整容"（卡恩夫人），或者男扮女装、女扮男装等现代行性角色的扮演。尤其是父亲的百岁生日聚会更是一个狂欢的场景，一场狂欢的盛会。

同时，《明智的孩子》中还不乏欢乐殴打和欢乐辱骂等场面。这种典型的狂欢节游戏，不是通常意义上的打架斗殴和辱骂，也不具有日常和个人的性质，它已成为一种象征行为。卡恩先生的婚礼成了一场"调包新娘和新郎"的闹剧，新娘、新郎随意更换，又可以被任意取消。婚礼如同"噩梦般的派对"：被新郎的妈妈倒了番茄汁的新娘，好似面纱染了血，"看来活像大屠杀"；而新郎的妈妈"往后倒退，紧抓胸口""心脏病突发"，新郎"惊叫，奔去扑在她身旁"；砰砰的香槟开瓶声被众人当成机关枪扫射，顿时一片混乱，所有人都趴倒在地。"白马受惊，人立起来"，"之后现场大乱"。① 琳德园第十二夜化装舞会，梅尔基奥尔的超大型试演会②，大火之夜的杂交狂欢场面③。在《巨人传》第四部的第 12 章里，也有类似的婚殴场面，比如在巴舍公爵府里痛打执达吏的典型的婚殴场面。其实，这种欢乐地相互赠拳是当时一种习俗，是合法的、神圣的。婚殴习俗本身属于狂欢节型的仪式。执达吏挨打的场面中，婚礼本身是假的，它实际上就是一场

---

① Angela Carter, *Wise Children*, London: Vintage Press, 1992, p. 218.
② Ibid., p. 135.
③ Ibid., p. 144.

狂欢的滑稽游戏。它是充满狂欢精神的模拟，既是象征的，又是现实的。

另外值得一提的是，小说的名字也印证了该小说的主题。

从小说的名字来看"明智的孩子"，许多评论家认为书名是对父亲不负责任的讽刺，如林恩·特鲁斯（Lynne Truss）在《文学评论》(*The Literary Review*)中指出，《明智的孩子》"尤其是一部关于父亲的角色的书"[①]。但是在笔者看来，小说确实涉及有关父亲的职责问题，但如果把"父亲的职责"作为小说的重要内容和主题，则会遮蔽小说中其他亲缘关系的重要性，这样小说人物的其他复杂的亲缘关系则成为一种不必要的摆设，这是很荒唐的。所以，笔者认为书名"明智的孩子"并不仅仅是像研究者们所认为的那样仅仅是对父亲角色的讽刺，而是对亚里士多德伦理学的体现和强化。"亚里士多德相信成年子女需要回报他的父亲。实际上，亚里士多德直接使用了'负债'和'回报'这样的词。他的理由是，父亲是儿子存在的原因，而生命是一个儿子永远不能完全回报的最大福利。"[②] 亚里士多德又说："所以，儿子永远不可以不认父亲，尽管父亲可以不认儿子。因为，欠债者应当还债，而儿子不论怎么做也还不完父亲给他的恩惠。所以儿子永远是个负债者。"[③]《明智的孩子》中钱斯姐妹自始至终有一个愿望——认自己的父亲，父亲给了她们生命，这是一个永远也还不完的债，尽管父亲梅尔基奥尔可以不认他的女儿们，这个情节恰好是亚里士多德的伦理观的一个回应。况且，小说中并没有描述钱斯姐妹对父亲的任何憎恨之意，反而表现出她们始终快乐的基调。换言之，钱斯姐妹出于理智渴望与父亲相认，足见血缘关系的家庭对人们影响之

---

① Sarah Gamble, *The Fiction of Angela Carter: A Reader's Guide to Essential Criticism*, Cambridge: Icon Books Ltd., 2001, p. 163.

② Jiyuan Yu, *The Ethics of Confucius and Aristotle: Mirrors of Virtue*, Routledge Press, 2007, p. 128.

③ Aristotle, *Nicomachean Ethics*, 1163b19—22.

深,所以她们便是"明智的孩子",但"明智"并不是"感情"的出发点,而是以血缘关系为先的亲情的认同。即使最后父亲在百岁的生日宴会上终于公开承认了钱斯姐妹为自己的亲生同胞女儿,父亲还是分不清哪个是多拉哪个是诺拉,诺拉也说"我们的父亲跟我从来就不是那种所谓能交谈的关系"[①],因此,血缘与亲情的关系不是必然的,易言之,亲缘关系无法保证"友爱"的存在。据此,双胞胎姐妹对父亲的一生的追寻和认同,是"孩子"应具有的德性,这是卡特对家庭伦理观的肯定,而不是抑或不仅仅是对"父亲失职"的讽刺。

---

① Angela Carter, *Wise Children*, London: Vintage Press, 1992, p.216.

参考文献

(一)外文文献

[1] Ariès, Philippe, *Centuries of Children*, Harmondsworth: Penguin Press, 1973.

[2] Aristophanes, "The Wasps", in *Five Comedies of Aristophanes*, trans. Benjamin Bickley Rogers, notes ed. Andrew Chiappe, Garden City: Doubleday & Co., INC., 1955.

[3] ——. "The Clouds", in *Five Comedies of Aristophanes*, trans. Benjamin Bickley Rogers, notes ed. Andrew Chiappe, Garden City: Doubleday & Co., INC., 1955.

[4] ——. *The Eleven Comedies*, New York: Liveright Publishing Corp., 1943.

[5] Aristotle, *Nicomachean Ethics*, trans. Terence Irwin. —2nd ed., Indianapolis: Hackett Publishing Company, Inc., 1999.

[6] Bakhtin, Mikhail, "Author and Hero in Aesthetic Activity", in Kenneth Brostrom, ed., trans. Vadim Liapunov, Michael

Holquist, *Art and Answerability*, Austin: University of Texas Press, 1990.

[7]——. *On Moral Ends*, Julia Annas, ed., trans. Raphael Woolf, Cambridge: Cambridge University Press, 2004.

[8]——. *Problems in Dostoevsky's Poetics*, Caryl Emerson, ed. and trans., Minneapolis: University of Minnesota Press, 1984.

[9]——. *Rabelais and His World*, trans. Hélène Iswolsky, Cambridge: Cambridge University Press, 1968.

[10]——. *The Dialogic Imagination: Four Essays*, ed. Michael Holquist, tans. Caryl Emerson, Michael Holquist, Austin: University of Texas Press, 1981.

[11] Baran, Stanley J. and Dennis K. Davis, *Mass Communication Theory: Foundation, Ferment, and Future*, Thomson Learning, 2000.

[12] Barbedette, Gilles, *The Social Triumph of the Sexual Will*, Paris: Gallimard, 1991.

[13] Baudrillard, Jean, *Simulations*. New York: Semiotext, 1983.

[14]——. *Symbolic Exchange and Death*, London: Sage Publications Ltd., 1993.

[15]——. *The Consumer Society: Myths and Structures*, London: Sage Publications Ltd., 1998.

[16] Bauman, Zygmunt, *Globalization—The Human Consequences*, Cambridge: Polity Press, 1988.

[17] Bayley, John, "Fighting for the Crown", *The New York Review of Books*, April 1992.

[18] Bell, Daniel, *Cultural Contradictions of Capitalism*, London:

William Heinemann,1976.

[19]——. "Beyond Modernism, Beyond Self", *Sociological Journeys: Essays 1960—1980*, London and New York: Routledge,1980.

[20] Benedikt, Michael, "On cyberspace and virtual reality", in *Man and Information Technology*, Stockholm, IVA, 1995.

[21] Benhabib, Seyla, *Selbst im Kontaxt. Kommunikative Ethik im Spannungsfeld von Feminismus, Kommunismus und Postmoderne*, Frankfurt/M. ,1995.

[22] Jeremy Bentham, *An Introduction to the Principles of Morals and Legislation*, J. H. Burns & H. L. A. Hart, eds. , London: The Athlone Press,1970.

[23] Bertolt, Brecht. *Schriften zum Theater*, California: Suhrkamp,1963.

[24] Brink, David, *Moral Realism and the Foundations of Ethics*, New York: Cambridge University Press,1989.

[25] Boehm, Beth A. , "*Wise Children*: Angela Carter's Swan Song", *The Review of Contemporary Fiction*, Vol. 14, No. 3, Fall 1994.

[26] Bulter, Judith, *Undoing Gender*, London and New York: Routledge,2004.

[27]——. *The Psychic Life of Power: Theories in Subjection*, Stanford: the Leland Stanford Junior University,1997.

[28] Carlyle, Thomas, *Critical and Miscellaneous Essays*, Vol. 1, Henry Duff Trail, ed. ,2010.

[29]——. *Past and Present*, ed. Henry Duff Traill, Cambridge: Cambridge University Press,2010.

[30]——. *Sartor Resartus*, Oxford: Oxford University Press, 1987.

[31]——. *Cambridge Dictionary of Philosophy* (2nd. ed): Heraclitus, 1999.

[32] Carter, Angela, *American Ghosts and Old World Wonders*, London: Chatto & Windus, 1993.

[33]——. "Notes from a Maternity Ward", in *Shaking A Leg*, London: Chatto & Windus, 1997.

[34]——. "Sugar Daddy", in *Shaking A Leg*, London: Chatto & Windus, 1997.

[35]——. "The Mother Lode", in *Shaking A Leg*, London: Chatto & Windus, 1997.

[36]——. *Burning Your Boats*, London: Chatto & Windus, 1995.

[37]——. *Expletives Deleted*, London: Vintage Books, 2006.

[38]——. "Introduction To 'Oriental Romances - Japan'", in *Nothing Sacred: Selected Writings*, London: Virago Press, 1982.

[39]——. *The Curious Room*, London: Chatto & Windus, 1996.

[40]——. *Wise Children*, London: Vintage Press, 1992.

[41]——"A Letter From Angela Carter", in *The European English Messenger*, Spring 1996..

[42] Cavallaro, Dani, *The World of Angela Carter*, Jefferson: McFarland & Co, Inc., 2011.

[43] Cicero, Marcus Tullius, "Cicero De Amicitia (On Friendship) and Socipio's Dream", in *Ethical Writings of Cicero*, trans. Andrew P. Peabody, Boston: Little, Brown, and Co., 1887.

[44] Crofts, Charlotte, "Anagrams of Desir", *Angela Carter's*

Writing for Radio, Film and Television, Manchester: Manchester University Press, 2003.

[45] Costello, Rita, "Politics and Literature", in Shouhua Qi, Jian-Zhong Lin, eds. *Literature*, Beijing: China Renmin University Press, 2007.

[46] Davies, Alistair and Alan Sinfield, "Class, Consumption and Cultural Institutions", in Davies and Sinfield, eds., *British Culture of the Postwar: An Introduction to Literature and Society 1945—1999*, London: Routledge, 2000.

[47] Deleuza, G. and F. Guattari, *Anti-Oedipus*, Minneapolis: Minnesota University Press, 1983.

[48] Dewey, John, *Works about Dewey*, 1886—1995, Barbara Levine, ed., Carbondale: Southern Illinois University Press, 1966, MW9:89.

[49] Hickman, Larry A., ed., *Reading Dewey*, Bloomington: Indiana University Press, 1998.

[50] Dummel, Elizabeth., ed., *The Essential Writer's Guide: Spotlight on Angela Carter*, Hephaestus Books, 2012.

[51] Evans (dir.), Kim. *Angela Carter's Courious Room* (BBC2, 15.9.92).

[52] Featherstone, Mike, *Undoing Culture—Globalization, Postmodernism and Identity*, London: Sage Publications Ltd., 1995.

[53] Forsyth, Neil, "A Letter from Angela Carter", *The European English Messenger*, Vol. 1, No. 1, Spring 1996.

[54] Foucault, Michel, *Discipline and Punish: The Birth of Prison*, New York: Pantheon Press, 1977.

[55] Frank, Paul, "The Return of the Magic Story-Teller", *Independent on Sunday*, 8 January 1995.

[56] Freydberg, Bernard, *Philosophy of Comedy*, Bloomington: Indiana University Press, 2008.

[57] Fried, Charles, *Right and Wrong*, Cambridge, Massachusetts: Harvard University Press, 1979.

[58] Frisby, D., *Fragments of Modernity*, Cambridge: Polity Press, 1985.

[59] Fukuyama, F., "The Great Discuption: Human Nature and the Reconstruction of Social Oder", *Atlantic Monthly*, No. 5, 1999.

[60] Gamble, Sarah, *Angela Carter: A Literary Life*, New York: Palgrave Macmillan, 2009.

[61] ——. *The Fiction of Angela Carter: A Reader's Guide to Essential Citicism*, Cambridge: Icon Books Ltd., 2001.

[62] Gerrard, Nicci, "Angela Carter is Now More Popular than Virginia Woolf…", *Observer Life*, 9 July, 1995.

[63] Giddens, Anthony, *Sociology: A Brief But Critical Introduction*, Palgrave Macmillan, 1986.

[64] ——. "Living in A Post-Traditional Society", in *Reflexive Modernization*, ed. U. Beck, A. Giddens and S. Lash, Cambridge: Polity Press, 1994.

[65] Goldhill, Simon, *The Poet's Voice: Essays on Poetics and Greek Literature*, Cambridge. Cambridge Press, 1986.

[66] Grant, L., *Sexing the Millennium, A Political History of the Sexual Revolution*, London: Harper Collins Publishers, 1993.

[67] Guirk, Carol Mc., "Drabble to Carter: Fiction by Women,

1962—1992", in John Richetti, John Bender, Deirdre David, and Michael Seidel, eds. *The Columbia history of the British novel*, Beijing: Foreign Language Teaching and Research Press, 2005.

[68] Habermas, Jürgen, *Legitimation Crisis*, trans. Thomas McCarthy, London: Heinemann Educational Books Ltd., 1979.

[69] ——. *Die Einbeziehung des, Anderen—Studien zur politischen Theorie*, Frankfurt/ M. 1996, S. 298.

[70] ——. *Faktizitat und Geltung*, frankfurt/M. 1992, S. 266.

[71] ——. *Erlauterungen zur Diskursethik*, Frankfurt/M. 1991, S. 151.

[72] Hamilton, Alex, "Sade and Prejudice", *The Guardian*, 30 March 1979.

[73] Harsh, P. W. *A Handbook of Classical Drama*, Stanford: Stanford University Press, 1944.

[74] Harvey, David. *The Condition of Postmodernity—An Inquiry into the Origins of Cultural Change*, Oxford: Blackwell Publishers Inc., 1990.

[75] Heath, Malcolm, "Aristophanes and His Rivals", *Greece and Rome*, Vol. xxxvii, No. 2, October 1990.

[76] Heath, Malcolm, *Aristophanes and His Rivals*, Greece and Rome, Vol. xxxvii, No. 2, October 1990.

[77] Hebdige, Dick, *Hiding in the Light*, London and New York: Routledge, 1998.

[78] Hegel, G. W. F., *The Phenomenology of Spirit*, trans. A. V. Miller, Oxford: Oxford University Press, 1977.

[79] Henderson, Jeffey, "Comic Hero versus Political Elite", in A. H. Sommerstein, Halliwell S., J. Henderson, B. Zimmer-

man, eds. *Tragedy, Comedy and the Polis*. Bari: Levante Editori, 1993.

[80]——. *The Maculate Muse: Obscene Language in Attic Comedy,* Oxford: Oxford University Press, 1993.

[81] Hesiod, *Theogony; Works and Days*, trans. M. L. West, Oxford: Oxford University Press, 1988.

[82] Hickman, Larry A., ed. *Reading Dewey,* Bloomington: Indiana University Press, 1998.

[83] Hume, David, *An Enquiry Concerning the Intellectuallity of the Human and the Principles of Moral*, L. A. Selby-Bigge, ed., Oxford: Clarendon, 1902.

[84] Jameson, F., "Postmodernism and the Consumer Society", in H. Foster, ed. *Postmodern Culture*, London: Pluto Press, 1984b.

[85]——. "Postmodernism or the Cultural Logic of Late Capitalism", in *New Left Review*, 1984a.

[86] Kanavou, Nikoletta, *Aristophanes' Comedy of Names: A Study of Speaking Names in Aristophane,* Berlin: Hubert & Co. GmbH & Co. KG, Gottingen, 2011

[87] Kemp, Peter, "Magical History Tour", *Sunday Times*, 9 June 1991.

[88] Kierkegard, Soren. *Either/Or*, trans. Howard V., Edna H., Princeton: Princeton University Press, 1987.

[89] Liddell, Henry George., and Robert Scott, *An Intermediate Greek-English Lexicon: Logos*, Oxford: Oxford University Press, 1889.

[90] McGuirk, Carol, "Drabble to Carter: Fiction by Women,

1962—1992", in John Richetti, John Bender, Deirdre David, et al, eds. *The Columbia history of the British novel*, Beijing: Foreign Language Teaching and Research Press, 2005.

[91] Richetti, John, *The Columbia History of the British Novel*, Beijing: Foreign Language Teaching and Research Press, 2005.

[92] Ricoeur, Paul, *Oneself As Another*, trans. Kathleen Blamey, Chicago: the University of Chicago Press, 1992.

[93] Sage, Lorna, *Angela Carter*, Plymouth: North-cote House, 1994.

[94] MacIntyre, Alasdair, *Brief History of Ethics*, London and New York: Routledge, 1968.

[95] McEwan, Ian, "Sweet Smell of Excess", *Sunday Times Magazine*, 9 September 1984: 42—44.

[96] Murry, Gilbert, *Aristophanes: A Study*, Oxford: the Clarendon Press, 1933.

[97] Paul, Pamela, "The Return of the Magic Story-Teller", *Independent on Sunday*, 8 January 1995: 14, 16 (14).

[98] Plato. *Phaedrus*, trans. Alexander Nehamas, Indianapolis: Paul Wood, Hackett Pub Co. .

[99] ——. *The Symposium*, eds. M. C. Howatson and Frisbee C. Sheffield, trans. M. C. Howatson, New York: Cambridge University Press, 2008.

[100] Platter, Charies, *Aristophanes and the Carnival of Genr-es*, Baltimore: the Johns Hopkins Univer-sity Press, 2007.

[101] Rachels, James, "The Ethics of Virtue", in *The Elements of Moral Philosophy*, fifth edition, New York: McGraw-Hill, 2007.

[102] Rapp, Christof, "Aristotle's Rhetoric", *The Stanford Encyclopedia of Philosophy* (Spring 2010 Edition), Edward N. Zalta? ed., URL = < http://plato.stanford.edu/archives/spr2010/entries/aristotle-rhetoric/>.

[103] Paul Anthony Rahe, *Republics Ancient and Modern: The Ancien Régime in Classical Greece*, Chapel Hill: University of North Carolina Press, 1994.

[104] Richetti, John, John Bender, and Deirdre David, et al. eds., *The Columbia History of the British Novel*, Beijing: Foreign Language Teaching and Research Press, 2005.

[105] Ricoeur, Paul, *Oneself As Another*, trans. Kathleen Blamey, Chicago: the University of Chicago Press, 1992.

[106] Sage, Lorna, *Angela Carter*, Plymouth: North-cote House, 1994.

[107] ——. *Women in the House of Fiction: Post War Women Novelists*, Basingstoke: Macmillan, 1992.

[108] Sarah, Gamble, *Angela Carter: A Literary Life*, New York: Palgrave Macmillan, 2009.

[109] Sartre, Jean, *Pau. L'être et le Néant*, Gallimare: Michigan University, 1981.

[110] Sathyamurthy, T. V., " Britain's 'Ten-Year Itch' under Thatcher Administration", *Economic and Political Weekly*, Vol. 24, No. 26, July 1989.

[111] Segal, Erich, *The Death of Comedy*, Cambridge: Harvard University Press, 1962.

[112] Spinoza, Baruch de. *Ethic*, Trans. W. H. White, Oxford: Oxford University Press, 1927.

[113] Simmel, G., "Fashion", in D. Frisby and M. Featherstone

eds. *Simmel on Culture*, London: Sage Publications Ltd. ,1986.

[114] Lichtbau, K. , "Sociology and the diagnosis of the times: or the reflexivity of modernity", *Theory, Culture & Society*, Vol. 12, No. 1, 1995.

[115] Snaith, Anna, "The Limits of the Postmodern", *Women: A Cultural Review*, 1999.

[116] Spinoza, Baruch de, *Ethic*, trans. W. H. White, England: Oxford University Press, 1927.

[117] Simmel, G. , "Fashion", in D. Frisby and M. Featherstone, eds. *Simmel on Culture*. London: Sage Publications Ltd. ,1986.

[118] Stone, Lawrence, *The Family, Sex and Marriage in England 1500—1800*, London: Weidenfeld & Nicolson, 1977.

[119] Stott, Catherine "Runaway to the Land of Promise", *Guardian* , 1972, 10 August, 1972,.

[120] Taplin O. , *Fifth-Century Tragedy and Comedy: A Synkrisis*, Berlin: Hubert & Co. GmbH & Co. KG, Gottingen, 1986.

[121] Taylor, Mark C. , and Esa Saarinen, Imagologies: Media Philosophy, London: Psychology Press, 1994.

[122] Tönnies, Ferdinand. *Community and Civil Society*, tans. Joe Harris and Margaret Hollis, Cambridge: Cambridge University Press, 2001.

[123] Vattimo, G. , *The End of Modernity*, Cambridge: Polity Press, 1988.

[124] Vico, Giambattista, *The New Science of Giambattista*, trans from the 3rd edition (1744) Thomas Goddard Bergin and Max Harold Fisch, Ithaca: Cornell University Press, 1948.

[125] Webb, Kate, "Seriously Funny: *Wise Children*", in Lorna Sage, ed. *Flesh and the Mirror: Essays on the Art of Angela Carter*, London: Virago Press, 2007.

[126] Weight, Richard, *Patriots: National Identity in Britain 1940—2000*, London: Pan Books, 2002.

[127] Williams, Raymond, *The English Novel from Dickens to Lawrence*, London: Chatto & Windus, 1970.

[128] Wolfe, J., "State Power and Ideology in Britain: Mrs. Thatcher's Privatization Programme", *Political Studies*, Vol. 243, No. 3, 1991.

[129] Yu, Jiyuan, *The Ethics of Confucius and Aristotle: Mirrors of Virtue*, London and New York: Routledge, 2007.

（二）中文文献

[1] ［法］阿尔都塞：《保卫马克思》，顾良译，商务印书馆2009年版。

[2] ［古希腊］阿里斯托芬：《阿里斯托芬喜剧》，张竹明、王焕生译，《古希腊悲喜剧全集》，译林出版社2007年版。

[3] ［德］罗伯特·阿列克西：《法：作为理性的制度化》，雷磊编译，中国法制出版社2012年版。

[4] ［美］奥里根：《雅典谐剧与逻各斯——〈云〉中的修辞、谐剧性及语言暴力》，黄薇薇译，华夏出版社2010年版。

[5] ［苏］巴赫金：《巴赫金全集》，钱中文主编，河北教育出版社1998年版。

[6] ［古希腊］柏拉图：《菲丽布》，张波波译注析，华夏出版社2013年版。

[7] ［古希腊］柏拉图：《会饮篇》，王晓朝译，左岸文化出版社

2007 年版。

[8]［古希腊］柏拉图：《理想国》（卷 V），郭斌和、张竹明译，商务印书馆 1986 年版。

[9]［丹麦］勃兰兑斯：《十九世纪文学主流》（第一分册），张道真译，人民文学出版社 1980 年版。

[10] 陈国强：《反讽及其理性——阿里斯托芬诗学研究》，巴蜀书社 2009 年版。

[11] 程炼：《伦理学导论》，北京大学出版社 2009 年版。

[12] 邓晓芒：《关于苏格拉底赞赏"子告父罪"的背景知识》，《现代哲学》2007 年第 6 期。

[13]［美］威尔·杜兰：《希腊的生活》，《世界文明史》（第二卷），台湾幼狮文化公司译，东方出版社 1998 年版。

[14]［英］迈克·费瑟斯通：《消费文化与后现代主义》，刘精明译，译林出版社 2000 年版。

[15]［法］福柯：《疯癫与文明》，刘北成、杨远婴译，生活·读书·新知三联书店 1999 年版。

[16]［法］福柯：《性史》，张廷深译，上海科学技术文献出版社 1989 年版。

[17]［美］戴维·哈波林：《米歇尔·福柯的酷儿政治》，葛尔·罗宾主编《酷儿理论》，李银河译，文化艺术出版社 2003 年版。

[18]［美］依迪丝·汉密尔顿：《希腊精神：西方文明的源泉》，葛海滨译，辽宁教育出版社 2003 年版。

[19]［英］吉登斯：《现代性的后果》，黄平、刘东、田禾译，译林出版社 2011 年版。

[20]［英］简·艾伦·赫丽生：《希腊宗教研究导论》，谢世坚译，广西师范大学出版社 2006 年版。

[21] ［德］黑格尔：《美学》，朱光潜译，商务印书馆2006年版。

[22] ［德］黑格尔：《哲学史讲演录》，贺麟、王太庆译，商务印书馆1997年版。

[23] ［德］哈贝马斯：《交往行为理论：行为合理性与社会合理化》（第一卷），曹卫东译，上海人民出版社2005年版。

[24] ［德］哈贝马斯：《在事实与规范之间：关于法律和民主法治国的商谈理论》，童世骏译，生活·读书·新知三联书店2003年版。

[25] ［德］胡塞尔：《欧洲科学的危机与超越论的现象学》，毕迈尔编，王炳文译，商务印书馆2001年版。

[26] ［德］胡塞尔：《生活世界现象学》，［德］克劳斯·黑尔德编，倪梁康、张廷国译，上海译文出版社2002年版。

[27] ［日］会田雄次：《日本人的意识构造》，何慈毅译，南京大学出版社2008年版。

[28] ［德］德特勒夫·霍尔斯特：《哈贝马斯》，鲁路译，中国人民大学出版社2010年版。

[29] 贾华：《双重结构的日本文化》，中山大学出版社2010年版。

[30] ［美］赫伯特·金迪斯、萨缪·鲍尔斯：《人类的趋社会性及其研究》，汪丁丁、叶航、罗卫东主编，上海人民出版社2006年版。

[31] ［美］詹姆斯·坎贝尔：《杜威的共同体观念》，［美］拉里·西科曼主编《阅读杜威——为后现代做的阐释》，徐陶等译，北京大学出版社2010年版。

[32] ［德］康德：《判断力批判》，邓晓芒译，杨祖陶校，人民出版社2002年版。

[33] ［美］哈罗德·D.拉斯韦尔：《政治学》，杨昌裕译，商务

253

印书馆 1992 年版。

[34] 李桂梅：《中西家庭伦理比较研究》，湖南大学出版社 2009 年版。

[35] 李卓：《关于中日家族制度与国民性的思考》，《日本学刊》2004 年第 2 期。

[36] 李卓：《家族文化与传统文化——中日比较研究》，天津人民出版社 2000 年版。

[37] ［法］吉尔·利波维茨基、埃利亚特·胡：《永恒的奢侈——从圣物岁月到品牌时代》，谢强译，中国人民大学出版社 2007 年版。

[38] ［法］利科：《自己如他者》，余碧平译，商务印书馆 2013 年版。

[39] 廖申白：《亚里士多德友爱论研究》，北京师范大学出版社 2009 年版。

[40] 刘小枫、陈少明主编：《雅典民主的谐剧》，黄薇薇译，华夏出版社 2008 年版。

[41] ［英］戴维·鲁宾森、克里斯·加勒特：《视读伦理学》，徐安译，安徽文艺出版社 2007 年版。

[42] ［美］葛尔·罗宾等：《酷儿理论》，李银河译，文化艺术出版社 2003 年版。

[43] 罗念生译：《〈诗学〉附录》，《罗念生全集》（第 1 卷），上海人民出版社 2004 年版。

[44] ［美］阿拉斯泰尔·麦金太尔：《伦理学简史》，龚群译，商务印书馆 2003 年版。

[45] ［法］梅特里：《人是机器》，顾寿观译，商务印书馆 2007 年版。

[46] 牟宗三：《存在轮的形变和超越的面孔》，大春主编《列维纳

斯的世纪或他者的命运》，中国人民大学出版社 2008 年版。

[47] 南博：《日本人论：从明治维新到现代》，邱琡雯译，广西师范大学出版社 2007 年版。

[48] ［英］尼格尔·班林：《视读伦理学》，刘竞译、田德蓓审译，安徽文艺出版社 2009 年版。

[49] 潘一禾：《西方文学中的政治》，浙江大学出版社 2006 年版。

[50] ［英］齐格蒙特·鲍曼：《全球化——人类的后果》，郭国良、徐建华译，商务印书馆 2004 年版。

[51] 秦勇：《巴赫金躯体理论研究》，中国社会科学出版社 2009 年版。

[52] ［德］罗尔夫·魏格豪斯：《法兰克福学派：历史、理论及政治影响》（下册），孟登迎、赵文、刘凯译，上海人民出版社 2010 年版。

[53] ［法］让·鲍德里亚：《消费社会》，刘成富、全志钢译，南京大学出版社 2008 年版。

[54] ［法］让-皮埃尔·韦尔南：《希腊思想的起源》，秦海鹰译，生活·读书·新知三联书店 2009 年版。

[55] ［法］萨特：《存在与虚无》，陈宣良等译，生活·读书·新知三联书店 2007 年版。

[56] ［古希腊］色诺芬：《回忆苏格拉底》，吴永泉译，商务印书馆 2009 年版。

[57] ［德］叔本华：《伦理学的两个基本问题》，任立、孟庆时译，商务印书馆 1998 年版。

[58] ［荷］斯宾诺莎：《伦理学》，贺麟译，商务印书馆 1981 年版。

[59] 汤重南等：《日本文化与现代化》，辽海出版社 2006 年版。

[60]［英］托马斯·莫尔：《乌托邦》，戴镏龄译，商务印书馆 1982 年版。

[61] 王建刚：《狂欢诗学：巴赫金文学思想研究》，学林出版社 2001 年版。

[62] 王晓朝：《希腊宗教概论》，上海人民出版社 1997 年版。

[63] 王志耕：《宗教文化语境下的陀思妥耶夫斯基诗学》，北京师范大学出版社 2003 年版。

[64] 汪子嵩：《希腊哲学史》（第二卷），人民出版社 1993 年版。

[65]［德］威尔弗莱德·亨氏：《被证明的不平等：社会正义原则》，倪道钧译，中国社会科学出版社 2008 年版。

[66]［古罗马］西塞罗：《论老年 论友谊 论责任》，商务印书馆 2003 年版。

[67] 夏忠宪：《巴赫金狂欢化诗学研究》，北京师范大学出版社 2000 年版。

[68] 谢文郁：《自由与生存》，上海人民出版社 2007 年版。

[69]《新约 罗马书》，《和合本圣经》，中国基督教协会 2009 年版。

[70]《新约 马太福音》，《和合本圣经》，中国基督教协会 2009 年版。

[71]《新约 以弗所书》，《和合本圣经》，中国基督教协会 2009 年版。

[72]［英］休谟：《道德原则研究》，曾晓平译，商务印书馆 2000 年版。

[73]［英］休谟：《人性论》，关文运译，邓之骧校，商务印书馆 1980 年版。

[74]［古希腊］亚里士多德：《政治学》，吴寿彭译，商务印书馆 2009 年版。

[75]［德］汉斯·罗伯特·耀斯：《审美经验与文学解释学》，顾建光等译，上海译文出版社1997年版。

[76]［英］伊格尔顿：《美学意识形态》，王杰译，广西师范大学出版社1998年版。

[77]余凤高：《西方性观念的变迁》，湖南文艺出版社2004年版。

[78]余纪元：《德性之镜——孔子与亚里士多德的伦理学》，中国人民大学出版社2009年版。

[79]［美］詹姆逊：《后现代主义与文化理论》，唐小兵译，陕西师范大学出版社1987年版。

[80]张京媛主编：《新历史主义与文学批评》，北京大学出版社1993年版。

[81]［美］朱迪斯·巴特勒：《权力的精神生活：服从的理论》，张生译，江苏人民出版2009年版。

[82]［美］朱迪斯·巴特勒：《消解性别》，郭劼译，上海三联书店2009年版。

后 记

  本人在学术的道路上开窍晚,很幸运遇到导师王志耕教授。聆听志耕导师讲授西方文学,犹如在苍茫的大海上找到了前进的灯塔,使我领略到了什么是真正的文学,什么是一位知识分子的担当。这也使我对西方文学研究迸发出潜藏已久的激情,在志耕导师的一步步肯定、鼓励和指引下,我走上了西方文学与文化研究的学术之路。回首过往,入学前我对西方文学的满腔热情和苦苦求索的经历仍历历在目,令人无语凝噎。走在这条道路上,犹如一个人在热带森林中探险,一路上既领略了沿途丰茂的奇景,又披荆斩棘,有种酣畅淋漓、别有洞天之快感!志耕导师是一位耿介之士,一位特立独行的知识人,他治学严谨,对学生有很高的要求,同时他又思维敏锐,妙语连珠,颇有幽默感。导师在西方文学研究领域耕耘三十多年,对西方文学史如数家珍,面对不同层次的学生,导师善于驾驭课堂,紧抓学生的兴趣所在,他从不照本宣科,每堂课他的观点都触及文学的精髓,使我们为之震撼。导师给硕博生开设的一周一次的西方文论课,堂堂爆满,学院其他专业的学生也挤过来听课,还有每周坐火车来听课的

后 记

学生，所以我们如果课前半小时还占不到位子的话，就只能在过道或者门口听课了。导师的每堂课都如同一场高质量的学术演讲，没有多余的话，思想和观点新颖，对我们有着很大的吸引力，好似一场话语的艺术表演，连最后一句都经过精心设计，令人回味无穷，给我们留下了无尽的思索，每次课后仍感到意犹未尽，慨叹时间过得如此之快！不仅如此，志耕教授更是一位文学思想家，正是他深邃的思想和非常敏锐的洞察力，穿越了时空，让我领略到了西方人文学科的顶峰！他的学术思想照亮了那些看似艰深而又晦涩的人文领域的难点（除文学史和文学理论外，还包括哲学、宗教、文化等）。在他的思想观照下，我好像领略到了中西人文学科的内在精神，而这种对精神奥秘的揭示和对普世价值的关注正是中国学术界所缺少的一种思想维度。

我要感谢徐清老师的西方古代文学课，课堂上"秘索斯"概念的引入让我产生了浓厚的兴趣。为了寻求答案，在课下的资料查询、搜索和随后的借阅中，我悄然翻开了阿里斯托芬的古典喜剧，并惊异地发现了阿里斯托芬文本与卡特文本的多处段落的互文现象。志耕导师看完《明智的孩子》后曾说过这样一句话，"这是一部欢乐的小说"，这句话一下子开阔了我的视野，让我产生了诸多疑问，这些疑问一直萦绕在我的脑海里，比如卡特为何以这种方式写作，她想要做什么，这种"欢乐"到底是什么，这与后现代小说有何不同？当然这些问题在教科书和卡特研究的论文集里是没有现成答案的。所以，入学之初，当我在宿舍里阅读着那一部部泛黄的阿里斯托芬古典喜剧文本时，我终于茅塞顿开，一年以来盘旋在我头脑中的问题终于找到了答案。这一可遇而不可求的发现令我兴奋不已，如获至宝，第二天就迫不及待地找导师汇报去了。

我还要感谢另一位专业老师王立新教授，他是希伯来圣经文化领域的专家，拥有历史学博士学位，聆听他的课也极大地丰富和拓宽了我的知识范围；此外，立新老师在本书的写作过程中提出的宝贵意见也使我受益良多。我还要感谢现当代文学专业的李新宇教授，李教授是当下学界为数不多的有气节、有良知的知识分子。他敢于直面历史，不为时风所侵袭，聆听他的课让我感受到他独到的见解，以及寻找史料、发现史料的力量。正是因为有志耕教授、新宇教授这样一些真正知识人的存在，南开才是真正的南开！我也要感谢周志强教授，周教授讲课热情澎湃，情绪激昂，观点新颖，课堂上他时常抛出一个个问题激发我们去判断、去抢答，并阐明自己的观点，他的课也常常带给我颇多感悟和启发。

我特别要感谢的是曾艳兵教授，曾先生是国内卡夫卡研究领域的权威专家，是我步入学术研究之路的领路人，最初师从曾先生学习一年，打下了学术研究的基础。他对卡夫卡的研究开阔了我的眼界，使我明白了什么是好的研究。回想当年，我一篇篇地抄写曾先生的论文，抄了两大本子，在抄写过程中，那些不明白的段落和句子逐渐清晰起来，就这样，在阅读和学习曾老师的论文和著作中，我开始全面而系统地了解西方现代派文学研究和西方后现代主义文学研究这两大浪潮，开始领略卡夫卡，喜欢卡夫卡，继而产生写一篇关于卡夫卡论文的想法。这一切努力也为我在今后考取南开打下了一定的基础。

另外，在志耕导师的指导下，我选择去山东大学哲学院聆听了两个学期和两个暑假的西方哲学课程，在那里我遇到了可遇而不可求的、成果卓著的美国华裔教授和一群热爱学术的同学，在那里我度过了令我一生难忘且难得的学习经历，至今令我怀念。在此，我要特意感谢美国纽约州州立大学水牛城（又译布法罗）分校哲学系的 Jiyuan Yu（余纪元，2012—2013 国际中国哲学学会主席，2002 年获美国大学杰出学者奖以及优秀教学奖）教授，他是西方研究亚里士多德领域的权威之一，在美国学术界取得了很高的成就。他那几年应邀来山东大学哲学院讲授亚里士多德伦理学及形而上学的高端学术报告，他不

后 记

仅准确地讲解亚里士多德的哲学观点,还带领我们探讨当下美国学界最新的英文论文,令我受益匪浅。本书的研究始于"家庭伦理观"之维的探求,以及对亚里士多德"友爱"概念的借用,皆来自余纪元教授的学术报告的启发。余教授还给我们讲美国学术界的研究方式,诸如西方学者们如何就一个问题以发表论文的方式展开热烈的争论,争论一直持续到出现一篇学者们都公认其观点的论文,从而为该问题画上一个圆满的句号。该论文要么推陈出新、推翻了以往的研究;要么推动了以往的研究,从而奠定了该论文在此领域的权威的、不可跨越的学术地位。然后下一个新的问题会再次产生,周而复始、持续不断。还有,余纪元教授对我的肯定、鼓励和厚爱也曾是我不懈努力的动力。他曾把我的提问拿到课堂上来讲解;曾说我的思维像一匹马一样,而导师需要的就是思维活跃的学生。他说,再好的导师也不可能替代学生去思考,老师唯一能做的,就是在学生提出各种观点时,用哲学概念所特有的准确性来限定它、规范它,学生正是在这一次次缰绳的勒紧、一次次概念的限定中,去学习如何做严谨、规范的学术研究的,如果学生不思索,再好的老师也无能为力。纪元老师曾把我错当成哲学院的应届硕士,还建议和鼓励我出国攻读哲学博士学位。

我还要感谢山东大学哲学院的谢文郁教授(原关岛大学哲学教授),聆听谢老师的课,我被迅速带入西方哲学和宗教思维中去,在谢老师给他的博士生所开设的胡塞尔现象学读书报告课上,我积极参加硕博生们的讨论,争相与哲学专业的博士们相互辩论,与他们共同思索与探讨问题。我非常喜欢这种辩论的学习方式,而他们也把我视为同窗,是他们集体中不可缺少的一员。在此,我特别感谢他们中的两位同学,一位是邹晓东博士(北京大学哲学院博士后,现为山东大学哲学院教师),他缜密的哲学思维和令人叫绝的口才让我惊为天人,能遇到这样的同窗,堪称幸事。他也曾跟我调侃,说没想到在课堂上,半路杀出个程咬金来。另一位是孙清海博士(中山大学哲学院博士后，现为山东师范大学教师），他在山大读博士期间曾去加拿大著名的大学留学，他把图书馆里所有的关于卡特的藏书用相机一页一页地拍了下来，也正是通过他的帮助，我很早就获取了当时加拿大图书馆所有卡特的原版英文资料，没有他的慷慨帮助我对卡特的研究是无法开始和顺利进行的。还有曾在牛津大学访学一年的李新云博士（现山东大学外国语学院副教授），她在博士论文写作最繁忙的时期，也把牛津图书馆里有关卡特的补充性研究资料一页一页扫描下来复印给我。另外，还要感谢在美国的同学尚明栋（原美国微软公司工程师，现为北京九章云集公司 CEO），他不辞辛苦，多次在美国购买并辗转寄回国那些研究卡特所需要的最新出版的英文资料以帮助我的研究。对这些同窗们的热心帮助，我至今仍心存感激。

最后我要感谢我的母亲徐晓明和父亲庞嘉顺，是他们含辛茹苦，带大了我幼小的儿子，他们是我坚强的后盾；感谢我的爱人，没有他的理解、支持和宽容，我无法圆博士之梦；感谢我的儿子，从他幼儿时起就不得不经受一般孩子未曾有过的母子分离之苦，这对他的身心是一种磨炼，而这种分离之痛也让母子之情变得愈发珍贵，因此他比一般的孩子更早地懂得如何体谅母亲、照顾母亲和爱母亲，这让我感到无比幸福。希望他在未来的人生路上刻苦、努力，成长为一个对社会有用的栋梁之才。在他未来的学业与人生中，我是他背后永远的支持者。如果回到几年前让我再次做出选择，我相信我的家人也同样支持我。唯有不断地探求新鲜知识，才能使我们保持思维的活力；唯有沉浸在思索之中，我们才能回归"人"作为"人的本质"的状态，唯此才能感受到人生最大的幸福。志耕教授秉持着南开精神，传授予我人生最有价值的东西，开启了我的人生新篇章。

庞燕宁

2014 年 3 月于南开园